声音的魅力

张皓翔——著

湖南文艺出版社
HUNAN LITERATURE AND ART PUBLISHING HOUSE

博集天卷
CS-BOOKY

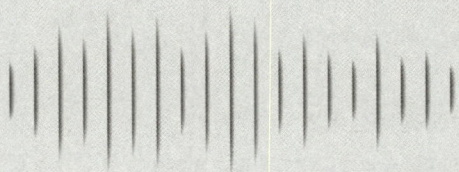

目录
Contents

自序 这本书能让你好听 *.01*

1 概述 *.001*

1-1. 好声音到底是怎么来的 *.002*

1-2. 好声音有什么用? *.014*

1-3. 怎样发现自己声音的缺点? *.024*

1-4. 一个声音立刻好听的应急办法：慢流中的大鱼 *.036*

SOUNDING

2

发声的秘密　*.049*

SOUNDING

3

嗓音保护 *.103*

4

说出标准普通话 *.147*

5 如何科学练声 *.177*

7

"动听" 那些事儿 *257*

附录：

这本书能让你好听

自序
Preface

你被声音触动过吗？无论是被好听的声音打动，还是被难听的声音打扰，或是因乡音难改而尴尬、因持续用声而嘶哑、因含混不清影响交流、因缺乏感染力而扁平。

总有一些时刻，我们本可以魅力四射，却因声音扣了分。

你有没有想过，如果能拥有好听的声音，有些事的结果会不一样？

在奥黛丽·赫本主演的电影《窈窕淑女》中，声音粗鲁、说话粗俗的卖花女，在语言学教授希金斯的帮助下，练出了动听的声音和优雅的表达。她以贵妇人的身份出席大使游园会，最终进入上流社会，收获了完满的爱情。

无独有偶，电影《国王的演讲》讲述了二战前夕的一个真实故事，英国国王乔治六世患有严重的语言障碍，在语言治疗师罗格的帮助下，他克服障碍，发表了鼓舞人心的战前演讲，成为英国乃至世界反法西斯战争的英雄。

无论是爱情还是事业，好声音总能为我们创造出关键价值，甚至改变命运。

那么，如何才能练出好声音呢？

从业近20年来，我被无数次问过这个问题，在提问者的眼神里，总藏着一点期待，就像《鹿鼎记》中韦小宝问澄观老和尚：

一指禅能速成吗?

　"武痴"澄观大师立刻被问得怀疑人生了。

　所谓"台上一分钟,台下十年功",任何技艺都需要长期练习,哪儿有什么速成……

　举个例子,你知道"胁生双翅"是什么感觉吗?

　这是我入行培训时,专家讲述的呼吸要领。

　"吸气时,后腰要像长出了一对翅膀。"

　不瞒你说,我花了一个月都没有找到这种感觉,更别提什么"想象有一根气柱从丹田升起,贯穿身体,再从眉心透出""声挂前腭""关闭通道"了。

　就像段誉初学六脉神剑,感觉时有时无,来时欣喜若狂,去时垂头丧气,搞得我每天都在怀疑自己,是不是不适合干这行啊?

　你可能会想,这是老师在故弄玄虚吧?

　还真不是。

　一则,台里请来的都是一流专家,德艺双馨而且桃李满天下,怎么会跟几个毛孩子浪费时间。

　二则,当体会到了之后,我发现老师描述得精确而微妙,还真的就是那个感觉,就得是那个感觉。

　那就不能直白点,非搞得这么玄幻吗?

　当我也开始指导新人之后,我理解了老师的做法。

　——这可能是一次测试。

　菩提老祖敲了孙悟空三下,然后背手离开,如果领悟不到,那还是早点下山,不要耽误彼此。

　学艺,就是有门槛的。

　因此,当知乎邀我开设"给普通人的声音课"时,我就碰上了这个无解的难题。

絶大多数学員并不打算从事与声音相关的行业，所以不会投入很多时间与精力，可咱们已经确认了，一指禅是名门正派的武功，速成不了。

那还怎么教呢？没法教。

知乎是一个严谨的知识分享平台，而我在新闻单位工作了将近20年，总不能为了几个钱就跑到网上来行骗吧。

我对他们说，这做不到，这事绝对不可能。

随后我就去边境度假了。

那是一个充满了魔幻感的工业小镇，热气从巨大的烟囱冒出来，被零下40摄氏度的气温凝成宫崎骏式的云朵。你只要呼吸一次，鼻毛就会被冻住，变成一群正在打架的长枪兵。而就在这样的严寒地域中，室内却只需要穿短裤。

核载218吨的矿车在漫无边际的雪原穿梭，车轮有两个我那么高，车上拉的矿物来自一亿五千万年前的侏罗纪。这几百吨的东西，一个驾驶员就能轻松控制。

我被那宏大尺度所震撼，更被这惊人的反差吸引，可能是严寒令人清醒，我像《三体》中掉进冰水的罗辑一样，看见了一个就在眼前我却视而不见的事实：

韦小宝是用枪的。

是的，韦爵爷行走江湖风生水起，靠的不是一指禅，他是用枪的。

那我还纠结一指禅干吗呢？！

网友只想知道怎么用微波炉，为什么非逼人家学厨艺？

人家不打算从事与声音相关的行业，更不打算学艺，只是想掌握一个实用技能。

不做油画大师，学会用数码相机不也挺好的吗？

"专业人士"需要一万个小时，而"厉害的业余选手"可就简单多了。

既然学习目的完全不同，方法和难度自然也大不一样。

就像当赛车手和考C照不是一个学法，就像韩寒和韩塞不是一个写法。

思路一通，剩下的事情就好办多了。

于是，就有了荣获知乎销冠的"皓翔声音课"。

于是，就有了这本书。

这是一本写给非从业者的工具书，致力于帮助普通人掌握声音训练和表达的有效方法。

虽然是写给普通人，但也希望你会觉得这是一本严谨的书。两年来，我一共查阅了107本相关书籍和957篇正规文献，涵盖播音学、教育学、语言学、心理学、嗓音医学和传播学等学科门类。

虽然是一本专业书，也希望你会觉得它轻松有趣，因为几乎每篇文章里都有故事，从"蛤蟆怎么谈恋爱"到"国王的练声秘籍"，这都是一些真实而精彩的故事。

这是一本书，更是一套多媒体资料，除了纸质书，在公众号上提供了额外配套的声音视频和图文资料，还有经过精心挑选反复修改的作品赏析。做课程的时候，我做了七大模块；写书时，也想真心诚意地仔细完成。

10年有10年的学法，一堂课有一堂课的学法，就像卖花姑娘、口吃国王一样，只要了解知识和技能、掌握过程与方法、建立正确的审美和价值观，人人都能练出好听的声音。

你也如此。

1

概述

声音的魅力

1-1. 好声音到底是怎么来的

▶• 自己的声音不好听?

前段时间,有条微博被转发了2万多次,内容就一句话:"是不是所有人都觉得自己声音难听啊?"

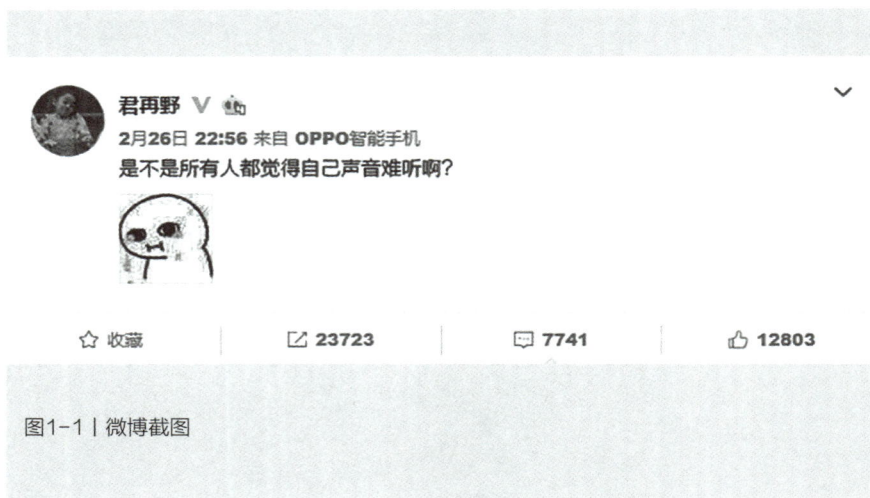

君再野 V

2月26日 22:56 来自 OPPO智能手机

是不是所有人都觉得自己声音难听啊?

☆ 收藏　　　　　🔁 23723　　　　　💬 7741　　　　　👍 12803

图1-1｜微博截图

这条微博下的热门评论里，大家开始集体吐槽：

金刚在108楼打飞机：不是觉得，是真的难听！

芫荽小米粥：打游戏开语音，队友说我声音像小学生也就算了，还是男小学生！我一个二十出头的妙龄女子做错了什么？

扁歐萨斯：特别是从视频和录音中听到自己声音的时候，恨不得赶紧找个洞钻进去，我也不知道为什么！

撩妹翻车现场：上次给你们播了30分钟……我回头自己一听……直接呕吐……

装睡的鹿先生：平时听自己说话声音觉得不难听，但是听到微信语音才发现真是难听。

你以为只有中国网民才这样吗？

不！美国人也这样！

在斯坦福最受欢迎的沟通课《高效演讲》中，讲座教授彼得·迈尔斯（Peter Meyers）就特意提到：

"许多人告诉我，他们不喜欢自己的声音，特别是当他们听到自己的录音的时候。"

到这里，你可能已经发现了，大家觉得自己声音难听，全都发生在"回听语音"的时候。

这不是巧合。

在这种普遍现象的背后，隐藏着一个坑人的科学原理。

▶ 大脑一直在骗我们：骨传导和空气传导

你在听自己的声音时经过了大大的美化！！

据说贝多芬在耳聋后，通过咬住一根木棍接触钢琴来创作音乐。

这故事可能有假，但道理绝对是真的。人听声音，分为两个通路，一个叫"空气传导"，另一个叫"骨传导"。[1]

别人听你说话和你回听自己的语音，是通过"空气传导"。

现代科学证明，我们听到的声音，来自振动的空气分子，它们通过外耳引起鼓膜运动，再激活内耳的小骨头到达耳蜗，振动里面的液体，刺激神经末梢，物理振动就此被转化成神经能量，并传递到大脑，我们就听到了声音。[2]

而我们平时听自己的声音，是通过"骨传导"，你用力堵住耳朵说话，一样能听见自己的声音。

这时候，声音是通过颅骨、颧骨、颌骨等的振动，使信号越过中耳直接传到内耳，一直送到大脑中枢。[3]

1984年，中国科学院声学研究所研制出了我国第一台压电式水下扬声器，让花样游泳队的女孩们在水中也能听见音乐，好跟队友默契配合，完成动作，这就是通过骨传导感知声音的例子。[4]

那么，通过骨传导和空气传导听到的声音有什么不同呢？

简单说，通过骨传导听自己说话的声音，要更好听。

骨传导能直接滤除噪声，[5]让声音更纯净；

骨传导的声音没有衰减，不像空气传导，在音色和音质上都要受外部环境的干扰；[6]

骨传导不占用耳道，和空气传导分属两个独立的传导路径，能让你同时感受到两个不同的声源，营造出独特的听觉感受，[7]简直是环绕立体声了；

另外，骨传导语音还滤除了高频信号，[8]限制了最大输出，[9]这会影响声音的清晰度，但也会让你的声音听起来更加低沉厚实而有魅力。

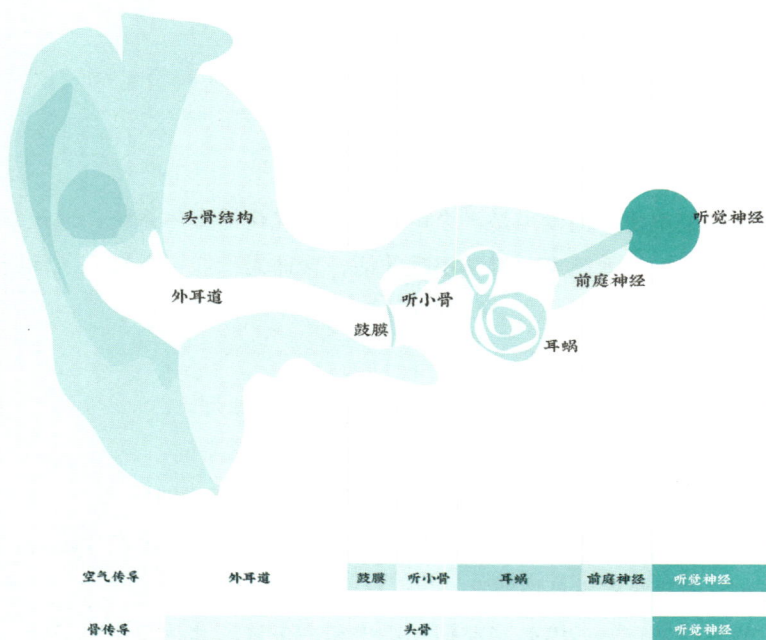

头骨结构　听觉神经

外耳道　听小骨　前庭神经

鼓膜　耳蜗

空气传导	外耳道	鼓膜	听小骨	耳蜗	前庭神经	听觉神经
骨传导				头骨		听觉神经

图1-2 | 空气传导 vs 骨传导

所以，你现在肯定意识到了，为什么"平时听自己的声音感觉还不错"——加了这么多特效，当然不错了。

通过"骨传导+空气传导"听到的声音更纯净、更醇厚、更环绕、更立体、更丰富、更细腻，而我们毫不知情、信以为真，直到……回听了微信语音。

回听语音，是通过空气传导，别人听我们的声音也是，这约等于不修图就发朋友圈，完全是一个车祸现场，简直无法直视。

▶• 假如你是笛子精：了解一些发声原理

声音是人的第二张脸，谁不希望自己的声音更好听一些呢？

那有什么好办法吗？

你可能会担心：好听的声音是天生的吧？

天赋是很重要，但发声是一个可调控、可优化的整体系统。通过掌握正确发声方法，努力练声、科学用嗓的话，普通人一样可以拥有"动听"的好声音。

下面有两个"奇葩"问题，能帮你弄清发声的原理。

有人问：语音发声学从本质上说，到底是个什么学问？

有人问：如果人是一件乐器，那是管乐器还是弦乐器呢？

物体通过振动而发声，规则振动产生乐音，不规则振动产生噪音，所以，语音发声学的本质是物理学。

人的发声器官和双簧管很相似，声带相当于簧，共鸣腔相当于管。从人的咽腔和口腔可以变化长短来看，又像一个伸缩长号，声带相当于吹号时唇的作用。[10]

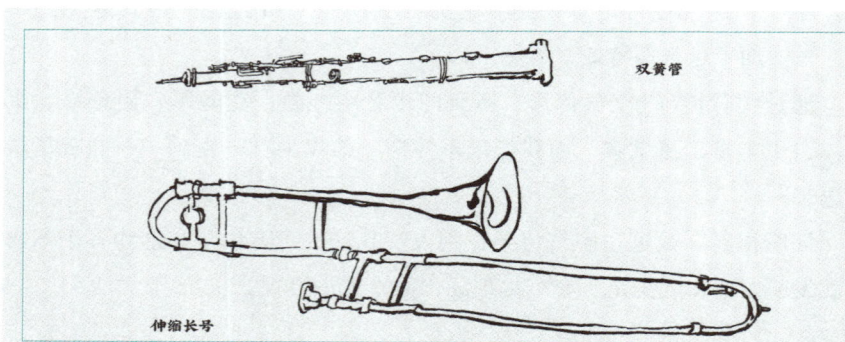

图1-3 | 双簧管与伸缩长号

当然，人类的发声系统比任何乐器都复杂得多。

我们大多数的发声器官主体都是肌肉，具有弹性和控制力，它们的形状是可塑的，相当于一件腔体可以自由变化的超级乐器，长短、粗细、宽窄都可以变化自如。做这样的类比，只是方便大家理解发声的基本原理。

不过西洋乐器都很复杂，方便起见，你可以把自己想象成一支笛子，因为人的发声过程跟吹笛子非常相似。

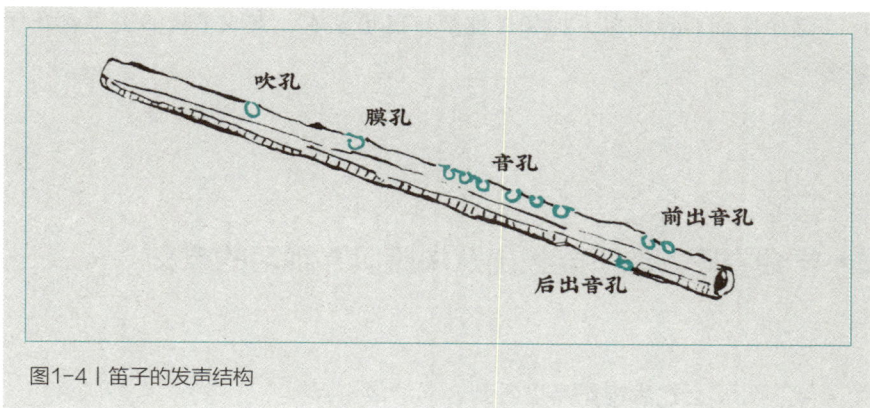

图1-4 | 笛子的发声结构

你看，吹笛子首先要吹气，这是发声的动力；气流冲击笛膜，发出了微小的基音，这叫声源；气流把基音送进笛身，把它放大和美化，这是共鸣。

要想发出不同的声音，还要靠手指按压不同的笛孔，这就是最后的"塑形"。

对应到你的发声过程，我们就从物理学跨到了生理学——用膈肌和腹肌来驱动肺部的空气（吹气），冲击喉部的声带（笛膜），发出基音并送入口、鼻、胸腔等共鸣腔（笛身），最终通过唇舌"塑形"（笛孔）完成语音发声。

这四个步骤，刚好能对上语音发声学里的四大控制训练：呼吸控制、喉部控制、共鸣控制和口腔控制。

通过训练，强化这四大控制能力，我们就会获得声音的弹性，最终让

"情""声""气"结合，发出动听有魅力的好声音。

所以你现在能够得出结论：

人的发声器官包括动力器官、振动器官、共鸣器官、咬字（构音）器官四大部分。

我们练声，就是要加强气息和口腔的控制能力，充分发挥共鸣作用，减轻声带的额外负担，从而发出通畅、圆润、清晰、有弹性的声音。[11]

这个原理有点抽象，但如果你把自己想象成一支成了精的笛子就好理解多了。

▶● 学会卷腹，能不能长出八块腹肌？ 练习的意义

我们经常会在影视作品里看到这样的故事：

经过高人点拨，主人公如醍醐灌顶、恍然大悟，从此走上人生巅峰。

那么，了解了发声原理，就能让我们的声音变好听吗？

不能……你还得把那几块肌肉练到有力而收放自如！

影响世界半个多世纪的《布卢姆教育目标分类学》把知识分为四个维度：事实性知识、概念性知识、程序性知识和元认知知识；把认知过程分为六个维度：记忆、理解、应用、分析、评价、创造。

如果你以知识维度为纵轴、认知过程维度为横轴，你会发现，人类智力的精华分散在不同的坐标。学习是为了在行为和认知上发生改变，所以教育的目标也要对应到知识技能、过程方法、情感和价值观三大维度中。

有些学科，只要理解基本原理，记住一套简单的方法，就能发挥很大的作用。

比如，在我情绪低落的时候，陈海贤老师教了我一个小技巧：每天记

录三件快乐的小事。这个习惯我坚持了几年，一直到现在。它帮我从小事入手，重建了积极的状态。

再比如，在我特别"有效率"，沉迷"番茄工作法"的时候，李松蔚老师告诫我，每天都要安排一个纯粹为自己而活的半小时。我照做了，事实证明，这半个小时保持了我心境的平衡。

两位非常出色的心理学者，以他们对专业的深刻理解及经验，化繁为简，通过一两个关键提示，改变了我的生活，这是认知和情感教育。

但声音训练的基础规律则有很大不同，事实性、概念性的知识，我们一听就懂，教你怎么做动作的程序性知识，也很容易掌握，但是，一旦进入生活状态，肌肉习惯的力量就会把我们打回原形了。

用健身来打比方，呼吸要练膈肌、腹肌，口腔要提颧肌、练唇舌，这就是健身，只是和我们在健身房里练的肌肉不一样而已。

光知道卷腹怎么做，是肯定不能让你长出八块腹肌的。

理解原理、掌握方法固然重要，但最终促使你发生改变的，是刻意练习。

看到这儿你可能会有点沮丧，怎么这么难啊？！

但还有两个好消息在等着你。

一、声音训练的学习曲线是先难后易

第一阶段，你已经了解了骨传导和空气传导的差别，意识到自己声音的问题所在，开始学习知识和方法，这时你会感觉很轻松，因为一听就懂，一学就会，这就可能会让你放松警惕，觉得这事很容易。

第二阶段，你会发现，该懂的你都懂了，做做动作也不难，可声音就是没什么变化。或者说，比画了一个星期，什么进步都没有，甚至连自己练得对不对都不知道，非常沮丧。经验表明，大部分人会在这个阶段放弃。

第三阶段，坚持练下去，通过至少21天的刻意练习，开始感觉到一些明显的进步，受到鼓励，再慢慢坚持100天，初步形成习惯。这时你把前后两次的测试录音拿出来对比，就会发现自己真的变了。

第四阶段，因为长期的练习，你养成了科学发声的好习惯，只要稍加注意，就能保持这个能力水平，就像骑自行车，一旦学会，就不会忘记。

在这点上，声音练习就跟健身不一样，健身成功之后，要花很大精力保持，稍微放松就会反弹，而健声的正确习惯一旦养成，后面就是自动运行，基本上等于开了外挂，自动升级。

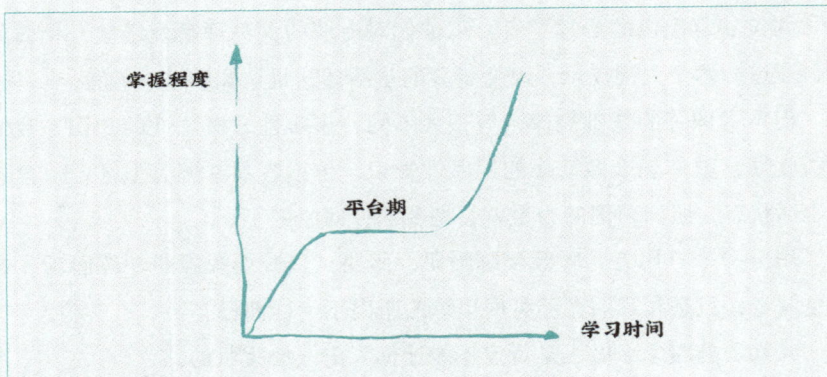

图1-5 | 声音训练的学习曲线

二、基于第一个好消息，声音训练有特别大的学习红利

你平时出门买东西，一千块钱的包跟一万块钱的包，质量能差10倍吗？

当然不会啦，略好一点点而已，但买东西就是这样，开始是一分钱一分货，接下来就是一毛钱两分货，再然后是一块钱三分货。

这没什么不公平的，无论是消费还是学习，都存在这个规律，越往后，提升越难，需要支付的成本越大，完全不是等比上升。

所以，对我们来说，按"二八原则"，花20%的时间精力，拿到通识教育和必备技能里80%的收益，是最经济、最合理的选择。

比如声音训练领域的提颧肌，只调整这一个小动作，就能让你在跟客户打电话时，声音悦耳度明显上升，这就是这个训练的学习红利。

以较小的代价付出基础成本，拿到最大比例的学习红利，这真是太划算了！

▶● 种一棵树的最佳时机：本节小结

总结一下，因为声音的传导路径不同，导致你不了解自己的声音，因此要经常听听自己的录音，获得正确的反馈。

发声类似吹笛子，拥有好声音，首先要进行肌肉训练，要做好呼吸、喉部、共鸣、口腔四大控制，最有效的方法是从呼吸和唇舌的力量训练开始，养成新的肌肉记忆。

看到这里，你可能会问：

如果我足够勤奋，我能练出像那些电台主播或者配音大咖一样的声音吗？

18年前，我也曾问过这个问题。

当时我刚考进电视台，没有受过专业训练，连前后鼻音都分不清。力排众议，坚持把我招进台的潘红老师跟我谈了一次话，还提到了她进入这个行业的一些往事。

入行前，她在转播台当值机员。转播台就是那种架着很多天线，专门传输广播电视节目信号的机构，都是建在高山上，远离城市。所谓值机员，就是长年累月坐在机房，看着机器，如果发现异常，就要负责处置的人。

枯燥、单调，一天天重复，这样的工作一眼望不到头，很多人因此放弃了努力，但她一直有个梦想，梦想有一天这些机器里能传出她的声音。就这样，她每天带着一台收音机，从模仿开始学习。

没有老师指导，就只是长期坚持自我训练。

靠梦想、好学和勤奋，最终她考进了电视台，当上了播音员，又成长为一名知名主持人、节目制片人。

书稿完成时，我找老师确认细节，她却特意叮嘱我说："我不建议你写我，而且我不认为每个人都能成为有声语言艺术的传播者。当年是有一位北广（中国传媒大学）的教授非常赞赏我的声音，我才选择这一行。我对你也是一样，你有一副天生的好声音，这不是勤能补拙的。嗓子是天生的，得感谢父母，勤奋是自己的，勤只能补拙，补不了器。可别让缺乏这方面天资的孩子误以为播音员主持人光靠勤奋就可以做了。"

我非常理解老师的担心，她是一个严谨而负责的人，她担心我在书中片面渲染放大了勤奋的作用，从而误导一些不适合从事这个职业的年轻人。

的确，在艺术创作中，想取得最后20%的成就，不是光靠努力就可以的。

但对并不打算从事此行业的你来说，以勤补拙，不让声音成为短板，进而为自己的工作、生活和情感加分，这完全可以做到。

尤其需要强调的是，就算你想当主持人，声音也只是一个辅助工具，回想一下当今受欢迎的主持人吧，声音固然重要，但智慧和思想才是他们的核心价值。

而真正靠声音吃饭的配音大咖，也分两种，一种是听了让人震撼的主角声。但一部作品里总不能全是主角吧，如果立志从业于此，做好配角也是值得努力和令人尊敬的方向。比如黄渤，他的影帝之路就是从给小怪物配音开始的。

种一棵树的最佳时机是十年前，其次是现在，让我们开始吧！

Tips
两个你最关心的问题

Question • 1

最常问的问题，老师你讲得真好，是不是我看了这本书之后，我的声音就能够变好听？

Answer

是，也不是。

前面我们了解了声音训练的本质是体育健身，是肌肉训练，我们就可以用这个领域的经验来类比。建立认知、学会动作相对容易，像健身一样，难在坚持刻意练习，所以如果我片面渲染听我的课程有多么重要，而有意无意回避声音训练是肌肉训练这一本质，那你可得长个心眼了。对，正确答案是，看了这本书，并且维持最低程度的刻意练习，你的声音就会变好听。

Question • 2

太好了，我现在就要声音变好听，所以这个最低程度的练习时间是多久？

Answer

恭喜你，正确的方法加上刻意练习，你即将获得动听声音的人生红利了。

一般来说，有声语言艺术相关行业的从业者们，一天需要练习至少一个小时，但是对你来说，我要求你每天至少刻意练习5分钟。绝大部分学员在看到这个要求时，都会在心里暗暗怀疑，认为我是在夸大其词。5分钟有什么用啊？5分钟谁做不到呀？实际上做一段时间之后，你就会发现，坚持每天刻意练习5分钟，是一个非常非常难的任务。所以不如我们就从5分钟做起，我也可以保证，如果你真的能够坚持"100天5分钟"的刻意练习，你的声音一定能够有一个质的提升。

1-2. 好声音有什么用?

▶• 特别重要：蛤蟆谈恋爱也要声音好听才行

有段时间，整个朋友圈都在等"蛙儿子"回家。这款让人体验到"操心父母"存在感的游戏一度风靡社交媒体，但你知道你的"蛙儿子"是怎样谈恋爱的吗？

这个非常偏门的问题，还真的有专家做了非常深入的研究。以中科院成都生物研究所方光战老师团队为首的科学家团队，就有一篇论文专门分析雄性竞争和雌性选择中的"声音"要素。在这篇严谨的学术论文中，通过精确的科学实验，科学家们给我提供了一个有趣的案例，当交配季节到来，雄性仙琴蛙可以在洞里呼唤它的爱人，也可以在洞外呼唤，而雌性仙琴蛙比较容易被洞里面的声音所吸引。[12]

你可能会想，什么？蛤蟆谈恋爱也要房子了？！真让蛙头大……

是真的，但雌性仙琴蛙可不是被"房子"吸引，而是被这一条件下塑造的声音所吸引，大概是因为雄蛙在洞里面叫的声音，就像我们平常在浴室里面洗澡唱歌一样，自带混响，听起来更加浑厚悦耳。这是雌蛙选择雄蛙的关键原因之一。

那是不是只有蛤蟆是这样的？不，蟋蟀也这样。

人……也这样……

你知道"00后"怎么与异性交往吗？网易旗下的专业数据团队曾经做过一个调查，在分析了22600多个"00后"的相亲帖子后，得出了一个结论："00后"相亲就是处对象，50%以上的男女都最看重脸。但是排名第二的因素你肯定想象不到——声音，这么多人是声控，真令人惊讶！[13]我们大多数时候认为，谈恋爱要讲颜值讲物质基础，要看房子、看车、看社会地位，却忽视了人自身"物理特性"中的声音。

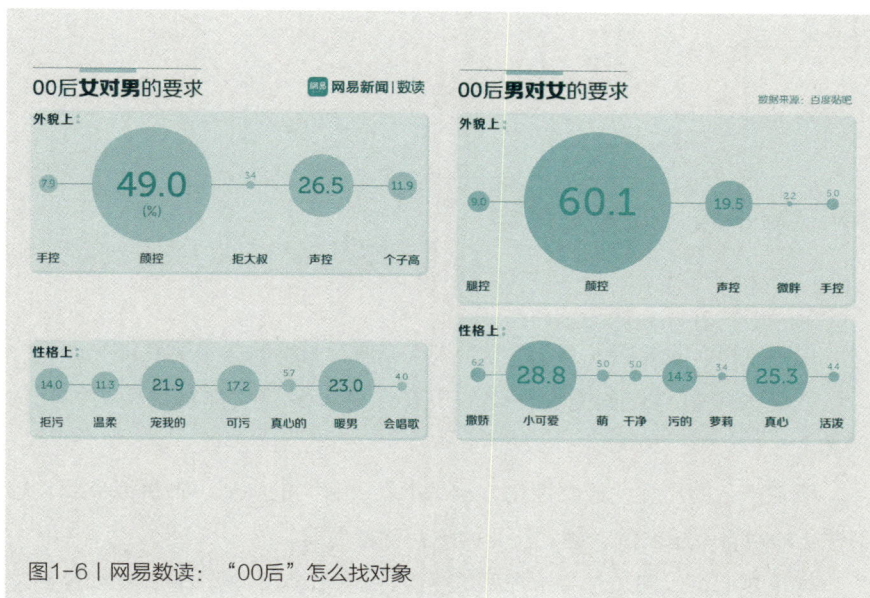

图1-6 | 网易数读："00后"怎么找对象

知乎有一类很有名的提问，大意是："听到好听的声音会有什么样的感觉？"

你会发现，这个帖子下面有大量的女生在回答，答案也很有意思，她们说，好听的声音会让人"迈不开腿"。

你可能会觉得知乎用户代表不了所有人，我也觉得，于是我又查了相关的科研论文，发现谈论嗓音与择偶关系的论文都确认：声音是影响恋爱的重大因素之一。

好，你可能会想，我已经结婚了，我不需要吸引异性，声音没有那么重要了。

然而，择偶不仅是择偶，它更意味着生物对终极资源的争夺形式，生物第一本能是求生存，比如要温饱；第二本能是求繁衍，要把自己的基因传递下去，为了达到这两个目标，所有生物都在争夺资源。

从生物角度看，性就是重要的资源之一，如果一件事会对择偶产生重大影响，那这件事情恐怕真的很关键，它蕴含的意味可就比谈恋爱丰富和深刻得多了。

▶•了解一点"恋爱声音学"

说到这里，我要给大家介绍一个人类择偶行为中的普遍现象。

就是大多数男性偏爱女性化的声音，而大多数女性则偏爱男性化的声音。

所谓声音的男性化或女性化，就是指发声音调的高低、低沉或尖细。越男性化的声音就越低沉，越女性化的声音就越尖细。[14]

这里我们可以回想一下，那些广受关注的国民女神的声音，比如说林志玲，她的声音就是纤细的。而我们认为非常有魅力的男生，大多数是有那种特别浑厚的声音，比如说姜文。

男性更喜欢高音调的女性声音，而女性更喜欢低音调的男性声音，那么你的声音，在恋爱中具有优势吗？

我们的基因记忆非常奇妙，而声音的威力还不止于此。

　　比如说，人在不同时期，对声音会有不同的接受度与敏感度。女孩子在排卵期，也就是生物学意义上的她不想浪费生命资源，想尽快找到最合适的雄性的时候，低沉男声的魅力值就会大大升高。[15]

　　此外，人类女性在选择短期配偶的时候，也会明显更喜欢男性化的声音。也就是说，在一次性约会的时候，低沉男声成功的概率会大大提高。而相反，哺乳期的女性，会更喜欢声音比较尖比较高的男人。

　　科学家们不好把这种事情说得太直白，但我们可以试着翻译成大白话，意思是，人类受到生理欲望驱动，需要交配的时候，女性希望得到那种特别具有雄性特质的男性，比如优秀但不可靠的猎手；而女性在哺乳期、抚养后代的阶段，更需要被供养，这时候就倾向选择一个每天会固定带食物回来的男人，比如采集者。

　　知识就是力量。

　　一直都有一门生意，非常挣钱，进入互联网时代的今天，尤其如此。有一些机构专门教人"谈恋爱"，他们收取高昂的学费，然后教你一套针对性的策略和方法，帮你找到异性伴侣。我之前还看过一档美国的电视节目，叫《把妹达人》（*The Pick-up Artist*）。节目里有个所谓导师，出过一本专门教人把妹的书。节目开始会找一群小伙子过去，每个星期教他们一招把妹技能。比如说，怎么样跟女孩子快速地接吻。然后带大家到酒吧里面去实践，每个星期都淘汰一个人。八个星期之后，最后剩下来的那个人就会拿到一大笔奖金。

　　而所有"泡学"课程里面都会有一个必修的技能，就是声音。就是教你应该用什么样的声音跟异性说话。

　　从择偶的角度来说，在合适的时候展示有魅力的声音，也许决定了你的情感未来，是接盘侠、备胎，还是充满魅力的竞争者。

　　再说说女性，她们的嗓音跟生育能力有着密切的关联。女性在排卵期的音调是最高的，而在怀孕风险最低的例假期，音调是最低的。[16]我们理解一下这句话，就是排卵期的女性，有强烈的延续生命的冲动，所以她这个时候身体呈现出来的一切特征，都跟这个生育计划紧紧挂钩，声音也在为自己赢得更多关注，而在例假期的时候不会怀孕，因此，生物机理自动收起了性别魅力。

对19～26岁的成熟女性来说，她们的嗓音越是女性化，就越会被男性觉得年轻。我们知道衡量女性魅力的一个重要指标是腰臀比，而腰臀部的比例跟嗓音的女性化程度是正相关的。[17]

男性非常看重女性的年轻貌美，这是一个"生育力指标"，而女性比较看重男性的经济前景、社会地位，这个叫"资源指标"。典型的低沉男性嗓音，是男性优质资源的体现；典型的较高的女性嗓音，也是女性生育力的体现，这两种声音特质高度体现的时候，在择偶市场上会非常受欢迎。[18]

这些调查结果告诉我们，在进化心理学上，声音是人类择偶行为中重要的生物化指标，对声音的本质有了这样的理解与掌控，能够帮助我们更好、更精彩地生活。

接下来，我们要回头看看刚才的问题了：对已经结婚，不太需要再增强吸引力的人来说，或者当我的脸已经这么好看了，身材这么棒了，吸引异性完全不是问题甚至是一种麻烦的时候，声音还重要吗？

▶• 再了解一些"声音社会学"

其实，好听的声音，可不仅仅是为了"恋爱"准备的，它带来的综合效益远远超乎你的想象。

你知道吗？声音好听的人收入更高，社会地位更高，在公司的职位更高，这些结论来自正规的科研论文。

比如，男性的声音直接关系到他人对声音主人的社会认知。

首先，男性的低沉声音，是拥有好基因的一个基本表现。

在科学上，浑厚低沉的男声反映着男性的睾丸素含量水平，睾丸素含量更高，他的声音就会更低沉。而男性睾丸素含量恰恰是男性健康状态的一个典型指标。睾丸素含量高的男人，通常会更少生病、更健康，对乙型肝炎疫苗有更强的抗体反应等。虽然大家说不出其中的科学道理，但是基因记忆让我们对拥有低沉男声的男性有更多的好感。因为好声音就是好基因，代表他身体健康。[19]

所以之前我们就了解到，为什么当女性在排卵期和选择短期伴侣时，生物基因会驱使她们选择更低沉男性化的声音。

除了好身体，浑厚的声音还代表着男性拥有好资源。

随着我们的年龄增长，声音会逐渐变低，这就象征着成熟。而通常随着年龄的增长，人们大概率上会拥有更高的社会地位，积累到更好的经济资源，同时具有更强的获取资源的能力。所以女性在择偶时，也更倾向选择相对年长的男性。

在生活中，如果同为男性，我们其实不喜欢那种声音太浑厚的男声，因为那种声音有操控感。就是有种一上来就当家做主的感觉，这种感觉也叫支配性。[20]你一听这个词，就让人不太舒服对吧。但在漫长的人类历史中，支配性恰恰是社会地位的一个重要指标，女性当然也都喜欢有较高社会地位的男人。

我是男人，生活中我不喜欢别人用这样的声音跟我说话，是因为这里隐藏了一种同性竞争，就像有很多漂亮女生讨厌林志玲。不只学员，有很多人曾问过我："林志玲的声音也叫好听吗！？不假吗？你们男人真的喜欢这样的声音吗？她的声音好听在哪里啊呵呵呵呵呵？"

唉，是啊！是人就有这庸俗的一面，这生物本能和同性竞争是同时存在的。

对同性来说是支配性，但它意味着你可以保护自己的伴侣，是一个可以给别人带来安全感的人，这同样也是女性在选择长期伴侣的时候，非常看重的一个要素。注意，这句话很有意思，它讲的是长期伴侣。而在选择短期伴侣的时候，偏爱的声音特质不同，为啥呢？因为安全就意味着稳定，就意味着沉闷，就意味着没变化，不好玩了……

之前我们聊到过风靡世界的电视节目《把妹达人》，我把同名图书推荐给了很多人，因为它教了一大堆技巧，能帮你博得一个又一个异性的青睐，然后，他又问出了一个至关重要的问题：然后呢？

常听人说：自古深情留不住，唯有套路得人心。

真的是这样吗？我不相信。

《把妹达人》里的主人公拥有全世界最高明的手段，但在书的结尾，他却因为滥用手段而失去了真爱的能力。把得到妹，却把握不了爱，这样的世界只能崩塌。

在谈论声音在择偶中的重要性之后，我想用这句话结尾：

有能力和有正确使用能力的能力，这两点同样重要。

▶• 声音的"领导力法则"

说完了恋爱，男性化的声音跟男性的领导力也有着一定的联系。大家普遍都认为，拥有浑厚低沉的男声的领导能胜任岗位，他会更可信、更称职、更有领导力。

最要命的是，在2013年，美国杜克大学的科学家们考察了792名男性CEO的嗓音，研究嗓音跟他们的经济状况以及商业成就的关系，在控制了从业经验、学历水平等变量之后，选取了同样的样本，只考察嗓音的音色特征这一个变量。结果发现，男性的CEO嗓音越低沉，他们越可能执掌大公司，而且也可能会挣到更多的薪水，他们的嗓音每降低22.1赫兹，他们公司的营收就会增加4.4亿美元，相应，他们的年薪也会增加18.7万美元。[21]

有科学研究在前，我们就知道什么样的男性更可信了，声音低沉的男性有可能更出色，更加值得合作信赖，更有钱。所以看过本书的男性读者，你应该去强化这方面的特质，让你的嗓音配得上你的专业形象。

同时，在女性当中，这个法则也是起作用的。

也就是说，人们在碰到很多女性候选人时，也会更加倾向于选择那些声音更加低沉的人。打个比方，我们不太能够想象林志玲姐姐做一位叱咤风云的大老板。你会发现，我们整个的政治、经济生活领域中，有非常多的杰出女性拥有比较中性化的声音。比如说，董明珠，你可能从来没有琢磨过这个问题，但你留意听就会发觉，她的声音像个老板该有的样子。

虽然声音有"领导力法则"，但低沉的嗓音可不是包治百病，变化中，蕴含着更多机会。

最明显的是，女性非常善于改变音调来吸引男人。有个课题想研究"人是否会在社会交往当中伪装自己的嗓音来赢得异性的青睐"。结果证明，女性在给有男性化面孔的异性，也就是说更爷们儿、更有男性魅力的男人留言时，会提高自己的声调。而男性在择偶时，有比较强的嗓音操控能力的女性，就能够占据优势。这可能就是比较被女生讨厌的那种女生了，"跟我们在一起还挺正常的，一看到男人声音就又甜又嗲，真恶心！"[22]

看到这些内容之后，你也许会想，"领导力法则"这么强悍，我也要练习这种声音！但塑造声音是一门技术，如何运用声音却是一门学问。

这是"术"和"道"的关系，有没有真正领会声音的"领导力法则"还要看你如何去运用它。

还拿林志玲举例，我刚说过她的声音可能不适合"做领导"。

在某个地图导航应用程序中，导航女声有林志玲的声音，据我一位记者朋友说，这个应用程序一开始想找的女神代表声并不是林志玲，但因为她的沟通协作能力太强，硬是把这份合同给签成了。

我非常喜欢林志玲。首先她长得好看，肤白貌美气质佳，身材好声音又甜，最关键的是双商还特别高，而就是这样一位优秀的女生，偏偏还特别懂得示弱。

"示弱"贯穿了林志玲的整个言行举止。我专门查过，林志玲个子高，所以在跟人合影时，往往会有意识地屈膝，不让身高抢了别人的风头，并且无论面对怎样没有礼貌的问题，她都不会翻脸。不让别人难堪，也不让自己难堪，努力达到自己的目标，在当下的社会环境中找到了自己的竞争优势。不是有些人喜欢歧视女性、物化女性吗？林志玲就有她的本事，在这个夹缝中生存。

大家总说女人是水做的。水是一种无声无息的力量，它不像火那么有力量感和侵略性。水总是悄悄的，林志玲就体现出了水的特质，她保留着女性的柔美，不用男性化的惨烈搏杀姿态进入赛道，她示弱，但是不靠坐大腿。

林志玲声音好听的本质，是她从声音里流露出的女性独有的柔美和智慧，示弱不是真的弱，是她表明态度要做一个优秀的协作者。

当领导，肯定不靠颐指气使，能让大家凝聚到一起，为了共同目标而奋斗，这才是高层次的声音"领导力法则"。

▶•好声音也有烦恼处

男性低沉浑厚，女性高细柔美，这么标准的好声音有坏处吗？

真的有，比如你的声音太有魅力，会招致同性的排斥。你的嗓音越有吸引力，人们就会对这种嗓音带来的威胁越警惕。国外有一个实验非常有意思，假设你要选择一个同性陪自己一块儿出门，那么你会选择什么样的人呢？结果表明男性会选那些音调很高的男人，女性会选那些音调很低的女人。翻译一下就是，找不那么有男人味或女人味的同性一起。所以你的嗓音越是有魅力，你的同性就会越把你视为关系当中的危险竞争者。在有大量人喜欢你的同时，也许有同样多的人讨厌你、嫉妒你。

富有吸引力的嗓音，会给你带来更多的考验，因为你实在是太抢手，太讨人喜欢，太受欢迎了。如果你有机会获得很多的伴侣，这就意味着你更可能背叛另一半。回想之前的一个例子，女性在哺乳期的时候，她会选择声音比较尖细的男人，为什么？这是因为跟嗓音比较尖细的男性相比，女性会认为那些非常有魅力的男性在亲密关系当中，会付出更少的时间和精力，而且他们对待自己的慷慨程度也比较低。跟女性化嗓音的男性相比，女性认为这个特别低沉的男性有可能更加花心、更加不正经。

这就是嗓音太有魅力会给你带来的烦恼。

当然了，在我小的时候，也曾有过一个烦恼，就是长大了之后到底是念清华还是北大。或者就像马云一样，因为钱太多而烦恼，感到最快乐的时光就是一个月挣三四万块的时候。

这种因为声音太有魅力而带来的烦恼，就有点那个意思了，以我们的努力程度，其实还轮不到比拼天赋，如果有可能的话，还是让这种烦恼来得更猛烈些吧！

1-3. 怎样发现自己声音的缺点？

▶• 画出你的声音评测表

2017年，我在知乎上了一年的声音课，文字答疑有十几万字，被问到最多的问题就是：怎样才能发现自己声音的缺点？

这是在问如何评价自己的声音了。

这其实挺难的，骨传导的美化，让我们根本不知道自己真实的声音是什么样的，也就谈不上什么正确评价。更何况"评价"还需要具备框架体系、审美高度和实战能力，很难靠自己完成。

最好当然是请专业老师一对一，听你的声音，给出专业、完整、务实、具体的评测报告，并拟定一个有针对性的训练方案，但这种办法过于理想化。

首先，我们不太容易能找到这种既专业，又能针对普通人的需求来提供咨询服务的老师；其次，就算找到了这样的老师，这种一对一的服务价格必然非常昂贵。

那么，我们普通人最常见的声音问题一般有哪些，又该遵循什么样的评价标准呢？

从专业角度，我们可以从语音、发声、表达三个部分来评价你的声音。

语音，就是普通话是否标准，满嘴方言肯定影响交流，甚至会显得土气，如果开口就是非常浓重的方言腔调，恐怕是谈不上悦耳。

发声，就是声音是否好听，回想一下"吹笛子"，这个部分考验的是呼吸、喉部、共鸣、口腔四大控制能力，你肯定记得，我们反复强调过，这是一门肌肉训练课程。

表达，跟我们平时理解的不一样，在播音发声学中，指的是"内三外四"七个技巧，三个内部技巧分别是"情景再现、对象感、内在语"，四个外部技巧是"停连、重音、语气、节奏"。除此以外，还有个前提，叫"准备稿件"。

你可能会想，啥？准备稿件？看一遍不就得了？

其实，播音员主持人看稿有一整套非常厉害的备稿方法，这套方法确保了他们在处理稿件时能够高人一筹。

另外，学了这么多，你总得用吧，后面还有个能力叫"即兴口语"。

比如开会的时候，领导说，那谁谈谈你的意见吧。临时被叫起来说话，你是颠三倒四一脸蒙还是魅力四射征服全场，就看即兴口语的能力了，这是特别有用，也特别难的一个技能。

上面三个评价标准我说了一大堆，其实就是中国传媒大学播音主持专业《实用播音教程》大一、大二的教材内容，这当然是顶顶专业的，但你可能也感觉到了，这种学科体系也有不足——不是不专业，而是太专业了！你要是不打算从事播音主持，光这些名词都能把人看晕，完全不适合我们普通人。

你别误会，我当过很多年主持人没错，但我和你的立场完全相同，声音对我们来说都只是工作生活的一个工具，我们都不靠这个吃饭，所以能不能用尽量小的成本了解到自己声音的大概缺点呢？最好不花钱，也别太麻烦！

托科技发展的福，还真有！

下面，我要给你介绍一下声音使用的最常见场景，还要了解一下好听的声音到底由哪些元素组成，之后，你还能学到两个方法来测试自己的声音，一个是借助人工智能，一个是运用我们的视觉。

声音应用场景：不累、配对、开会

好，让我们忘掉刚才的一大堆概念和术语，以应用为表、专业为里，分析一下声音使用的最常见场景，为了方便记忆，我给总结成了三个词：

不累、配对、开会。

"不累"这个场景，针对需要高强度长时间用声的人群，比如，教师、电话销售等。

你可能还记得演员张歆艺在声音类综艺节目《声临其境》中嗓子劈了这件事，那是因为她之前在录另一档综艺节目的时候，要照顾四个小朋友，把嗓子给喊得说不出话了。不过尽管嗓子倒了，她还是完成了几段高难度的台词表演。她说："能够来这个舞台用声音来表达作品，应该是每个演员的骄傲。"[23]

还有很多人有"不累"的需求，比如演员。

台湾演员李立群在接受杨澜采访时，聊到了对他很重要的一部舞台剧——《那一夜，我们说相声》。这部舞台剧很受欢迎，但最后无法加演的重要原因，是李立群的搭档李国修到了用声极限，实在是演不下去了。到什么程度了呢？李国修一听说要加演，就紧张到手发抖，他个子小、能量小，而且一讲再讲，说话就如同在受刑。演到最后的时候，完全靠小腹憋出来的气在跟大家讲话。问题是，李国修身子瘦小，小腹也没多少气。[24]

再举个相反的例子，冯远征在某部电视剧中有一段激情演讲，第一遍下来以后，主动要求再来一遍。这是一场很费力气的演讲，有人问："你嗓子没哑？"他说："不能，我是话剧演员。"[25]

所有长时间、高强度用声的职业，都有着迫切的用声需求，也是嗓音疾病的高发人群。

不累，是健康用声的最基本标志。

再来说"配对"，所谓配对，可不仅是谈恋爱，声音的信息传播效率比较低，但承载的情感浓度却很高，在建立亲密关系时作用巨大。无论是恋人、亲人、亲子，还是朋友关系，都需要有温度有感情的声音，在关键场景中每个人都希望自己更有魅力，而我们前面提到的"好人生需要好声音"，就包括了这层意思。

最后，还有一个重要的声音应用场景，就是"开会"，其实是职场这个情境。

在职场中，我们会遇到一些场合，需要展示出权威、专业、职业、稳定、可靠、可信、清晰、简洁、有感染力等气质，这一切高度依赖声音。

古往今来，无论在政商军学哪一界，无论是演讲还是会议，无论是阵前跃马还是讲台传道，我们每个人脑海里都有一个好声音的标准。嗳嗳、微弱、颤抖、嘟嘟哝哝、含混不清、声嘶力竭或者强行煽情的声音很难打动我们。

而那样的场合往往非常关键，具有极高的价值含量，尤其需要一个好声音为我们加分。我把它称之为"开会"。

除了那几个场景，还有一些特殊的应用场合，比如给小朋友讲故事等，我们暂且略过不提。

以上是我根据常见场景分出的三大类，而根据大家的自述，我还整理出了一些偏感性的分类，并用表格的方式，把这些问题简单对应到了播音发声学的专业技能上。

专业分类 应用场景	呼吸控制	口腔控制	喉部控制	共鸣控制	弹性控制
男声女气、尖细刺耳	√	√	√	√	
声音单薄、窄细	√	√	√	√	
虚弱无力：小声小气	√		√	√	
缺乏弹性，没有感情	√			√	√
吐字不清	√	√			
鼻音过重/缺失	√				
声音发散	√	√			

表1-1 | 用声场景 vs 专业知识

　　看完这个表，你可能会发现，或这或那的现象，对应的问题几乎没什么差别。这也是我想请你建立的观念之一：当你从感性角度提出一些诉求的时候，要记得提醒自己瞄准问题的根源，五大控制是解决发声问题的核心关键。

▶• 自测好工具：语音输入法

　　看过应用场景，我们可以搬出教科书了，好的声音应该准确规范，清晰流畅；圆润集中，朴实明朗；刚柔并济，虚实结合；色彩丰富，变化自如。

　　一大堆形容词告诉我们，声音要有情感，要生动、准确，能够良好地完成传情达意这个任务。

"可你说了半天，还是很抽象啊！我的声音到底能不能符合上面的要求，并能够在各个场景中运用自如呢？""我们怎样才能够知道自己声音的不足是在哪个部分呢？""具体能够对应到哪个点上呢？""该如何测试呢？"

用现在网上很流行的一种声音评测软件行不行？对着软件说一段话，它会给你出个评测方案，说你青叔音15%，大叔音30%，公子音37%等。

这种评测很好玩，还能告诉你跟谁比较登对，顺便社交一下，但它不告诉你应用场景，没有社会情感因素，评价标准也不稳定，关键是读一次，评测结果就变一次，真的不行。

我试了很多次，得出结论，这东西娱乐可以，可千万不能当真。

还好，你身边有一个质朴但很靠谱的好老师，就是手机，手机中有一个通用的测试工具，也就是语音输入法，我们可以用它来自测自评。

科技进步真的给生活带来巨大的便利，正是因为微信语音的存在，让我们发现了自己真实的声音，接下来你还可以安装一个语音输入法App，比如讯飞语音输入法，目前阶段，讯飞的中文语音识别能力，差不多是世界第一。

然后朗读下面的材料：

《四声歌》

学好声韵辨四声，阴阳上去要分明。

部位方法须找准，开齐合撮属口形。

双唇班报必百波，抵舌当地斗点丁。

舌根高狗坑耕故，舌面机结教尖精。

翘舌主争真志照，平舌资责早再增。

擦音发翻飞分副，送气茶柴产彻称。

合口呼舞枯湖古，开口河坡歌安争。

撮口虚学寻徐剧，齐齿衣优摇夜英。

前鼻恩因烟弯稳，后鼻昂迎中拥生。

咬紧字头归字尾，阴阳上去记变声。

循序渐进坚持练，不难达到纯和清。

你会说："哇，现在的语音输入法这么厉害，这些毫无逻辑的语句也能够准确识别吗？"

我们又不需要输出的字一致，发音一致就可以了。但如果发现某些识别出来的读音不一样，特别是一句当中连续错误，就要注意了，《四声歌》是被专门设计出来的练声材料，里面包含了几乎所有语音发音的元素，每一句都有特定指向。

比如材料中"合口呼舞枯湖古"中的"枯湖古"，如果都被识别为"呼呼呼"，这说明你"合口呼"发得不好，多半是因为唇部没力气，合口合不上，嘴唇松松垮垮的，要多练口部操。

如果语速快一点，识别结果就会少字，这是因为你没把字咬住，稍一放松就糊成了一片，这也是唇舌力量的问题，要让每一个字的颗粒完整才算合格。

利用语音输入法朗读《四声歌》，能发现你语音中的绝大部分基础问题。如果你想了解更多《四声歌》中的声音秘密，可以详细阅读我为你准备的小贴士。

Tips
《四声歌》隐藏的语音问题

当你用语音输入法转换完成对《四声歌》的朗读，对照一下，语音识别出来的文字和原文字有差别吗？有什么差别呢？

这些差别究竟意味着什么呢？我们来了解一下。

前四句，学好声韵辨四声，阴阳上去要分明。部位方法须找准，开齐合撮属口形。

辨四声，就是要区分把握汉语语音的阴平、阳平、上声、去声四种声调。最常见的错误是把"上"读成"shàng"，注意了，这个"上"，是第三声，读"shǎng"。

开齐合撮，说的是我们发声的四种口形：开口呼，指ɑ、o、e这样口部打开的元音。齐齿呼，类似i，需要我们双唇微微张开，牙中留一条缝隙。合口呼是u系列，撮口呼是ü系列，这两类声音也特别需要唇部力量，特别容易发音不到位。

第五句，双唇班报必百波，讲双唇音，b、p、m。

第六句，抵舌当地斗点丁，讲舌尖中音，d、t、n、l。

这两句话主要运用唇舌的力量，这也是咬字发音的最重要的口部力量，后面我们还要专门学习，而且安排了专项训练，现在我们可以先了解一下。

第七句，舌根高狗坑耕故，讲的是舌根音g、k、h。

第八句，舌面机结教尖精，讲的是舌面音j、q、x。发舌面音的时候，如果舌尖碰到牙齿或者两齿之间，就会发出"尖音"。比如把"尖、千、先"读作"ziɑn、ciɑn、siɑn"等。

第九、十句，翘舌主争真志照，平舌资责早再增。

前半句是翘舌音，zh、ch、sh、r。后半句是平舌音z、c、s，平翘舌不分，是当下最常见的语音问题之一。

第十一句，擦音发翻飞分副，讲的是擦音f、h、x、s、sh、r。顾名思义，擦音，就是发声时口部器官要轻巧摩擦。

第十二句，送气茶柴产彻称，讲的是呼出气流较强的塞音或者塞擦音，包括p、t、k、q、ch、c。

发送气音的时候，需要我们有比较好的唇部力量并能保持控制，否则，就有可能在说话的时候唾沫横飞，大大失礼了。

第十三句到第十六句，合口呼舞枯湖古，开口河坡歌安争。撮口虚学寻徐剧，齐齿衣优摇夜英。

这里就是我们上面讲到的"开齐合撮"四种口形的发音练习。这几句话读出来，最常见的问题就是嘴唇没力气，无法区分u和ü。其实只要记住，u是整个嘴唇在用力，而ü，是嘴角在用力。

第十七、十八句，前鼻恩因烟弯稳，后鼻昂迎中拥生。

这是前后鼻音，根据我给学员做测试的情况，后鼻音有很多人发不到位，好在用语音输入法，很容易识别这个问题。

最后四句，咬紧字头归字尾，阴阳上去记变声。循序渐进坚持练，不难达到纯和清。

这里说的是汉语语音中常见的变声现象。

清代诗人王士祯曾作过一首《题秋江独钓图》，这是非常有名的一字诗，虽然反复运用同一个"一"字，但在韵律上丝毫不给人重复累赘之感，还能将渔翁垂钓的情景刻画得生动鲜明，我们经常会借这首诗来体会汉语中的变声现象，来欣赏一下：

一蓑一笠一扁舟，一丈丝纶一寸钩。一曲高歌一樽酒，一人独钓一江秋。

▶ "酱紫"和"嗯嗯"是怎么来的？

读完《四声歌》，也许你已经发现了发音上的一些特点和问题，下面，我们再看几个有趣的语音应用案例。

在语音聊天中，常常会出现一些在语义语法上并无关联的特殊词语，比如"宣你""酱紫""爆看"等，常常有一种特殊的萌感，但如果是第一次接触到这些词语的人，难免要糊涂一番，经过提点，才会恍然大悟，它们是"喜欢你""这样子""不好看"等正常词语的连读。

以后手机聊天，你也可以试试用语音转换，不直接打字，如果语音输入法的识别中，出现了这一类词语，当然是你的语音出了问题啦。

除了故意要"萌"，如果在语音识别中出现了很多字音合并，这就说明，要么语速太快，要么吐字不清，或者因为语速太快造成吐字不清；如果标点出现在不该出现的位置，这说明你的断句和停连有问题。[26]语速、语流和停连关乎传情达意，和"萌""可爱""娇嗔"这种恋爱化效果，可不能完全等同。

有时候语音输入法还会发现你的语言习惯。我们也常常在日常的网络聊天对话中发现大量叠词，比如"嗯嗯、哪哪"这些口头语、习惯用语，如果在语音输入法对你的语音识别中出现，那么，可能你的表达习惯不够简洁。

【 然后然后然后——连词 】
【 嗯嗯，呃，啊——叹词 】
【 这个，这个——口头语 】

就在去年的一项调查中，人们发现"嗯嗯"已经成为新一代最受欢迎的语气词！而且"嗯"的字数不一样，效果也不同。比如说，嗯：冷漠；嗯嗯：温柔；嗯嗯嗯：不耐烦；嗯嗯嗯嗯嗯嗯：键盘坏了……

如果你有这种情况，也不要过于介意，别说我们普通人，名人们也经常会出现"口头语"，以及磕磕巴巴的情况。比如说，中央电视台著名节目主持人鲁健，中国传媒大学播音与主持艺术研究生，他个人的形象、气质、综合素质都很不错，但他在某档直播节目中，所说的"这个"简直多到令人无法忍受的地步。[27]

所以如果不做一次测试，你可能根本意识不到自己会有这些问题，就说我自己，做过多年新闻评论员，习惯追求完整严密想得太多，就导致平时说话停顿多，语流不畅，于是我就用语音输入法来帮助自己，发消息时经常有意用语音输入法转换，看到磕磕绊绊的识别结果，就意识到自己的问题，进而自然得到改善。

当然，好听的声音，不光是规范发音，还要科学发声。

气息强不强，共鸣好不好，声音是否饱含情感……这些，语音输入法听不出来，但你能听出来啊！

在翻完这本书后，你会了解到整个学科的基本体系，从语音到发声到表达，建立一个专业级的认知框架，用这个标准去评价自己、改善自己，再也不用被别人那些情绪化、业余化又不够善意的"意见""感觉"白白伤害了。

▶• 声音是可以看见的

语音输入法毕竟不是用来做声音测试的，它是为了方便人们而设计的复杂算法，会有很多智能的联想猜测，结果当然也不是百分百准确。

专业的普通话语音测试软件其实也有，大家现在报考普通话等级证，国家语言文字工作委员会采用的就是机器测试，但那需要额外付费，使用起来也比较麻烦，不像手机随时随地又免费，我们就不在这里讨论了。

我们总说，耳听为虚，眼见为实。不免会想，如果能看见声音就好了，有这样的方法吗？有！

你可以用手机录一段声音，再把音频文件发送到电脑，接下来你安装一个音频软件，比如Adobe（奥多比）公司的Audition CC（专业音频编辑处理软件），把这段音频拖进软件当中，这时候，你会发现，音频软件把你的声音转变成了高高低低、上下起伏的一段波形，这就是声音的样子。

同时，你还可以把我为你准备的《四声歌》录音（进入我们的公众号，搜索"四声歌"，获得这段音频文件）拖到软件当中，让它和你的录音各占一个轨道，只要用眼睛一看，就能看出两段音频文件在视觉上的不同。

当你反复见过了大量声音的肖像之后，你就会洞悉一个秘密，在播音发声学里面有一个原则：好听的声音是枣核形的，两头尖尖、中间比较饱满。也就是说，在对应字的头、腹、尾的处理上，字头是叼住弹出，字腹渐渐拉开、立起，很饱满，字尾是渐弱，到位收住，整体看起来，刚刚好合成一个枣核。

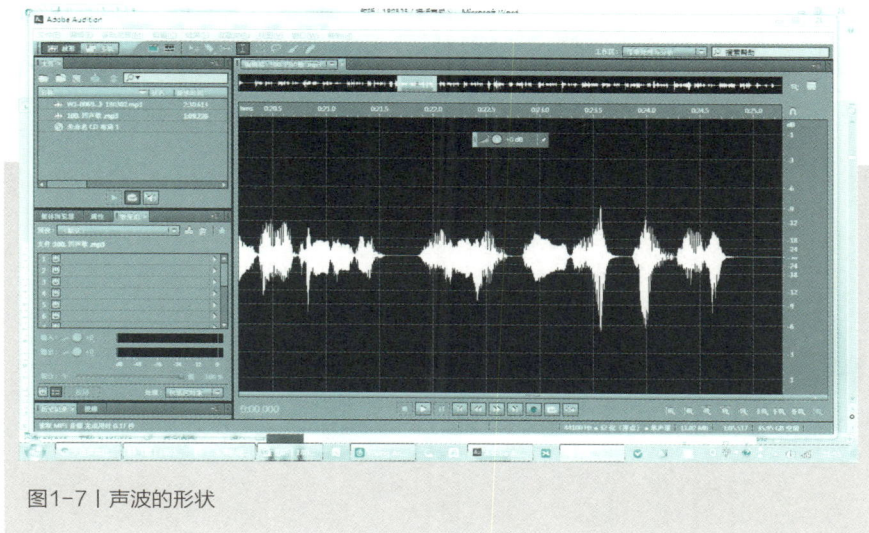

图1-7丨声波的形状

　　把声音拖进软件当中查看波形，也是一个了解自己声音的好方法。稍后的章节中，我们还会介绍如何利用现代化的软件工具，来改善我们的声音。

　　好，现在我们可以进行一个总结了。在本节中，你掌握了三个内容：第一，你了解到了这个学科的结构，它包括语音、发声、表达三个部分；第二，你熟悉了声音应用的三个主要场景：不累、配对、开会；第三，你还掌握了两个测试和了解自己声音情况的简易方法，就是"用手机语音输入法进行声音识别"以及"用电脑配合软件查看声音波形"。

　　我们是一群希望用声音为自己的工作生活加分的普通人，我们希望能花少量的时间和精力，了解这个学科的基础知识，建立结构化的系统认知，再借助现代科技手段，来为我们的学习提速、助力。

　　现在，你已经有了"语音输入法"这个贴身的免费的教练来帮助自己，把这个好用的方法分享给你的朋友们吧，并在生活当中，尤其是在发微信的时候，偶尔练习，顺便练习。

1-4. 一个声音立刻好听的应急办法：慢流中的大鱼

▶• 慢一点：发声是门控制的艺术

通过对本书前几节的阅读，你现在已经非常清楚了，声音训练首先是一门健身课。然而学会卷腹这个动作不能让我们立刻长出八块腹肌，因为知道不代表做到。

我们经常会碰到这样一个问题，今天才翻开这本书，明天就有一个重要会议要出席，要在会上讲话，真的来不及练了，有没有什么办法能够立刻让自己的声音变得好听一点点？有没有这样的应急办法？有的。

那就是"慢流中的大鱼"，这句话拆开来的每一个字，都对应着一个标准和一个要领，好像这句话也充满了情感和温度，学员们喜欢把我们的课程叫作大鱼声音课，就是从这里来的。

第一个字，慢，语速要慢。

开车时，人的反应需要最少200毫秒，也就是五分之一秒，这个时长是固定的，所以，如果你车开得太快，碰到危险情况，就反应不过来。

同样的道理，发声的时候，如果说得太快，嘴就容易跟不上，现在大家把很多荒腔走板的演唱叫"车祸现场"，可能就是从这里来的。所以不妨慢一点，给自己留点余地。

那多慢是慢呢？

随着时代的变化，我们的听力也在进步，20世纪六七十年代，中央人民广播电台播报新闻的速度是每分钟180个字，2000年到2015年，央视春晚主持人的平均语速是每分钟232个字。语音交流发展到今天，一般认为，正常的语速是每分钟244个字，专业主持人的语速一般是每分钟300个字。[28]

目前全世界讲中文语速最快的人，是相声演员方清平老师。2013年，在国家级普通话测试员和吉尼斯认证官的现场鉴证下，他用20.5秒背诵《木兰辞》前三段，共182个字，约等于每分钟533个字，创造了中文表达速度最快的吉尼斯世界纪录。[29]

大家可以搜索一下，感受感受这个世界第一的速度，从专业角度来说，快还算不上最大的亮点，关键是他不仅快，而且又准确又清晰，1秒钟约9个字，还能保持每个字的完整，这种扎实的基本功和强大的心理素质，实在令人钦佩，不愧是世界第一。

对比来看，2014年，浙江卫视著名主持人华少也曾经在电视节目中"挑战"同样的内容，并且把时间缩短到了18秒。[30]华少的时间虽然比方清平缩短了2.5秒之多，但是，为了追求速度，在部分词语的表达上清晰度就不够好，并且出现了一些口误。出现这种情况的重要原因之一，就是华少参加的综艺节目要求他临场朗诵，他并没有时间进行针对性的专门练习。

你看，一个国内顶级的主持人，综合素质和专业水平都非常优秀，当面对不熟悉的内容，进行追求速度的表达时，也会发生本不应有的诸多意外状况，何况我们这些普通人呢？

发声的艺术，是一门控制的艺术，把速度慢下来，你就会更加得心应手，慢是一个让你声音好听的、"投机取巧"的好办法。

可能有的读者还会继续问，怎么慢下来呢？我慢不下来，我一慢下来就着急。

慢也有慢的方法。怎么慢呢？你把每个字的声母、韵母都读完整、念清楚，不要嗖的一声就糊弄过去，读完整、念清楚还能让你的声音好听。

最典型的例子，就是"元"。

受过专业训练的人，他发中间那个元音a的时候，你明显能听出来，他的口腔打开了，所以我们听着就觉得声音是圆润的，有共鸣。

如果不打开呢，我们会感觉这个声音是扁的，比较平。所以要怎么慢呢？你先试试看，把这个字给拉开了念，y—ü—a—n——元，不就慢下来了吗？

这一慢，不仅是慢，还练习了各种声母韵母的发音，因为你慢了，就必须得拉开，这就是一举多得。

说话慢一点，也是一个非常好的爱护自己和他人的方法，有时候嘴太快，脑子就跟不上，就容易口不择言，话刚出口，哎呀，这话怎么说的这是，想收都收不回来。

慢一点，就给自己和别人都留了一点余地，我们经常会看见在记者招待会、新闻发布会上，一些政要在答问的时候，语速往往非常慢，显然，这就是为了考虑周全。

总结一下，好听的声音，是一条慢流中的大鱼，第一个关键字：慢。

慢能方便唇舌运动；

慢能缓解大脑压力；

慢能提高个人修养。

多慢是慢呢？读一遍《四声歌》，用时不低于90秒。平时说话的时候呢，请参考每分钟244个字这个标准。现代生活节奏快，也最好控制在每分钟300个字以内。

首先，让我们慢下来。

▶ 打开口腔，发出流畅自然的中低音

"慢流中的大鱼"，第二个字，流。

代表语流顺畅。

好听的声音像一条溪流，自在地蜿蜒而下，自如地流畅表达。

磕磕绊绊、呃呃啊啊，叫不流畅；见字出声，跟开车过减速带似的咯噔咯噔，也叫不流畅。流畅不光要靠基本功，还讲究心态和表达，要在充分理解的基础上，一段一段地表达意思，而不是一个字一个字地念出来，要"语意抱团"。

同时，要做到语流流畅，最容易的方法就是熟悉内容。熟悉指的是两层意思，一是要反复看，反复"上口"，光用眼睛浏览和真的开口读完全是两种感觉，你试试就知道了，我们经常会有这样的经验：文本语言看着很好，一开口就不知道怎么那么别扭，完全不是那么回事，所以必须要充分熟悉、反复读，形成顺畅的语感；另一层意思是理解，当你真正理解一段文字的意思之后，就能从字面上逃开，不被一个一个精心修改过的字符所束缚，而是真正流利流畅、发自内心地去表达这些话的意思。

在金庸的《倚天屠龙记》第二十四回，张三丰将自己新创的太极剑法传给张无忌，让他现学现卖，去斗赵敏手下的阿大也就是八臂神剑东方白。张三丰将太极剑法慢吞吞、软绵绵地演练了一遍，问张无忌看清楚没有、都记得了没有？张无忌说，已经忘记了一小半。

接着张三丰又演练了一遍，竟和上一次完全不同，张无忌说还有三招没忘；就这么教下去，直到张无忌说全忘记了。

张三丰这才道："不坏，不坏！忘得真快，你这就请八臂神剑指教罢（吧）！"接着张无忌就以这一套已经忘记招数的剑法，打败了强敌。

这个故事看着很玄，其实完全符合我们在表达中的创作规律。比如当

我们登台演讲的时候，如果你脑海里聚精会神想的是稿子，是想着要一字不错地背出来，那我可以说，这演讲多半是不怎么样的，往往越想一字不错就越会错。你得像张无忌那样，忘掉之前牢记的一切，只记一个最核心的精髓，也就是你登台的终极目的——你想要和大家分享观点，把注意力集中在这里，才能取得圆满胜利。

然后再稍稍注意停连和重音即可，这就是第二个字，"流"。[31]

第三和第四字，中低（中的）。

"中低"两个字，代表着教科书的好听标准：自然的中低音。

如何才能找到这样的声音呢？有一个简便的方法：坐在椅子上，身体放松，自然地张开嘴，发出"啊"这个音，这就是你的自如声区。

用略低于这个声调的感觉说话，就是你最好听的，自然的中低音。

不要用想象中会好听的声音说话，自带混响的骨传导会让我们无法准确得到自己声音的实时反馈，这种表演太困难了。

自然，才会自在，你自在，听你说话的人才会自在。

大家都自在，声音才有可能好听。

这是我曾经在江苏卫视给全国的观众们分享过的经验，利用"葛优躺"这个姿势，找到自己的自如声区。如何才能够定义自如呢？就是我们千万不要紧张。可以通过检查自己的喉咙和肩膀是否放松来判断自己是否过于紧张。

如何检查呢？我自己常用的方法是觉知。

坦白说，到一些重要场合，人往往是紧张的。适度紧张也有必要，在这种情况下，去觉知自己的状态，并去指令它放松，会是一个很好的自我调节的方法。如果你练过冥想、正念，你会很容易找到这个感觉：觉知自己的肩膀，然后命令它放松下来，它会有一个放松下来的动作，你的状态也会随着这个动作而松弛下来，试试看。

第五个字，大。

小朋友刚出生，我们一般都这么夸："哎，这孩子，哭声洪亮，嗓门真大！"

大是一种力量，大是一种美，当你含着胸驼着背，嘴巴都不敢张开，跟谁都小声小气的，声音绝不会好听，整个人的生命之火都要熄灭了似的。

所以要怎么做呢？我们不去介绍各种专业要求，就用最简单的方法：别闭着嘴说话。

嘴张开，用力、大声说话，同时做到抬头挺胸，不要低头啜嚅着说话，去掉那些会显得非常没有气场，没有自信，没有魅力的"哼哼嗯嗯""这个""呃""然后"之类的词。

口腔开度大了，共鸣就会变强，气息加强了，声音就更有生气更洪亮，自然就会变得更加好听了。

怎么样？开口前，先花10秒钟来组织一下语言和观点，然后尽量放松自如、充满信心地发出你有力的声音，你会发现你的语音有了令人惊讶的变化，是不是很简单？

▶• 这是声音教练给美国总统的发声建议

第六个字：鱼。

鱼是愉快、愉悦、积极。是心中有善意，嘴角有笑意，这是一种积极的状态。[32]

给大家介绍一个人，罗杰·艾尔斯，他是美国福克斯前新闻董事长，默多克的坚定盟友、麾下大将，他曾担任美国多位总统的顾问。他是美国现任总统、"推特治国"小能手——特朗普总统的辩论顾问。听这个履历你就知道了，这是一个世界顶级的公共关系高手。这样一个人，对美国总统的表达，会有什么样的建议呢？

"慢流中的大鱼"，最后一个关键字，愉（鱼）。

这就是这位世界顶级的演讲、竞选、声音教练，给美国总统的建议。

早在1968年，他就是尼克松的竞选私人教练，当时他给尼克松的建议是：要保持微笑，把电视当作自己的朋友。最终，尼克松赢得了大选。

这是一字千金的建议：愉快、愉悦、积极。

说话是一种人际交流，在发声的时候，别人是能看见你的脸的，你是板着脸、拉着脸，面无表情地在说话，还是积极地、友好地、面带微笑地说话，给别人的感受是不同的。

我们都喜欢真诚友善的人，那么如何让你的声音体现出你的真诚和友善呢？

最简单的办法，就是心中有善意，嘴角有笑意。或者记住四个字：未语先笑。记住这个要领，你的声音就会好听，这是世界顶级高手的建议。

这件事说来容易，做起来其实还是有点别扭的。

在我们的文化里，讲究内敛含蓄，好像把表露情感当成一件羞耻的事。

怎么能毫无障碍地进行微笑表达呢？

方法也非常简单：把听你说话的人当成你的朋友，把每次谈话都当成分发礼物。

请你仔细想想，事实就是这样，每一个听你说话的人，都向你支付了他的时间、耐心和信任。

那是人的生命里很宝贵的东西。

你用什么来回报他呢？

当然要把他当成朋友，送给他礼物。

我们送礼物给别人的时候是什么样的心情？

我们手里捧着的，不是简单的礼物，而是友善、希望和价值，我们是真的希望他开心，因为朋友的开心，我们自己也会感到由衷的高兴。

抱着这样的心态去说话，自然就有了一份真诚友善的感染力，你的声音就会不由自主地变得好听。

就比如《四声歌》，这也能当成礼物分发吗？

当然可以，《四声歌》里有很多重要的知识，你自己已经弄清楚了，都掌握了，现在说给你的朋友听，教会他这些知识，这怎么就不是礼物了呢？这怎么就不能高高兴兴呢？

带着这样的情绪去说话，让你的每一句话都成为礼物，带着善意，送给你喜欢的人，就这么简单。

《红楼梦》里有一句诗："丹唇未启笑先闻。"

生活中，我们喜欢听空姐或话务员的声音，因为这样的声音带着笑容，传递了友好。除了情感上的因素，微笑让声音好听，还有什么科学依据吗？有！

微笑能让你唇齿相依，也就是让上唇和牙齿贴在一起，不留缝隙，这样你的声音就不会嘟嘟囔囔的。为了达到这种状态，语音发声学里还专门有一个训练，叫"提颧肌"。

颧骨是我们眼眶的外下方，在颜面部隆起的那部分。19世纪，法国科学家纪尧姆·杜胥内·德·波洛涅发现，人的笑容是由两套肌肉组织控制的，其中一套就以颧肌为主，我们笑容的标准动作，嘴巴上翘，双唇后扯，提升面颊并露出牙齿，这些面容的变化，都受到它的控制。

关于如何"提颧肌"，发出好声音，具体的讲解，会在我们后续的章节中详细展开。此刻，你只需要记住，这一条慢流中的大鱼，最终和我们的情感连接，就在这种积极、愉悦、保持微笑的态度下，这样做了，你的声音就会更好听。

最后，我还要和你分享一个平时训练的小秘诀。

请选择一首你特别喜欢、特别有感觉的朗诵作品，他读一句，你跟着读一句。

绘画界有个很重要的学习技法——临摹。这是直接与大师对话的方式。

深受大家喜爱的主持人崔永元就曾谈过，自己没有接受过一天正规科班训练，如果说有过一点声音训练，那就是听着前辈大师们的作品，一边听一边模仿，仅此而已。（这段来自喜马拉雅的音频节目，是孙悦斌老师主持的《2018论道·声音者》第2期：实话实说——崔永元，崔永元老师在

访谈中自己谈到。https://www.ximalaya.com/renwen/12885371/）

▶• 我们都听过它的故事

　　了解了基本的好声音"速成"要领之后，就如何实现"慢流中的大鱼"，我再给大家一些实际操作的小建议，比如，"中低"二字如何做到？除"葛优躺"之外，还有什么其他的办法吗？

　　当然有，但"葛优躺"已经是最容易掌握的方法了，还有一个姿势你也可以试试，清晨醒来的时候，做个平躺放松的姿势。

　　"葛优躺"也好，平躺放松也罢，这都只是手段，找到自然的中低音才是目的。就好比空姐平日咬筷子练习微笑，咬筷子是一个协助我们找状态的工具，到真正服务乘客的时候，不能还咬根筷子。

　　所以，你要做的是，利用手段，找到放松自如的正确状态，通过大量练习来形成习惯，如果大家通过"葛优躺"来练习自如发声，平日说话时也要有"葛优范儿"，那也未免太可爱了。

　　还有个大家都很关注的问题，都说"鱼"代表了积极愉悦的心态，可如果我需要表达悲伤、愤怒等情感时，应该怎么做？

　　这个问题特别好。

　　所以在发声练习中，我们总是说要"提颧肌"，而不是微笑，尽管这两者看起来差不多。它们的区别在于，提颧肌是一种肌肉运动，目的是让唇齿相依有张力，而笑是情感状态，是表达一种心态和情绪。

　　悲伤、愤怒，也是需要有力量的，也是讲究口腔状态的。

　　所以，提颧肌和笑是两回事，请注意体会两者之间的根本区别，笑是有眼部动作的，我们总说眉开眼笑对吧，而提颧肌没有。

　　以上就是本节对"慢流中的大鱼"的完全解读，恭喜你，掌握了一个声音秒变好听的独门方法。不过，快速见效的捷径固然有用，但想要稳定长足地提升，唯一的途径仍然是坚持专业的刻意练习。

获得好声音和获得一切高超的本领技术一样，除了扎实的练习，也要胸中有气象，心中有善意。

我出生在长江中下游平原，那地方很穷，是国家级贫困县，但是特别美。

长江北岸，江面宽阔，江水缓缓东流，那种大江东去的感觉，让人心胸开阔。

在这里，传说会出现长江女神——白鳍豚。我从来没有见过白鳍豚，但在整个童年，老人们都在讲述她的故事。

据说，她美丽优雅，却从不与人亲近，只是默默守护着这片水域，在暴风雨即将来临的时候，她会巡视江面，庇佑在长江流域生活的人们。

注释及参考文献

注释:

[1]余紫莹，许勇，杨军，等.骨导超声听觉感知综述.电声技术，2014，38（7）：35-38.

[2]理查德·格里格，菲利普·津巴多.心理学与生活：第19版.王垒，等译.人民邮电出版社，2016.

[3][4]丁凯，丁庆.音乐的传导方式——空气传导和骨传导.乐器，1991（3）：47.

[5]吕磊，王福源，樊永良.骨传导技术及其应用.听力学及言语疾病杂志，2011，19（1）：85-86.

[6]辜磊，杨慧.试探普通话综合教学法的效果——基于实验语音的研究.第十一届中国语音学学术会议，2014.

[7]朱晓峰.骨导电话传输性能研究.现代电信科技，2008，38（3）：48-53.

[8]李敏杰.骨导和气导结合的语音增强系统搭建.哈尔滨工业大学，2016.

[9]钱宇虹，梁力，江刚.正常青年人气骨导听性脑干反应的比较研究.听力学及言语疾病杂志，2002，10（2）：76-78.

[10]吴秀坤.发声器官的构造与功能.中国科技信息，2006（06）：243.

[11]徐恒.播音发声基础训练.现代传播：中国传媒大学学报，1980（3）：59-63.

[12]方光战，杨萍，崔建国，等.声音性吸引力对仙琴蛙脑电theta波时空模式的调制.中国西部动物学学术研讨会，2012.

[13]你还在单身的时候，"00后"用三个字就找到对象.网易数读，2017－09－14.http://news.163.com/17/0914/14/CUA789FT000181IU.html.

[14][16][19][21]吴宝沛，吴静，张雷，等.择偶与人类嗓音.心理科学进展，2014，22（12）:1953-1963.

[15]陈雪璐.女性生理周期对嗓音注意偏向的影响研究.西南大学，2016.

[17][18]杨毅.女性嗓音音调对男性长时记忆的影响：基于人类择偶的研究视角.江西师范大学，2017.

[20]刘芳芳.音高、情景、情绪状态对感知说话者人格特质的影响.西南大学，2017.

[22]甘琳琳.当代中国人的择偶偏好及其影响因素.华中师范大学，2007.

[23]声临其境：张歆艺挑战两段高难度台词表演.广州日报大洋网，2018－01－06.http://mini.eastday.com/mobile/180106130425973.html.

[24]杨澜访谈录：李立群——解码戏剧人生.北京卫视，2014－03－02.

[25]杨澜访谈录：冯远征——撕掉标签的人.北京卫视，2014－10－19.

[26]罗佳.电视新闻直播语言研究——以中央电视台为例.中国社会科学院研究生院,2012.

[27][31]穆佳帅.有声语言表达方式的语速研究——以波音支持创作主体为例.西安工程大学,2014.

[28]周奕武.论央视春晚主持人传播风格的构成及其嬗变.浙江工业大学,2017.

[29]2013年吉尼斯中国之夜.CCTV-1,2013-10.

[30]我不是明星第四季.浙江卫视,2014-09.

[32]张颂.关于愉悦共鸣的思考——语言传播杂记之十一.现代传播:中国传媒大学学报,1999(2):63-64.

参考文献：

戴维·巴斯.进化心理学：心理的新科学.商务印书馆,2015.

彼得·迈尔斯,尚恩·尼克斯.高效演讲：斯坦福备受欢迎的沟通课.吉林出版集团有限责任公司,2013.

理查德·格里格,菲利普·津巴多.心理学与生活：第19版.王垒,等译.人民邮电出版社,2016.

亚伦·皮斯,芭芭拉·皮斯.身体语言密码.王甜甜,黄佼,译.中国城市出版社,2007.

SOUNDING

2

发声的秘密

声音的魅力

2-1. 呼吸控制，每天24440次的开挂人生

▶ 生来就会不等于生来就对

经过了上一个章节的学习，我们了解了好声音到底是怎么来的，它有什么意义，如何认识我们自己的声音，以及一个立刻改善声音的应急办法。

如果你觉得"慢流中的大鱼"这个方法还是太笼统，想进一步系统学习和练习，那么，从现在开始，我要和你一起进入一个通俗易懂又科学有效的声音训练体系了，你准备好了吗？

就从你的日常生活开始吧。

你有没有想过，有一件事情，你每天都要做24440次？

什么？这么高频的行为，你还没有概念？

是的，这件事你无法避免，就是呼吸。

如果你习惯了正确地呼吸，那么这一天，你就得到了24440次收益；如果你的呼吸方式是错误的，那么，太不幸了，你每天都要遭受24440次损失。

不巧的是，大部分人的呼吸方式都是错的，而错误的呼吸会给你的声音带来非常大的危害——缺乏力量、不够清楚，容易让嗓子疲劳，不能长

时间用声等，它还会造成你的声音过于扁平，缺乏起伏变化，没有情感、没有表现力。

这些问题产生的根本原因都是呼吸。

其实，你在刚刚出生的时候，就会正确呼吸，但是经历了成长、学习、社会交际和人生历练的你，今天的呼吸方式，还真有可能偏离了当时的轨道。

小孩子都有一个特点，他们的哭闹声会非常非常大，如果你去观察一下他们的呼吸方式，你会发现，随着他们嘹亮的呐喊，他们的腹部在起起伏伏。在专业里，这叫腹式呼吸，当我们长大一点后，如果运气好，这种呼吸会进化成胸腹联合式呼吸，那就是我们生来就会的，更健康、更高效的正确呼吸方式了。

呼吸是发出好声音的生理基础，是声音训练的"内力修为"，因为这个你每天都要重复24440次的动作，会在不知不觉中改变你。当你养成良好的呼吸习惯之后，你就会像开了挂一样，在正确的范畴里自动运行，不光能够让你的声音更好听，还能让你更健康，甚至让你拥有更饱满的精神状态和更好的身材。

好，现在来喘几口气，感受一下你的气息流动方式，有没有发现，在吸气的时候，你的肩膀会微微耸起来？如果你的感觉还不明显，你可以对着镜子看一下自己，或者打开手机的前置摄像头，看呼吸的时候，你的肩膀有没有往上抬。如果你的肩膀往上抬了，上胸部往上耸，而且那里的胸围变大，那你的呼吸方式就很有可能是错的。

好，不要着急，再看看你肋骨的下方，也就是你的腰部，有没有明显的变化？如果没有，那你百分之百在运用一种错误的呼吸方式，这就是"胸式呼吸"。

我们说的胸式呼吸，或者说是锁骨上的呼吸，有一个非常明显的特点，就是吸气的时候肩膀会往上耸，而腹部基本上不变，这和我们在孩童时期的胸腹联合式呼吸刚好相反。[1]

为什么我们会从孩童时期的胸腹联合式呼吸变成胸式呼吸呢？

　　这跟现代人的生活和工作方式的改变有关。现代社会，人们往往是以弯腰曲背的姿势坐着从事脑力劳动，同时，我们站着的体力劳动也大大减少了，呼吸方式也就跟着发生了改变。从天真无邪、大吵大闹的儿童，到今天温和端正的年轻人，是科技发展社会进步改造了我们，这当然是好事，但我们也因此失去了一些东西。

　　现在请你跟我一起做一件事：想象一个明媚的清晨，早上起床，你走到户外的花园当中，林深草绿，空气清新，然后你伸个懒腰，深深地吸了一口气，闻到了花的香味，真香啊。好，停。请你回想闻到花香的那个时刻，你所用的呼吸方式，是不是有一种舒展愉悦涌上心头？你体会到了吗？这一口气吸得特别深，一直吸到了小腹，也就是武侠小说中"丹田"那个位置。

　　恭喜你，你已经完成了一次正确的"胸腹联合式呼吸"。

　　是不是很舒服？但我们怎样在平时也能获得这种愉悦的呼吸感受，再次获得孩子一样有力的呼吸能力呢？接下来我们一起来学习这个方法。

▶• 认识一块低调的肌肉

　　胸腹联合式呼吸，顾名思义，是我们的胸腔和腹腔都会参与到呼吸的过程中来。

　　我们都是有医学常识的人，明明人的腹腔是一个封闭的腔体，里面是没有呼吸器官的，我们的气都在肺里面，但为什么我们还会觉得深呼吸的时候，气会到小腹，会到丹田那个位置呢？

　　这就要说到一块对呼吸至关重要的肌肉——膈肌。

　　膈肌生长在我们的胸腔和腹腔中间，在平静的状态下，我们呼吸活动进行的气体交换，有25%来自肋骨的运动，而75%是靠膈肌的活动。[2]

　　我们说的发声洪亮、中气足，基础在于用力把气吸到肺的底部，这样可以保持我们气息的绵长稳定，为其他器官对声音进行塑形提供可能。这个时候呢，就要让膈肌下降，请想象一下，横在胸腔跟腹腔中间的那块肌肉，往下一压，是不是就给上面的肺部腾出了更大的地方？

　　好极了，武侠小说中那些内家高手所体会到的"气沉丹田"的感觉就是这样的。

　　我们的气吸得更深了，正是因为膈肌向下压迫了腹腔，腹腔就会感觉有压力，所以我们的后腰才会胀起来，感觉那个气好像吸到了丹田，其实只是膈肌下压时所产生的压力而已。[3]

　　我们正在学习的"胸腹联合式呼吸"，就是吸气以后，肋骨扩张、膈肌下降，小腹反而微微收起的一种呼吸方式。这种呼吸方式，肌肉活动范围大，伸缩度高，进气量多而且比较容易控制。

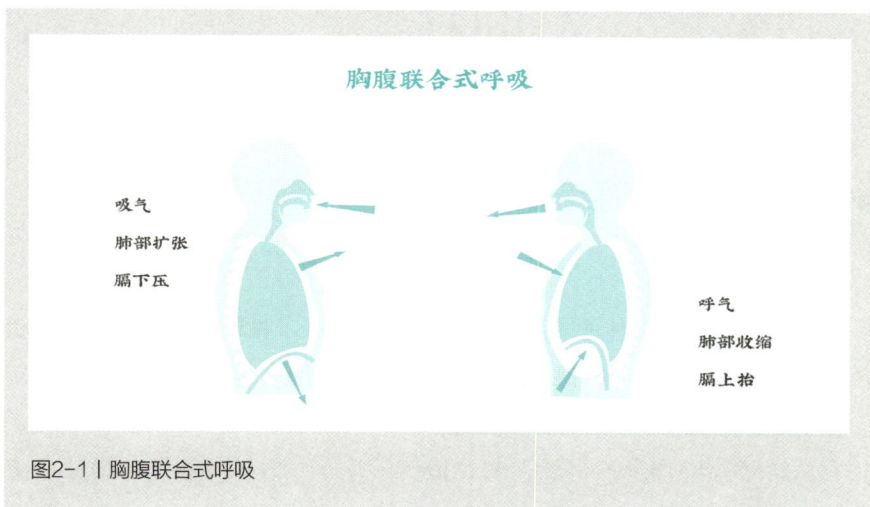

图2-1｜胸腹联合式呼吸

　　明白了这个原理，你也许会问，是不是只要练好这块肌肉，就可以成为"发声高手"了呢？

　　很不幸，这块对呼吸起巨大作用的膈肌，我们正常人根本觉察不到它的存在，它就像《天龙八部》里少林寺的绝顶高手扫地僧一样，低调到不行。在科学上，它叫作"非随意肌"，也就是说，我们无法控制它、主动运用它。

不过，也不用沮丧，人体是一个精妙复杂、相互联系的有机体，膈肌虽然低调且无法控制，但是，我们可以控制腹肌！腹肌很实在、很听话，我们可以靠腹肌运动来改变腹部的内压，从而间接驱动膈肌运动，控制它的升降，所以我们要练呼吸，首先应该练的是腹肌。

腹肌没有力气，就无法控制膈肌的升降。所以有很多瘦弱的女孩子，声音就格外细弱，因为她的腹肌没有力量。

刚才我们通过"闻花香"的方式，找到了胸腹联合式呼吸的感觉，但我们不可能在平时的生活当中每一次呼吸的时候，都那么有意识，那么专注地去吸那么深的气。那么，我们应该怎样做才能更自然地找到这种感觉呢？有没有什么方法来训练，帮助我们养成这样呼吸的习惯呢？

有的，我们需要做一系列的"腹肌训练"练习。

▶ 像英国国王那样练习

在给大家介绍具体的"腹肌训练"方法之前，我想先和你分享一部和声音训练相关，并且非常值得一看的电影——《国王的演讲》。

这部影片于2010年上映，好评如潮、获奖无数，其中最有名的，是它获得了第83届奥斯卡金像奖"最佳影片""最佳导演""最佳男主角""最佳原创剧本"等多项大奖。同时，这部电影也是所有希望练习发声，学习表达的人，必须要仔细看的。我甚至因为受这部电影的启发，在知乎开过一组专门的课程，就叫作《给国王的声音私教课》。

为什么这部电影对有志于学习发声表达的人来说特别重要？让我们先了解一下影片的内容。

　　1936年，正是第二次世界大战前夕，英国国王乔治五世逝世，爱德华八世继承王位，但他不爱江山爱美人，竟然为了迎娶心爱的辛普森夫人而选择退位。继承王位的乔治六世当时还是有严重口吃的约克公爵，他的口吃严重到甚至没办法当众说话。对于一个处在危机中的庞大帝国，作为精神领袖的国王竟然无法公开发声，这当然是一个极为严重的问题。

　　影片讲述了乔治六世在语言治疗师罗格的帮助下，终于克服了表达上的障碍，在二战爆发前夕，对英国公众发表了鼓舞人心的演讲。乔治六世和他的故事，在整个二战期间成了英国国民勇气的来源。

　　这个故事的主题，当然是一个人怎样去战胜自己，这是一个永恒的主题。但是乔治六世具体需要挑战的对象是口吃，这当中就牵涉到语音、发声、表达、心理控制等方方面面的专业知识。

　　本片的编剧大卫·塞德勒，跟片中的乔治六世一样，也曾是口吃患者，乔治六世的故事也激励了他的成长。所以他一直在找机会，想把这个故事搬上银幕。幸运的是，他最终找到了曾同样被罗格医生治疗过的一位叔叔，从而获得了罗格治疗手法的第一手资料。影片开拍9周前，大卫得到了罗格医生的笔记本，从而对当时发生的事件有了更真实的了解，不少记载的内容都被直接引用到了电影之中，在使得影片生动性大增的同时，也给了我们很多启示。[4]

　　我在自己的课程中，也常会大量引用这部电影，因为当中有非常多值得学习的技术性细节。

　　国王到底是怎样练习发声的呢？

　　比如说，影片中有一个场景，是语言治疗师罗格要求国王平躺在地板上面，然后让王后坐在他的肚子上面，再然后让国王开始练习呼吸。

　　乍一看，这个情景你觉得非常奇怪是吧？实际上，这是声音训练里的一个非常常见的，也是广受推崇的训练方法，主要目的就是用来训练你的腹肌。

　　当然了，在现实生活中，我们不可能随时随地找到一个人坐在你的肚子上面练习呼吸，但是我们可以变通一下，比如可以把一本厚厚的书放在自己的肚子上面，在以肚脐眼为圆心的位置上，用呼吸把书升起、降落，达到训练腹肌，进行呼吸控制的效果。

除了放书，还有一些比较常见的方法可以用来锻炼我们的腹肌，来列举几个：

（1）通过仰卧起坐或团身起坐，辅助腹肌爆发弹力发声，练习腹肌的爆发力；

（2）通过肩肘倒立后的腿部动作，练习腹肌灵活性；

（3）通过仰卧发声和坐姿收送气训练来练习腹肌与发声的配合。

这几个练习对养成"胸腹联合式呼吸"的正确呼吸方式有很好的效果，如果你感兴趣，可以按照我提供的训练方法来试试看，如果觉得太复杂而且难度较大，也可以每天抽出一点时间，只需要找一本厚书，像国王那样练习。

图2-2 |《国王的演讲》中的练声方式

熟悉了"腹肌训练"之后，我们再花一点点时间回顾一下"膈肌"练习。膈肌是非随意肌，非常难锻炼，但也不是完全没有方法。膈肌的锻炼除了能让我们的发声气息更加自如，还有帮助分娩、治疗便秘的功能！

想要训练膈肌，先要找一找膈肌用力的感觉。

请设想这样一个情景，你躲在门背后，等着朋友慢慢走过来，突然从门背后跳出来，大声"嘿"一声，吓唬他。你发声吓唬别人的时候，就是膈肌用力。

另外一个特别常用的方法叫狗喘气。你先别觉着不雅观啊，这可是写进了各个教材里的方法。在夏天的时候，狗因为需要借助舌头散热，就会把舌头伸出来，非常急促地反复喘气。

你也许不养宠物，还有点不太能体会到，那么我们换一个更熟悉的例子：

女孩子非常伤心难过的时候，会小声地抽泣，这也是一种急促反复的膈肌运动。

Tips
腹肌训练要领[5]

（1）训练腹肌爆发力

①连续仰卧起坐或仰卧举腿30～50次。

②直立然后仰卧，双手于胸前交叉，收回双脚，膝部屈至90度，骨盆前倾使腰底部平贴于地面；保持骨盆前倾姿势5秒钟，团身缓慢上抬，至肩胛骨离开地面，维持呼气5秒钟；最后缓慢躺下，恢复预备姿势，同时吸气。用力抬身，腹肌用力收缩时呼气，放松腹肌时吸气。每天做3组，每组重复5次。

（2）训练腹肌灵活性

肩肘倒立后，两腿在空中交替屈伸，"蹬自行车"或两腿伸直左右交叉摆动。

（3）腹肌与呼吸、发声主动配合感觉的锻炼

①仰卧。小腹上放一本较有分量的厚书，当吸气较满时，小腹上抬，如过度收腹会顶住膈肌，影响膈肌下降从而影响吸气量，体会到此关联后，尝试发出长声单元音。呼气时，腹肌收缩；吸气时，腹肌有一定紧张感。

②坐姿。双腿伸直，腰腹放松，上身左右旋转，后仰吸气时腹肌放松，前倾呼气时腹肌有意识收缩送气。

▶• 武林高手的呼吸方式

通过训练腹肌和膈肌，我们的肌肉力量增强了，可是光有力还不够，还得知道怎么使对不对？下面，我们再进一步来体会一下，胸腹联合式呼吸是个什么样的感觉，找到这种呼吸控制的基本状态。这个部分的这个知识点叫作慢吸慢呼。

不瞒你说，如果不是因为写这本书，我根本想不起来我为什么一直保留了胸腹联合式呼吸。

我非常非常小的时候，曾经看过一本武侠小说，非常幸运的是，我竟然想起了那本武侠小说的主角的名字。后来我还真的把这本小说给找到了。这是柳残阳写的一本武侠小说，叫《金家楼》，里边的主角叫展若尘。

坦白说，这本小说的文学价值实在不高，恐怕你压根儿没听说过，但这本小说确实给了我一个特别大的帮助。

这本小说里有一个章节，主角的仇敌杀上门来火攻，展若尘就带着部下躲起来了，部下们都是练的外门功夫，虽然非常孔武有力，但是碰到夹杂着烟火的呛人空气就感到非常难受，我印象特别深的是这个段落——

　　他一看展若尘面不改色，一点都不狼狈、窘迫，呼吸还是那么平稳，就请教展若尘说："你怎么不怕呛呢？"

展若尘淡淡一笑说："因为我会一门神功，修炼起来还特别容易，只要尽可能慢地吸气，再尽可能慢地呼气。"

我看那本书的时候也就十几岁，但我就对这段话印象特别深刻，真把它给记住了。可能是因为我对武侠小说里大英雄的向往和羡慕吧，我就经常修炼主角的这个武功，按照他说的，尽可能慢地吸气，也尽可能慢地呼气。

后来我做了主持人，开始看声音训练方面的专业书，我发现这个呼吸的方法竟然是科学的，是真的，它有一个正式的名称，叫作"慢吸慢呼"，这是气息训练的一个基本方法。

而我呢，也真的靠着这个方法受了益，有年台里组织去三亚旅游，我们闲得无聊比闭气，我是同事中在水里闭气时间最长的，你要知道，这帮人的肺活量可都不小。

当然，你现在看了我写的这本书，就不必再去找武侠小说中的内家法门了，那毕竟是故事。在本节的小贴士里，我会给你提供一些非常有意思的"慢吸慢呼"训练方法。

Tips
慢吸慢呼的训练方法

（1）闻花香吸气

和我们前面的例子一样，想象你清早起来锻炼，外面空气特别清新。你发现了一片花园，走了进去，四处都是花的香味，你觉得非常享受，你想更多地闻闻这美妙的香味。于是呢，你要先叹气，用叹气的方式把肺里的气体全部叹出来，然后你深深吸了一口气，直到吸不动了为止。

（2）吹灰或吹瓶子

想象自己面前有一堆灰，然后尽可能匀速、缓慢，少量而集中地把气吹出来，不要太用力哦，否则灰尘会眯了眼。

还可以拿一个空可乐瓶，对着瓶口吹出呜呜的声音。

（3）发连续si音

模仿自行车胎漏气，持续发出"si……"音。

我们进行慢吸慢呼的练习，主要是为了初学的时候把速度放慢，保证自己能够掌握呼吸的基本的正确状态。这样，我们的胸腹联合式呼吸就有了一定的基础，然后我们就可以进入快吸的技巧训练了。

为什么还需要练习快吸的动作呢？因为我们在生活中说话，吸气就是比较快，而呼气比较慢，快吸慢呼更符合生活中用声的实际情况，所以我们还要练习快吸慢呼。

这个快吸怎么吸呢？张嘴的那一瞬间就吸气到位。

有点像你抬头一看，你要找的人正在远方，你准备扯开嗓门喊他，会下意识吸一口气，这就是快吸。

这个快吸慢呼的训练，我一般会建议你用"数葫芦"来练习。

练习的方式很简单，就是先吸一口气，然后念下面的内容：

一口气数不完24个葫芦，1个葫芦，2个葫芦，3个葫芦，4个葫芦……

就这么一直数下去，看你能够数多少。

因为数葫芦的发声比较接近说话的状态，开口比较大，气跑得比较快。这样练好了之后，就更加容易结合你说话时的真实情况来用气。

之前我们的课程里，有一个教科书的标准，是一口气数15～20个葫芦，但实际上我们真实的生活里面，大家的水平肯定会远远超过这个标准，我们一般的要求是女生数30个、男生数40个算及格。

我们课程2.0的数葫芦冠军，是剑桥大学的陈沙航，他可以数72个。大家当时都觉得他太厉害了。没想到课程3.0的时候，又出现了一个新的数葫芦冠军GA。值得一提的是，我们知道男生的肺活量通常要好一些，所以男生数葫芦的成绩一般都会好一些，但GA是一个女孩子。

那么她的纪录是多少个呢？她能一口气数100个，而且她还整理了一个独门秘籍分享给了大家，我摘录如下，供你参考。

GA的"数葫芦"独门秘籍

可能是有些比较基础的发声方式不同，我的初始个数是30个左右，从30个到80个，经历了几个大的数量跃增。跃增时，我做出的改变分别有：

（1）养成"节流"意识，气省着用，声音清晰即可，不必大声，嘴快即可；

（2）使用自然的中低音；

（3）提高发声位置，不仅小劲发大声，还能保持喉头自由轻松；鼻子通路几乎全闭，进一步省气。

就这第三点，让我从"60"级别跳到了"80"级别。

当然，我的肺活量从小就是女生中大得吓人的，也许是因为体育锻炼比较多吧。希望能帮到你！

我们来分析一下她的心得。

本身，我们呼吸训练的目的就是开源节流，这正好符合她讲的第一条，气要省着用。其次，我们一直强调要用自然的中低音，因为越是你的自如声区，你就越不耗气。当你故意使用特别低或者特别高的声音时，气息的消耗速度是非常快的。

最后，提高发声的位置，关闭鼻腔的通道，这些都是为了让自己更加自如，更加降低能耗。

采用了GA的方法之后，我们全体学员的成绩都有了一个明显的提升。掌握数葫芦的诀窍，就能控制好气息，这是我非常推荐的训练方案。

　　除了必要的技巧练习，你的身体素质，也就是心肺功能才是气息最重要的基础。特别要提示的是，这两位"葫芦王"都是体育运动的爱好者。陈沙航是军警格斗的高手，而且他的特长是吹长笛，身体素质非常好，再加上刻意练习，达到了非常好的成绩。而GA呢，她的肺活量从小就大得惊人，也是体育运动爱好者。所以练声也是"健身"，要想声音状态好，体育运动是必不可少的。

◤• 海绵宝宝为什么能哭那么久？

　　在综艺节目《声临其境》当中，有一个女明星的表现真的是圈粉无数，她就是韩雪。

　　让我印象特别深的，是她给海绵宝宝配音的那一段，大量地抽泣，不停歇地一边哭泣一边说话，一口气哭了好几分钟，而且中间还需要变换角色。

　　这一方面体现出作为一个专业演员，韩雪强大的呼吸控制能力，进气进得特别多，用气用得特别省。另一方面，人的肺活量是有生理极限的，就算韩雪再有能力，她也没有办法一口气把数分钟长度的表演，用那么具有感染力的声音给表现出来。

　　这当中就牵涉到了一个新的技能——换气。

　　"换气"，是发声实际应用当中重要的能力之一，因为不管你怎么开源节流，不管你的气息能力有多强，你都不可能在话筒前面一口气说完那么多话。为了流畅而有感染力地表达，必须要在过程当中，不停地补气、换气。所以掌握常用的换气和补气的技巧，对我们的发声表达有着非常重要的意义。

　　说到声音界的大咖，还有一个名字如雷贯耳，那就是季冠霖老师。她是《甄嬛传》中甄嬛的配音演员，也是《芈月传》里芈月的配音演员。在给《芈月传》配音的时候，她曾经说过，要想更好地贴合角色，需要你的情绪跟角色一起沉浸进去。虽然配音演员只是在棚里面站在话筒前，却要跟银幕上面的角色一起，体验他们的喜怒哀乐、大起大落。

在《芈月传》当中，孙俪在拍摄斩杀义渠王这一段的时候，在现场真的晕倒了。顺便说一句，孙俪老师对艺术的追求是非常高的，包括配音，一再要求自己来配，但因为有孕在身，导演出于保护她的原因，还是请季冠霖老师来配音。结果季冠霖在配这一段的时候，也几乎要晕过去了。

为什么？因为在人情绪激动时，呼吸剧烈动荡、大起大落，几乎没有停顿，全都是连起来的，这时候最常发生的情况就是缺氧，时间长了必定就会晕厥。这个例子也从侧面向我们表明换气的重要性。

学会换气并不难，你只需要掌握"换气"的一个基本原则：换气一般在句子开头或语意停顿时进行，需要做到无声到位，断句时换气不慌，留有余气结束表达。

我为你准备了一段作家茨威格《一个陌生女人的来信》中的片段，并进行了气息拆解，你可以按照提示读读看，试着体会一下换气停顿在发声表达中的作用。

Tips _____
体验"换气"

"（慢吸慢呼：平静）我在黑夜里一睁开眼睛，（停吸：惊奇）发现你就在我的身边，（快吸快呼：兴奋）我并不感到陌生和奇怪，（深吸气：幸福）我能听见你的呼吸，（深呼气：幸福）摸到你的身体，（慢吸快呼：幸福）感到我自己这么紧挨着你，（快吸：紧张）我幸福地在黑暗中（慢呼：害怕失去）哭了起来（快吸快呼：抽泣）。（慢吸快呼：突然想起）现在的我（慢吸慢呼：回忆）回想起那天我们相遇的情景，（快吸快呼：激动）还依然历历在目，（快吸慢呼：失落）但显然你并没有认出我来，（快吸快呼：紧张）你走到我旁边跟我攀谈，一副高高兴兴的神气，（快吸停顿慢呼：害羞）仿佛我们是老朋友似的。（慢吸慢呼：甜蜜回忆）后来你问我要不要一起吃晚饭，（快吸快呼：满心欢喜）我说好啊。（快吸快呼：羞涩）我是不是不应该答应得那么快？（慢吸停顿快呼：害羞中带着爱意）可我又怎敢拒不接受你的邀请呢？（慢吸慢呼：掩饰内心激动的心情）你的态度是那样温文尔雅，恰当得体，丝毫没有急迫逼人之势，从一开始就是那种稳重亲切、一见如故的神气。（快吸快呼：激动）我是早就决定要把我整个的意志和生命（停吸）都奉献给你的，（慢吸慢呼：回忆）即使原来没有这种想法，（快吸快呼：表达爱意）你当时的态度也会赢得我的心的。（慢吸慢呼：失落）唉，你是不知道，你是不知道呀，我痴痴地等了你五年！（停吸：强调时间）五年哪！"

本节的内容到这里就要结束了，看到这么长一篇解说，你可能会觉得好烦琐。但是请你一定要记得本节开始的那个数字，呼吸这个动作，我们每天要做24440次。

如果你能够掌握好的方法，就相当于你拥有了大到不可估量的收益，这些步骤虽然看起来复杂，但是完全可以在平常用碎片化的时间顺便来做练习。

没想到小小的一个呼吸，还有这么多的学问吧，它不但能够让你拥有开挂的声音，还能让你的健康、气质得到提升，比如，它能帮你练出出色的腰腹力量甚至腹部线条，因为每一次胸腹联合式呼吸，都是通过腹肌在发力。

2-2. 唇舌力量，做一个豌豆射手

▶• 口腔运动要"唇齿相依"

在上一节中，我们提到了《国王的演讲》这部电影，提到它有非常多值得学习的技术性细节。这里，我们再来发掘这部电影的一个新的细节给大家参考。

在影片刚刚开始的时候，BBC（英国广播公司）的播音员在准备播音，这时候，他会有一些奇怪的小动作，他在连续地抖动双唇，快速地发出"啵啵啵啵啵"的声音。

在一次至关重要的播音前，他这种做法是瞎搞吗？不是的，我们知道这是一部有历史故事原型的严谨的年代戏，不会随便搞一个和故事背景毫无关联的无厘头表演给我们看。

BBC播音员的快速动作，其实就是在做唇部力量练习。

经过前面的阅读，你已经了解"笛子精"这个比喻了，人类发音的原理，类似于吹笛子，吹气振动笛膜发出微小的声音，送到笛管，就是到达共鸣腔里面放大美化，最后从笛孔里面出来，经过手指在不同孔位的按压，发出高低不等的声音。我们也可以说，在这个选择笛孔的过程中，声音被塑造成形了。

让我们把笛子和人体的发声原理再类比一下。

我们膈肌用力推动气流，冲击声带发出微小的声音，然后送到人体的鼻腔、口腔等共鸣腔体里面，把声音放大美化，最后经过唇齿舌腭的塑形，传导到空气中。这就是我们人体发声的一个过程。

在上一节中，我们已经了解到，我们发声的动力系统就是呼吸。

接下来，我们就讲到发声的下一个重要阶段——声音的塑形。

我们发声通道中的最后一个器官是口腔，就像笛子发声的笛孔，如果我们的唇舌没有任何变化的话，我们发出来的声音都是一种声音。我们可以用不同的声音传情达意，就是因为我们的唇舌等咬字器官在发声的过程中不停运动。

所以，我们要想有好的声音，就要做好声音塑形这件事，就需要一个有力而灵活的唇舌。这也是我老在强调，声音训练首先是一门肌肉训练课的原因。同时，我们的口腔本身也是一个腔体，是一个共鸣器官。从我们日常的语音说话来看，口腔、胸腔、鼻腔三个共鸣腔里面，最常用也最重要的，就是口腔共鸣。声音的圆润，同样可以通过唇舌的训练来达到。

"唇舌体操"是口腔运动的训练方式，也称"口部操"。一般来讲，口部操可以解决发声中超级关键的问题，比如，大舌头、吐字不清、声音不集中等。为了实现这个目标，就让我们向认真的BBC播音员学习，从唇舌训练开始吧。

首先是唇部训练，人类的双唇处于口腔前沿，犹如两扇大门，把控着声音的出口，双唇的开闭、形态，对发声有重要的影响。简单来说，双唇向前噘出等于加长了声道，让声音在一个"小巷"里共鸣，造成含混；而双唇收拢与齿相依，声音就会变得明朗透亮。如果双唇的收缩力强，可以使发出的声束集中。并且，双唇的运动，决定了汉语中韵母"开齐合撮"的发音方式，唇形不正确会导致字音的错误，影响字义。

唇部的训练动作其实很简单，我们把它总结为四个部分："喷、咧、撇、绕。"下面就跟着我们的小贴士，一起来进行唇部运动的初级练习吧！

Tips

唇部训练的简单方法

第一个动作是喷。《植物大战僵尸》玩过吧？还记得那个"噗噗噗"往外喷豆子的豌豆射手吗？现在要向它学习，先紧闭双唇，将力量集中于唇中央，唇齿相依，然后连续喷气出声，发出"噗、噗、噗"的声音。

第二个动作是咧。双唇紧闭，努力向前噘，等你噘到极限，嘴角用力往两边展开，反复进行。

第三个动作是撇。还是双唇紧闭，努力往前噘，然后上下左右运动。等到向四个方向的撇嘴动作做完，再把它们连贯起来，顺时针或逆时针绕圈，就形成了第四个唇部动作——绕唇。

这一套唇部动作做下来，你会发现自己的嘴唇和面颊非常酸爽，而且，做这套练习不但能增强唇部力量，改善灵活性，还能达到瘦脸塑形的效果。既能使声音变得更好听，又能让自己看起来更美，真是一举两得。

最后，再给大家一个训练唇部的绕口令练习，请放开声音大声读起来：

八百标兵奔北坡，炮兵并排北边跑。

炮兵怕把标兵碰，标兵怕碰炮兵炮。

▶ 口腔运动也要"巧舌如簧"

等等！《国王的演讲》中的BBC播音员，在发出"啵啵啵啵啵"的声音后，好像还有别的声音！

确实，他在一连串的"啵啵"声后，又发出了一连串的"嘚嘚嘚"和"咯咯咯"的声音，你可以试着发一下后两种声音，大概会发现，它们和我们的双唇关系不大，和我们的舌头运动却有着非常紧密的联系。

说到舌头，你肯定知道一个成语叫作"巧舌如簧"，我们把人体比作一个乐器，这个"巧舌如簧"的"簧"指的是乐器当中的簧片，意思就是舌头特别灵巧，能够发出像乐器一样的声音。

人的舌头真的可以这样吗？真的可以。

很多时候我们会怀疑自己，我经常会收到这样的求助，说："老师，我舌头比别人大，是个大舌头，我没有办法，我到医院去做手术行吗？"有一次还收到了一个学员发过来的私信，他把自己的舌头伸出来，拍了一张照片，特别恳切和郁闷地求助，但其实真的没问题，我当时就跟他说："你很正常，没事！"

很多人都对"大舌头"有一个误解，以为自己天生舌体肥大！其实绝大部分所谓的"大舌头"，原因大多是两种，第一种，是因为发音时舌头放置的位置不对，比如发z的时候把舌头伸到了上下齿之间，听起来就有大舌头感；另一种原因是舌部肌肉缺乏锻炼，软塌塌的，没有力量。

其实，人的舌头如果经过训练，应该是既可以比较大，也可以非常小、非常尖、非常灵活。要知道，唇舌就是我们的发声乐器，如果这个部位缺乏力量，不够灵活，我们怎么能够变换着发出各种好听的声音呢？

因此，在唇部的训练之后，我们还必须要进行一个舌部练习。

《国王的演讲》里，BBC播音员发出的"嘚嘚嘚"的声音是"舌尖中音"，他在进行的，就是我们舌部力量常用的练习之一。

那么，除了这个"嘚嘚嘚"，我们还有什么方法来进行舌部的练习呢？下面我来简要介绍一下。

舌部训练的简单方法

　　第一个动作是刮舌。用舌尖抵住下齿背，舌面贴住上齿背，慢慢张嘴，舌面逐渐向上隆起，用上牙沿着舌头一路刮过去，j、q、x发不好的，多练这个动作。

　　第二个动作是顶舌。闭上嘴巴，舌尖用力顶左右两边的口腔。这个动作看上去有点像小朋友吃糖，面颊鼓起一大块。

　　第三个动作是伸舌。将舌头伸出去，舌尖像舔棒棒糖一样，向前方、左右和上下努力伸展。

　　第四个动作是绕舌。闭上嘴巴，然后让舌尖在牙齿和嘴唇中间，顺时针、逆时针，交替绕圈。

　　第五个动作是立舌。舌尖向后贴住左侧槽牙齿背，沿着牙齿一路推到中间，然后舌尖向右侧翻转。哎呀，一听就是玄学，完全听不懂，不知道是怎么回事。那就简单说，舌头在口腔里边不是平平的吗？你要把它侧着立起来。所以叫"立舌"！然后反方向再做一遍。这个动作适合谁练呢？边音l发不好的，尤其需要注意了。

　　最后一个动作是舌打响。什么意思呢？舌尖用力顶硬腭，然后迅速弹开，发出"de"的响声。舌头没力气，d、t、n、l发得软绵绵的，那就要练这个动作了。

　　好，让我们再回到电影《国王的演讲》中，1925年的那个瞬间，看看播音员先生都做了什么。

　　播音员先漱口，然后把水吐掉，又往嘴巴里面喷某种喷雾。

　　接着播音员量了一下他的嘴和话筒之间的距离，再快速地发出"啵啵啵"的声音，这是双唇音，锻炼唇部肌肉的。然后他又发"嘚嘚嘚"这种音，这叫舌尖中音。再然后他又发"咯咯咯"这种音，这叫舌根音。

　　他通过这几个动作就把双唇、舌尖到舌根，也就是说整个口腔从前到后都运动了一遍。相当于一个热身。

接下来他双唇紧闭，噘起了嘴，这个是专业声音训练里面的噘唇。

马上要进入直播，提示灯开始闪，闪三次之后灯长亮就开始播音了，那么在此之前这个播音员做的是什么呢？我们可以明显地看到他有一个微笑的动作，实际上这个动作在专业里面并不是真正的微笑，而是前面讲到的“提颧肌”。

注意，他又深深长长地吸了一口气，来缓解紧张的情绪。深呼吸是可以的，但如果你吸得太满了的话，可能就会被气顶住，所以我们真正用声的时候，这口气吸个六七成火候就足够了。

终于，在做了这么一系列的准备之后，演播室内的灯闪三次，长亮后播音开始了。

毫无疑问，这是代表着英国最高水平的播音了。

那么他第一句话出来是什么样的声音呢？

“午安，各位下午好！”他发出来的是一个平静、温和，但是积极，又非常优雅的声音。

“BBC带你来到温布利球场收听帝国博览会的闭幕式。”

真是一个难忘的瞬间啊。

口部操，练习起来很方便，也基本不用出声，所以能够随时随地练习。当你感觉到肌肉有酸胀感的时候，这就是达到训练强度了，坚持一段时间，你会发现自己的发音越来越清晰，脸形也越来越好看。一个练习，让颜值和声音同步提高，绝对是非常划算的投资，你完全可以在别人玩手机等电梯的时候偷偷练习并变美，做一个厚道的好少年。

2-3. 吐字归音，如何讲好方块字

▶• 声音"圆润"不是玄学

刚刚我们了解了口腔控制，介绍了口部操等训练方法，你知道了唇舌的力量该怎么练。

现在，在有了唇舌力量和灵活度的基础上，让我们再把这个技能细化一下，看看在具体的中文发音上，有什么特殊的技巧和练习方式。

前面讲到好声音的标准时，教科书对吐字的要求是准确、清晰、圆润、集中、流畅。其中，准确、清晰、集中、流畅，都是功能性的描述，而圆润就比较抽象了，我们一看就知道，这是要解决审美问题。

在唐代诗人白居易的名作《琵琶行》中，诗人形容琵琶声的美妙，就用了一个流传千古的美妙比喻，他写道："大弦嘈嘈如急雨，小弦切切如私语。嘈嘈切切错杂弹，大珠小珠落玉盘。"这里，我们见到了拟声"急雨""私语"的琵琶演奏的具象："像珍珠落下，敲打玉盘。"

看来认为美妙的声音是"圆润"的，不是我们今天的发明。那么圆润到底是什么意思呢？文学化的语言是虚指，这到底是不是玄学呢？

真的不是。下面，我就来给大家拆解一下"圆润"这个词在发声科学里的意义。

汉语的发音有一个非常有趣的特点，它在字形上是方块字，在字音上也非常规整，基本上都是以声母开头，韵母就接在后边，而韵母中，则是复合元音韵母和鼻韵母比较多。

通俗一点讲，大部分汉语的发音，都明显存在这一个动作过程：先是闭着嘴，然后开口，然后再闭上。

让我们把声音想象成从口中发出的无限延长的气流，我们闭着口打开，嘴唇的开合由小及大，发出声音，然后再闭上，嘴唇的开合再由大到小，截断这个字音。

这个字音会是一个什么形状？

没错，如果你把这个字音的波形粘贴进音频软件，你会发现，它呈现的是一个有点像橄榄球的椭圆形，两头尖尖，中间圆圆。

汉语普通话的音节的特点就是这样，它音节分明，结构工整，具有明显的闭—开—闭的动作过程，多数音节的发音，口腔是由闭到开再到闭，两头小中间大。由于响亮的元音在中间，它的形状就应该是圆的，如果这声音发出来，口腔没有打开，波形也不是饱满的橄榄球形或者枣核形，人们就会说，这声音是扁的。

所以，声音圆润一点都不是玄学、感性的说法，而是如假包换的科学。

那么要怎么样，才能发出枣核形状一样圆润饱满的声音呢？前人也为我们总结了很多经验。简单来说，注意发好每个汉字的字头、字腹和字尾就行了。

好，首先来了解字头发音的方式。汉字的字头其实就是声母，发字头音就是我们口腔打开的这个阶段，有一个要领叫作"叼住弹出"。

什么叫"叼住"呢？我们可以想象嘴里叼着一把勺子的感觉。

为什么这里用一个"叼"字，而不用"咬"字呢？咬，是要上下牙发力，防止松脱，咬住。叼呢，是刚刚好、不松不紧，保持着弹性，随时可以运动变化。

这有点像运动员跑步之前,下蹲等待发令枪响的感觉,也有点像游泳运动员抵住泳池出发台准备伸展身体的感觉,都是一种蓄势待发,随时可以开始的姿势。

我们发"de""te""ne""le"这几个音的时候,会用舌尖顶住硬腭,这在发声术语中叫作"成阻",也就是"叼住",然后猛地放开,这叫"除阻",也就是"弹出"。

要掌握"叼住弹出",需要我们在发字头音时,除了唇舌位置准确,力度也要刚刚好,既不能够太用力,把整个字咬得僵死,也不能够不用力,让这个字非常松散含混,起不到塑形的作用。这一刻要像叼着微微颤动的勺子一样,保持张力。

请记住,只有叼住才能弹出,只有在之前保持了张力和弹性,在放开的那一刻,声音才会像是弹出去一样。

发好字头,我们就完成了"圆润"声音的第一步。

▶•不做油腻中年,声音训练的"提、打、挺、松"

前段时间,关于"油腻中年"的讨论流传很广,网络上对"油腻中年"的界定标准也忽然多了一大堆,包括"戴各种串""保温杯里泡枸杞"等。当然了,我们是很正经的声音工作者,马上注意到了其中有一些界定标准和我们的专业相关。在某个"油腻中年"的界定标准中,第14条是这么说的:

"说话急,嘴角泛白沫。"

这我们熟悉!从专业的角度来看,就是典型口腔开度不够的问题。

要解决这个问题,我们就得从字腹的发音和训练方式说起了。

字腹发音的要领,叫作"拉开立起"。

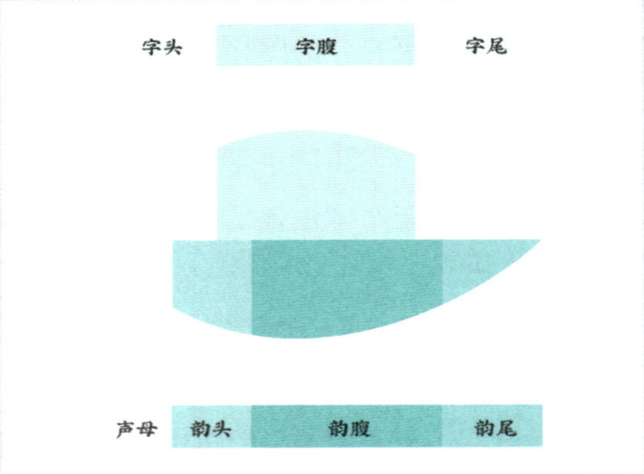

图2-3 | 字的声波图

前面我们已经知道了，字腹就是汉语发音的元音部分，所以从声音波形的视觉呈现上来看，这个地方的形状非常饱满，时间也比较长，所以在整个音节中，发字腹音的时候口腔开度最大、共鸣最为丰富立体，听起来也是最响亮好听的。

出于以上的原因，我们发字腹音的时候，就要把字头到字腹的过渡尽快"拉开"。也就是说，要尽快地打开牙关。

所谓"立起"，指的就是主要的元音在发音时要占据足够的发音时间，让这个元音响亮圆润的音色听起来非常明显，这样，在听觉上就会有那种"立起来"的饱满感觉。

再次强调，要保持字腹发音圆润饱满响亮，而且时间要长，这样的声音才好听。

那么，怎么样才能够实现字腹发音的"拉开立起"呢？

我们要做一个非常重要的训练，叫作"提打挺松"。

其全称分别叫作"提颧肌""打牙关""挺软腭""松下巴"。

"提打挺松"的主要作用，是改善人的口腔共鸣，让你的声音在通过口腔发出时变得更圆润、有力、集中、悦耳。

Tips
"提打挺松"的训练方法

第一个练习是提，提颧肌。

拉着脸说话，声音就会显得没有生气、很冷淡，但如果别人微笑着对你说话，你是不是能感觉到这股笑意呢？提颧肌的感觉，跟微笑就很像，试着感觉一下，在笑的时候，你的上唇是不是贴紧了牙齿呢？这就是我们上一节讲到的"唇齿相依"，感觉到了吗？

唇齿相依对发声有很大的好处。如果唇齿没有贴紧、有缝隙，说话就会嘟嘟囔囔的。提颧肌可以把这个地方给收紧，但提颧肌不是笑，是上唇的中段三分之一处收紧，这个地方，就是我们常说的"人中"。哎，又来玄学了啊？听不懂。

那让我换个说法，注意，你被烫过吗？这种情况下的上嘴唇反应就是提颧肌。先咧开嘴，微笑，再像被烫着了一样把上唇中段收紧。对，这就是提颧肌，不难吧！如果实在学不会，你就微笑，微笑也比拉着个脸好啊！

提颧肌这个动作，可以立刻让你的声音听起来清新、亲切、明亮、有色彩。这是"提打挺松"里最容易做到的、效果最好的动作，是这一训练方法的核心重点，一定要记住。

第二个练习是打，打开牙关。

这个动作要张嘴，让上下颌之间的关节充分打开，是嘴巴里面打开，不是张大嘴的意思。这个动作最直接的作用是让你的口腔开度加大，让共鸣有空间。

如果牙关没打开，我们也有一个形容词，叫作"牙关紧锁"，这通常是痛苦和忍耐时人的表情，我们不要这样。

"打牙关"的动作要领是什么呢？想象手里有一个又红又大的苹果，你努力地张嘴，去咬一大块苹果，这个动作就是打牙关。请注意，和普通的张大嘴巴不同，这个动作打开的是口腔后部。牙关打开了，口腔开度有保证了，共鸣就好听了。

第三个练习是挺，挺软腭。

"提颧肌"，是前部；"打牙关"，是中段；"挺软腭"呢，是解决后上方空间的问题。软腭在我们口腔的最后面，你要做的，就是把它挺起来，把口腔的后上方也打开，制造更大的共鸣空间。

这个练习也很简单，你回忆一下自己平时打哈欠的样子，张开嘴，慢慢地打一个哈欠。是不是感觉到软腭慢慢撑起来了？保持、保持，我们再做一次。找到这个感觉之后，慢慢养成说话时把软腭挺起来的习惯，这样还能避免声音过多地进入鼻腔，也就是避免鼻音过重的问题了。

第四个练习是松，松下巴。

这个动作的要领，叫抬头看天。就是字面意思，抬起头，很自然地仰望天空，别用力，嘴自然会张开，这时候下巴就是放松的姿态。不经意地，你完全被天空中某样东西所吸引了，这时候左右晃动你的下巴，能起到很好的放松作用，《国王的演讲》里也有这个动作，这样就不会把字咬"死"。

"提打挺松"这四个动作，都是为了增大我们的口腔开度，它们可以帮你全面打开口腔，提高共鸣效果。注意，口腔共鸣是人体最重要、最基础的共鸣。如果你做不到"打挺松"，至少也得把"提颧肌"做到。

还记得我们第一章中的故事吗？

美国总统的顾问给尼克松的建议：要保持微笑。转化对应到动作，就是提颧肌。

提颧肌能够消除我们上唇跟牙齿之间的细碎缝隙，这样发出的声音就不会嘟嘟囔囔的，也加强了我们的共鸣腔的完整；其次，提颧肌能够保持我们上唇的张力，这样对我们发字头音也有好处；最后，提颧肌在事实上能够让我们的音色变得更亮、更积极、听起来更好听。

这是一个非常容易做到，而且一举多得的动作要领，非常希望你能够多加练习。

好了，通过"提打挺松"，我们增大了口腔的开度，让我们的字腹能够更好地"拉开立起"，这样，我们声音的圆润又完成了很大一部分。

但是请注意，我们发音的过程仍然没有结束，还有一个字尾。

字尾的发音要领叫"到位弱收"。

"到位"，指的是韵尾的音节，你的舌头要到一个指定的位置。举一个常见的例子，在日常生活中，我们最常见的字音错误——前后鼻音不分，就是典型的字尾不到位导致的。前后鼻音很重要，"反问"说成"访问"、"诊治"说成"整治"或许问题还不大，但要是"上船"和"上床"弄混了，就有点尴尬了。

那要怎么解决这个问题呢？举个例子，字尾是n的音，舌尖必须要抵到上齿背；字尾是ng的音，舌根要隆起往后缩，抵到软腭才行。

讲完"到位"，再来看看"弱收"。它指的是音节结尾的音要弱一些，如果同等用力的话，字音就成了方块形，而不是像水珠一样串起来的圆润声音了。

字尾归音的"到位弱收"的练习，有一个很好的练习方法，我们可以选择用古代的格律诗朗诵来训练，会有事半功倍的效果。

好，总结一下这一节，我们说到了口腔控制当中吐字归音的问题，目的是让我们的声音圆润动听。

我们总结了三句话：字头出字要"叼住弹出"；字腹立字要"拉开立起"；字尾归音要"到位弱收"。

可能你还记得这本书第一章中讲的那个故事，记得那个曾经担任美国四任总统顾问的艾尔斯，他在参与尼克松1968年的总统竞选时，才20多岁。

20年后，他在自己的书里写道："你在交流中一定要保证强有力、有画面冲击力，这样你就会成为信息本身。"[6]

这就是我们如此重视发音基础的力量训练的根本原因。

要想拥有动听的好声音，表现出声音的力量感和分量，就要真的有力量。

2-4. 喉部控制，让声音高低自如

▶• 其实你可以唱"四个八度"

前些年，有一位活跃在中国的俄罗斯流行歌手，想必大家都听说过，他就是维塔斯。这位年轻的歌唱家又被称为"海豚音王子"，2000年12月，他因为在克里姆林宫演唱《歌剧2》而在俄罗斯引起轰动。这位高挑帅气的俄罗斯少年，曾经多次到访中国，在许多晚会上表演，也参与了《花木兰》《建党伟业》等电影的拍摄。

维塔斯的代表作《歌剧2》，飙高音飙到Soprano C。在歌唱领域，Soprano特指"女高音"音域，意思是成年女歌手能达到的声音频率最高的范围，也是传统歌唱中的最高声部。维塔斯的声音高到这种程度，炸裂了俄罗斯乃至全世界。要知道，这个音高，不要说众多男歌手望尘莫及，比起专业的女歌手也不遑多让，就我们的听觉感受而言，维塔斯的声音已经达到了"雌雄莫辨"的地步。

据说，维塔斯的歌唱有着跨越五个八度的宽广音域。

我们为什么会为维塔斯的高音所惊叹呢?

你肯定还记得，之前我把人比成了一支笛子，是一件管乐器。

对管乐器来说，乐音的基音频率是由乐器发声管的有效管长决定的。

小号的声音比较亮，它的管长有1.2～2米。圆号的声音较为低沉，其号管长度就有3.7～5.2米，而长号的号管长度则长达3～9米。对管乐器来说，如果想得到更为宽广的音域，就必须用多种乐器，或使用同时具有不同长度共鸣管的乐器来演奏，例如管风琴。[7]

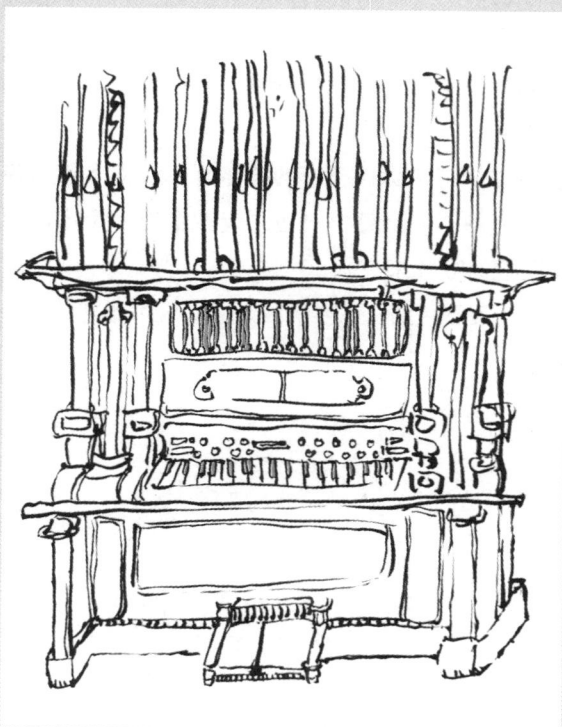

图2-4｜气鸣式键盘乐器：管风琴

就算不用维塔斯或者玛丽亚·凯莉这些能够横跨五个八度宽广音域的歌唱家来证明，在管长规律支配下，我们普通人类的发声器官已经是堪称不可能的奇迹了。

人类女性的声带是两条1.5～1.8厘米长的肌肉组织，男性的声带稍长，通常也不超过2.4厘米。从声带到嘴唇的空气道相当于管乐器的共鸣器和发声孔，长度只有短短的十几厘米，仅仅相当于管弦乐队里音色最高的乐器短笛的长度。然而就是这样的声带，加上长度有限的共鸣腔，经过训练，部分人类却能够发出四个八度以上的音。这就如同要求短笛吹出乐队里的所有音符，或让同一根弦发出四个八度的乐声，且所有的音都要音色优美，这种不可能的任务，我们人类的发声器官却奇迹般地做到了，真了不起！[8]

今天，我们就来了解一下这种奇迹是如何发生的，以及如何练习掌握神奇乐器的核心组件——喉咙。

我们之前讲过低沉是男性声音的典型标志，而女性的声音则相对更细更高，这两种声音的不同之处，对应到专业上有一个术语叫作"音高"，而音高主要由我们的喉咙来控制。

男声和女声的天然区别，主要是因为男女发声器官的生理构造不一样。

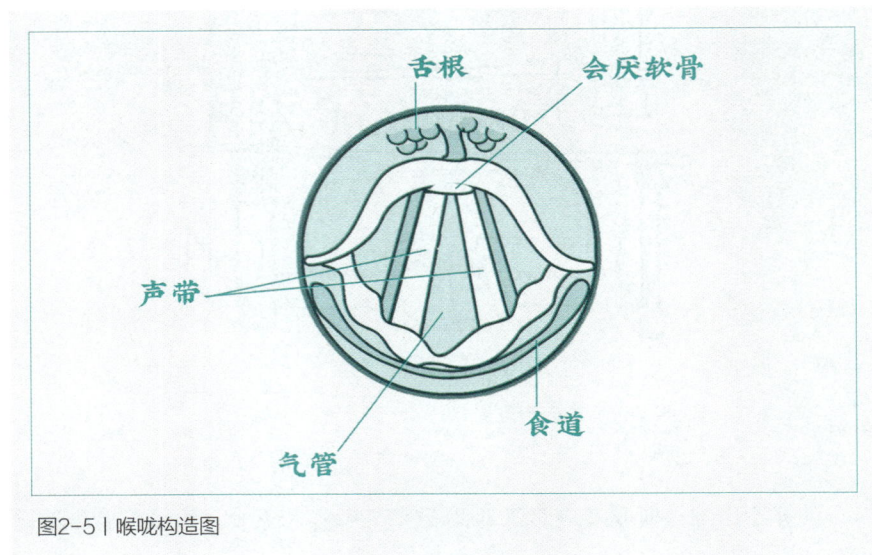

图2-5 | 喉咙构造图

人类的喉咙部位，就像一个小盒子，声带就像里面拉出了两根琴弦，靠在一起。当我们通过呼吸控制气流去冲击这两根"琴弦"的时候，声带发生振动，产生声音。通常来讲，女性的声带天生要略短于男性，因此男性的声音天生就要低沉一些，这就形成了男女性声音最基本的性别特征。

而喉咙，是控制"音高"，也就是控制男女声性别特征的重要器官。

我们之前讲到了"呼吸控制"要锻炼腹肌和膈肌，讲到了"口腔控制"要锻炼唇舌肌肉等，特别强调了发声需要做大量的肌肉训练，但是今天我们讲到对喉部的控制，要达到的目的和前面的训练正好相反，我们需要做到"放松"。

喉咙和声带，生理上位于胸腹呼吸器官和唇舌声音塑形器官之间，我们把喉咙需要的这个"放松"插入到我们之前的两个训练目的之间，你会发现，在整个发声过程中，我们需要的是"两头紧中间松"。

也就是说，你的膈肌、小腹要有力量，口腔的唇舌肌肉也要有力量，两头都收紧了之后，中间则需要放松，所以我们总说，发声需要"喉部放松"。

▶• 不靠"修音"唱好歌

我们平常说话或者去KTV唱歌的时候，会非常容易累，或者动不动嗓子就哑掉了，这都是因为我们没有用气息、用共鸣发声，而是用嗓子去喊，一用嗓子喊就坏了，声带其实就是两条非常细小的肌肉，这个器官非常脆弱，很容易累。

这两条2厘米左右的小肌肉，你让它在一两个小时甚至更长的时间里，不得法地不停运动，当然会造成很严重的后果，比如很容易就会闭合不完整，然后我们就会发现"嗓子哑了""嗓子劈了"。看着那些"麦霸"或者演讲家继续旁若无人口若悬河，就会觉得心里好气！

气也没有办法，人家掌握了用嗓的科学方法！科学利用我们的喉咙，最最重要的一个要领，就是要放松！

那么，怎样才能保持放松，争当"麦霸"呢？

这里有一个训练，叫作"气泡音"。

"气泡音"其实很好体会，它最容易做到的时候，就是你早上刚刚醒来，人还躺在床上的时候，这个时候，你只要张开嘴，放松喉咙，"啊"一声，就差不多了。一定要注意，不是喉咙用力发出来的声音。

气泡音的原理是什么呢？

我们的两条声带本来是闭合在一起的，紧挨着，当你在它们下方均匀发出微弱的气流时，气流就会把声带挤开一个小孔，发出一个像小鱼吐泡泡一样的声音。

当你连续发出这股气流的时候，气流就会持续地把声带挤出小孔，是不是很有趣？

因为气泡音对我们科学用嗓发声实在是太重要了，因此在本书的第三章中，我会专门用一节的篇幅来介绍如何运用气泡音，练就好嗓子。这里你只要先对它有个印象，并掌握下面这个初级小窍门就好了。发一声"啊"，再来一个，再来一个，然后，一个劲儿往下，把声音一个劲儿往下降，低到不能再低的时候，气泡音就自然发出来了。

你肯定看过一些音乐车祸现场的视频了，尤其是在一些真唱的演唱会现场，歌手高音唱不上去，低音唱不下来。正所谓只有高低音，没有大小声，这里讲的高低音就是音高。

那你可能要问了，我听过有些歌手，现场唱简直五音不全，堪称惨案，为什么CD发行出来，听着还挺好的？你有所不知，我们这一行有一个技术叫修音。它有点像拿着一支铅笔指指点点，轻易就能把没唱上去，没降下来的音高给修到它该到的位置。

小米科技的雷军雷总，在B站有一首脍炙人口的金曲Are You OK？。雷总说话当然不可能真的是这样，但做成这种效果，用的也是这个原理，通过修音和剪切，把他的演讲调制成了一首歌曲，这就是所谓的"鬼畜调教"啦。

　　顺便说一句，雷总无论中文英文，都有口音，而且他的语言表达能力不算特别强，有时在台上甚至有点尴尬，但他在我心目中的形象，却远胜某些精通演讲的名人。原因很简单，就算我是一名声音私教，我也要反复强调：声音、表达，只是帮助我们更好地工作生活的工具，无论做人还是做事，最终靠的不是耍嘴，而是用心、勤奋、刻苦。

　　接着"修音"这个小话题，咱们就谈到了音高训练。

　　所谓音高训练，在戏曲里就叫吊嗓子。

　　一般来说，在发声中，男生要往下练，女生要往上练，这样扩展自己的音域。

　　我们唱歌，有时唱不上去或者唱不下来，说明我们的音域太窄了。维塔斯唱五个八度、玛丽亚·凯莉唱五个半。吉尼斯世界纪录中，有人最多能够唱十个八度，但这是世界纪录。而在我们播音主持界的专业要求中，播音者的音域至少要有一个半到两个八度。

　　对我们非从业者来说，能唱出一两个八度很容易，但要在自己现有的基础上，根据性别不同，往下或往上再练出一两个八度，这就不容易了。

　　怎么练呢？分享一个简单的做法，把自己非常自然的那个声音定为1（Do），就是你在发气泡音时完全放松的情况下，自然地张开嘴说一声"啊"的那个音高。

　　经常练习的话，这个发音非常好量化，你能记住，也知道到底能够拉到多少。当你练习一段时间，能够轻松地达到上升了十度的时候，下个星期再加个两度，低音也一样，这样子慢慢扩展，这就是我们高低音的一个小训练。

　　这么说可能你还有点迷糊，换个方式说吧，就是你没事可以唱唱音阶，12345671往上唱或者17654321这样往下唱，有意识定期多唱几个音阶，这样慢慢拓展。

　　这就是我们对音高的了解和简单训练，也是让我们练出有魅力的悦耳声音的最直接练习，同时，它还能让我们的歌声变好听，唱到原来唱不上去的，唱出原来沉不下来的，不久的将来，"麦霸"就是你了！

▶• 可以"耳鬓厮磨"，也可以"大庭广众"

讲了半天音高训练的原理和方法，现在我们来说说"音高"的应用场景。为什么我们在唱歌、说话，还有公开表达的时候，这三者的声音完全不一样？

因为在不同的应用场景中，我们的发声原理不同。

说话，属于日常的社交活动，声音完全是在我们声带中自如产生的。而我们在唱歌的时候，一定要把声带抻得很长，高音才能上去，这是声乐发声的关键。还有一个区别，我们在说话的时候，发音是一个字一个字、一个词一个词地进行的，需要声带反复动作，而歌唱则是根据旋律的需要，把声带长时间保持在同一个地方或者进行不间断的音高转换。同时，唱歌的发声跨度要大一些，强度也大一些，音调和转换上也更复杂。这两种用嗓方式和用声技巧完全是不同的，所以在这两个场景下，哪怕是同一个人，他的声音也会有很大的区别。

说句老实话，说话比唱歌要容易很多，我们只要掌握一套正确的说话方法，声音就会一直好听，因为你基本上天天都在练习，但是唱歌这件事情，你想保持状态，那就要长时间地进行专门练习，这是不一样的。

打个比方吧，如果你想保持体重，少吃饭饿着就行，但如果你想保持健美的身材，那就得进行专门的练习了。

接下来，你可能会问，既然唱歌比说话难，那是不是会唱歌的人说话声音肯定好听啊？这还真不一定，有很多唱歌好听的人，说话就不好听，而一个讲话嗓子沙哑的歌手，却可能有很美妙的歌喉。这是因为我们在不同的应用场景中，声带的位置状态不一样。所以，咱们很多以说话为职业的朋友也不用妄自菲薄。

接下来我们再说说，"公开表达"时的声音也和说话有很大区别。

你可能听说过一个段子，说国人出国之后，不会小嗓门说话，在一些需要安静的公共场合，如果有一堆人在，嗓门最大的人群中肯定有几位国人。因为这种事情，我们还经常被人嘲笑奚落，说中国人没有教养。不过，在现实生活中，我们似乎真的不太会小嗓门说话，这到底是什么原因呢？

学者们在社会学、心理学等层面给出过很多解释，而德国语言学家洪堡在《论人类语言结构的差异及其对人类精神发展的影响》中也曾提出过一个著名观点：每种语言里都包含着一种独特的世界观。也就是说：不同的语言体现了不同的民族对世界不同的看法。我特别信服这个观点，你看，我们中国人会把声如洪钟视作健康吉祥，如果一个人说话总是轻言细语甚至小声小气，大家就恨不得要拖他去看医生了。这是我们对世界的看法。

再一个，从语言学角度看，汉语普通话自身的一些特点也决定了我们声音大。比如普通话里一个字中肯定有一个元音，元音当然就响亮，还能延长发声的时间，同时，普通话里没有以p、t、k这种辅音作为结尾的音节，这就让语音显得格外铿锵，特别响亮了。

纯理论还有点难体会，那我们举个例子，两个妈妈在机场喊自己的孩子，美国妈喊"Jack,Jack,Jack!"，这能有多大的音量，你肯定能体会到。而中国妈呢？"杰克，杰克，杰克！"这能有多大声量，尤其那个"克"，咱中国妈能拖上个20秒，想想电影《功夫》里的包租婆你就知道，简直震耳欲聋了。

当然，咱们再能从语言学上找理由，也不能改变大嗓门会打扰到别人、会不礼貌的事实。所以，对应到专业上，控制嗓门，就需要做音强变化的训练了。

音强又是什么？我们最常经历的音强变化，就是你在一个大礼堂里面对300个听众演讲和你跟你的恋人耳语，这两个时刻，你声音的强度完全不一样，用声方式也不一样。

先来做一个设想，不同的听众人数、不同的交流距离、不同的表达方式。

第一种，叫耳语，想象你和你的恋人在说悄悄话；第二种，是交谈，你和朋友两个人，一张小桌，两杯热饮，互相攀谈；第三种，是宣读，你在能容纳20个人的一个小会议室里，传达一份文件精神；第四种，是演讲，你对着摄像机和数百名观众，表达观点。

这四个应用场景，需要的声音强度和表达态度显然是不一样的。

怎样练习呢？刚刚我们给出了四种情境，你可以按这四种情境，说一点相匹配的内容，再录下来，我们在做听众的时候总是很敏锐的，一听就知道，那感觉对不对了。

同时，影响表达的除了"音强"，还有"音色"，"音色"这个概念取决于你声带的大小、长短、宽窄，上面颗粒的大小和稠密的程度，声带的物理特性是天生的，基本上不能改变，或者说，它不太可能往好的方向改变。

有个传言，王菲因为觉得自己的声音太亮太清澈了，希望增加一点点厚度，就开始抽烟，希望弄一点杂音在里面。我不知道这件事的真假，但从理论上说，这种操作可行，但我们要这种技能干吗呢？人家是天后啊！我们需要的是改善音色的方法！！说了物理属性不可改变，但也有一些方法，能让我们改善它。这就是讲究"虚实声"的结合。

举个例子，《甄嬛传》中，一向跋扈的华妃娘娘被打入冷宫，甄嬛去看她，华妃有一段独白。

华妃：

　　记得我那一年刚刚入王府，就封了侧福晋，成了皇上身边最得宠的女人，王府里这么多女人，个个都怕他，就我不怕，他常常带着我去策马，去打猎，他说他只喜欢我一个人。可是王府里的女人真多呀，多得让我生气，他今天宿在这个侍妾那里，明晚又宿在那个福晋那里，我就这样等啊等，等到天都亮了，他还是没来我这儿。你试过从天黑等到天亮的滋味吗？[9]

华妃在对甄嬛叙述的时候，就是面对面谈，两个人物是实的。稍后她话音一转，开始回忆跟皇上在一起的时光，你会发现她声音在变化，一旦转到回忆情境中，声音就变虚，充满了柔情和甜蜜感。然后她说"可是王府里的女人真多呀"，这个时候她从回忆中出来对甄嬛说话了，于是又变得咬牙切齿，声音状态也跟着变实了。

所以，我们说声音虚实结合，是专业上对说话时发声的一个要求，就是"以实为主，虚实结合"。

虽然我们不能改变音色，但在生活当中，如果能够做到声音转换的虚实结合，同样能够营造一个强有力的声音场，把谈话对象带到情境当中。

Tips
虚实结合小练习

练习"虚实结合"的基本方法是，首先发出一个"实声"，在完全放松的状态下发一声"啊"，在这种状态的基础上，稍微放松一点气力，用气声来说"啊"，这就是一个"虚声"。

接下来你就可以开始做一些进一步的朗诵练习。

比如朗诵"日照香炉生紫烟"，"日照香炉"是实景，但"生紫烟"相对缥缈，就要虚一些。接下来，"遥看瀑布挂前川"，瀑布是实实在在的物理存在，但"挂前川"这个动作，就相对虚一些。

我们分析文字的虚实变化，仅仅只是举个例子，如果去看各种精彩的声音表演作品，可能会有一个更直观的感受。声音里的变化都是相对的，而且难以用量化的数据来呈现。所以我们强调，想做到虚实结合，最重要的是一定要有情绪在声音里流动，声随情动、气随情走，就是感情到哪儿了，声音就到哪儿，虚实自然就有了。

所以，"虚实结合"最重要的，是一定要把内容理解透，让你的思想情绪进入到情境当中，随着它运动变化，你的音色就会自然而然变得转换自如。

我还想举一个反例，我们在欣赏很多朗诵的时候，会觉得有些表演者好假，上台之后笔挺地站在那里，然后把手一举，"啊"的一声，跟中了一枪似的，简直让人"尴尬癌"都要犯了，太难听了。他自己知道情绪是假的，我们也能听出来是假的，但是，人人都觉得这个朗诵就应该这样演下去，实在是莫名其妙。

其实，这是因为他错误地理解了朗诵，虚假的情感无法支撑气息和声音往下进行，只能靠硬来，一硬来就全都拧了，自然谈不上什么虚实。

好，总结一下，今天我们了解了喉咙和声带的物理构造及重要性，了解了"音高""音强"和"音色"，以及一些必要的练习方法。其中，音高的训练能让我们的歌声更好听，让我们说话有变化，能大声也能小声，能和情人耳鬓厮磨，也能够在大庭广众之下发表激动人心的演讲。最后，我们还进行了关于声音"虚实结合"的小训练，这个练习能帮我们提高声音的感染力和表现力！

以上就是喉部控制这一节的主要内容，如果你实在记不住的话，至少要记住，发声的关键叫作"两头紧、中间松"。

这个"松"指的就是我们的喉咙，"放松"，是整个喉部控制的最核心的精髓所在。

2-5. 共鸣控制，声音也有丰富的色彩

▶ 声音魅力与"猴山社会学"

"共鸣"，在声学中也被称作"共振"，如果两个物体发声频率相同，在较近的距离内，其中一个发声，另一个也就有可能跟着发声，这种现象就叫"共鸣"。

这段话听起来有些绕，我们来讲个故事好了。

北宋科学家沈括在《梦溪补笔谈·乐律》里，通过记录一个实验提出了"应声"概念。他把一个剪好的小纸人放在琴弦上，当他拨动另外一种乐器和其相对应的某一根琴弦时，小纸人会跳动，而当他拨动其他琴弦时，纸人则不会跳动，从而得出了"琴瑟弦皆有应声"的结论。这种现象就是声学上的共振。

生活中也有利用共振共鸣的例子，如果你喜欢在做家务的时候听音频节目，可能会遇到一个困扰，哗哗的水声会产生干扰，让你听不清。一般碰到这种情况，我会把手机放进一个搪瓷茶缸里，声音就变大了。

再说一个有趣的现象，你有没有发现，喇叭都是放在音箱里面的。你可能都没想过，难道还有喇叭不放在音箱里面的吗？那我提一个特别奇葩的问题：喇叭能不能不放在音箱里面呢？不放不行吗？为什么要放音箱里

面占那么大地方呢？

答案是还真不行。因为如果不把喇叭放在音箱里面，它就发不出150赫兹以下的低频声音，声音会非常干瘪，而放在音箱里面时，音箱箱体根据构造体积的不同，会和声源在设计好的频率上产生低音共振，从而加强了低频效果，来取悦我们的耳朵。

人类的发声过程中，同样有"共振共鸣"的现象。

喉咙的声带，在气息的冲击下产生了振动，这个振动借助空气又引起了我们身体里彼此相连的多个腔体的振动，这就是人类的"共振共鸣"。

我们今天说的共鸣训练，主要是为说话时的元音服务。恰当地运用共鸣，可以放大音量、美化音色，让我们的声音拥有更丰富的色彩，更有表现力。

科学家们做过研究，好的用声者在发声时，声带上使用的力气只占用声所耗总能量的五分之一，而五分之四的力气都用在了控制发音器官的形状和运动上。[10]其中最主要的器官，是我们的共鸣器官。

通常来说，人类的共鸣器官包括五种：喉腔、咽腔、口腔、胸腔还有鼻腔，但我们平常说话，一般做好三腔共鸣的训练就足够用了，分别是口腔、胸腔和鼻腔。注意，排名是分先后的。

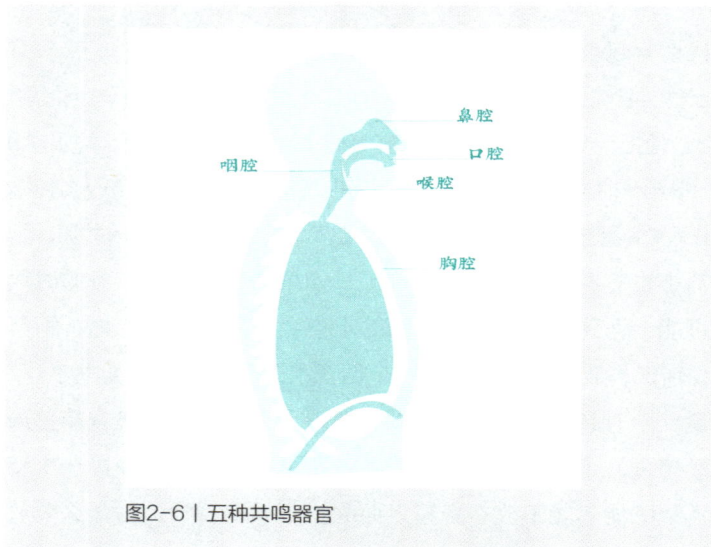

图2-6 | 五种共鸣器官

那么，我们为什么要练习共鸣，共鸣有什么魅力呢？

举个例子，曾经的喊麦网红MC天佑，据说年收入数千万，他还特别强调是税后。天佑哪儿来这么多钱呢？是小鲜肉惹人爱，被女粉丝打赏的吗？不是。

天佑最早出道的时候，凭的是一首《女人们，你们听好了》。在这首歌里，他批评一些女人拜金，不是什么好东西。在这段另类说唱中，他批评一些女孩子爱财而不重情，背叛一穷二白的男生——"此次录音送给那些因为金钱背叛过那些男人的女人""女人，你们天生的美丽为你们换来了一辈子的财富，可是你们想过男人吗？"。

这种不问青红皂白就说女人贪慕钱财的言行，自然冒犯到了女性用户，但偏偏赢得了无数男粉丝的拥戴……

我看过一篇报道，说某餐饮业的传菜小伙，一个月几千块的辛苦钱拿到手之后，先恭恭敬敬地给佑哥打上一千。他说："佑哥是我们的老大，他帮我们出气，替我们讲话，我当然就应该给他钱。"

我把这个现象称为MC天佑的"猴山社会学"。

什么是猴山社会学呢？如果你去过动物园，或者看过系列电影《猩球崛起》就一定会发现，在一座猴山上，一定只有一个雄性的领袖，它通过争斗，把所有雄性猴子都打服了，然后所有的雌性猴子都归它，它就是这个小王国里的霸主。那些已经臣服的猴子都要来供养它、为它服务、对它俯首帖耳。在这座猴山中，遵循的是赢者通吃的社会学。那猴王靠什么在猴山上称霸呢？它靠的是武力、是暴力。

那么在现实生活当中，MC天佑为什么能够赢得那么多其实经济并不宽裕的小弟的供养呢？因为他塑造出了一种雄性领袖的感觉，为小弟们说话、帮小弟们撑腰、给小弟们出气，成了小弟们的代言人——我是你们的领袖，我混得很好，我说出了大家的心声——这样的一种感觉。

太邪门了是吧，这是网络哟，他是通过什么样的方式让人乖乖送上钱财和心智呢？其实天佑长得并不彪悍，甚至略俊俏，但如果你去听MC天佑的看家本领"喊麦"，你会发现，他的声音是有共鸣的。他在代表作《一人我饮酒醉》中表现出来的声音，非常符合一部分人想象当中的那种雄性霸主的声音，浑厚且有力，而且每一句话的最后一个字，他还拐了一个小弯，渲染一下，听起来特别爷们儿。想象一下，如果他是一个声音尖细或者柔弱的主播，他还能够成为男粉丝们的偶像吗？他还能够接受这么多同性的供养，成为猴山上的领袖吗？

MC天佑可能在无意中掌握了大众的心理，他明白自己必须在手机屏幕上传递出这么一座猴山上的猴王的风光体面，为了牢牢占住这个位置，他连痔疮手术都不敢去做，就怕停播之后被人乘虚而入。他的处事姿态、表现力、内容都在向这个方向努力，而作为他的看家本领，他喊麦的用声特点给他加了分，他的粉丝们，由对男性声音力量感的认同，转化为社会的、心理的认同，天佑的声音，对这种形象的最终树立起到了很大作用。

但由于天佑"喊麦"的内容违背社会公序良俗，天佑现在已经被全网封杀了，这样的结局并不冤，因为他走的是一条邪路，就从他赖以起家的用声技巧来看，也是如此。

天佑是有天赋的，他的声音确实带有雄性的味道和魅力，但他不是使用正确方法来共鸣，而是更多地靠"压喉"的方法来实现"雄浑"的效果，还记得他每句的最后一个字音都会"拐了一个小弯"吗？他的这种尾韵就是靠压喉实现的，但这样首先会让声音变得僵硬，其次，长期压喉会对嗓子造成根本性损伤，这是用声大忌。我们都不要为了追求所谓的效果，而违背科学规律做伤害自己的事，不然，一定会得不偿失。

天佑已经从公众视线里消失了，现在看来，他用声的坏习惯与他作为网红的命运可能早有对应。

▶• "共鸣"其实也简单

科学健康的共鸣应该怎样训练?

首先我们需要树立一个观念,说话的三大共鸣,肯定是以口腔共鸣为基础的。因为人类的口腔是最容易调节、最灵活的一个腔体,字音也是靠唇舌的塑形来完成,所以口腔共鸣是我们最需要着重练习的一个部分。

鼻腔共鸣则更多体现声音的艺术感,修饰性很强,悦耳的鼻腔共鸣,感觉就像一滴墨滴到水里,慢慢晕开的纹理,有一种不可捉摸的美感。值得一提的是,女声的娇憨甜美感,就主要靠鼻腔共鸣来塑造完成。

对男生来说,必须练习的技能还要加上一个胸腔共鸣。由于胸腔的容积比较大,它的低频共鸣就更明显。练好胸腔共鸣,就能够让声音显得更加浑厚结实。

接下来,就让我依次来提供一些三大"共鸣"的训练方法。

Tips
口腔共鸣的常见问题及训练方法

如果发音时你有翘唇的习惯,就会导致音色混浊。这时候,就需要你把唇齿贴近来提高声音明亮度。你要做的是收紧双唇,使其贴近上下牙齿来改善共鸣。请用不同的音高试发 a、o、e、i、u、ü 六个单元音,并持续延长,试试自己的音色是否发生了变化。

如果你在发音时情绪比较单调,声音也没有起伏,那么可以试试结合我们之前训练的"提颧肌"的方法,将嘴角略微上抬,看看音色是否有积极的变化,再次发出单元音做练习,然后再次朗读短的句段试试看。

还有一个常见的"口腔共鸣"问题,在发 ü、u、o 音时,注意不要将嘴唇伸出过长，使口腔收窄，这会导致音色过于沉闷。

同时，你一定还记得，之前我们曾专门讲述过靠"提打挺松"等技巧来打开口腔是形成共鸣的前提。

下面，你还可以试试，用上述技巧来朗诵一首诗，这首诗的韵脚以口腔开度最大的 ɑ 为主，特别适合用来体会口腔共鸣。

采桑子·重阳　毛泽东
人生易老天难老，岁岁重阳。今又重阳，战地黄花分外香。
一年一度秋风劲，不似春光。胜似春光，寥廓江天万里霜。

说完口腔共鸣，再说说鼻腔共鸣。

LV（路易威登）曾做过一系列音频节目，叫作《声音漫步》。

这档节目分成好几篇，每篇由一个明星带着你在一座城市里旅游，一边走一边说，走到哪儿说到哪儿，像是给你导游又像是在给你讲故事，形式上新颖，商业上成熟，艺术上精致，我曾把它推荐给了很多朋友收听。

在这档节目中，北京选的明星是巩俐，上海选的是陈冲，香港选的是舒淇。其中香港部分还出了两个版本，一个粤语版本，一个普通话版本，无论哪个版本都特别好听。

这档节目也被我收录到了课程的赏析作品清单里，如果你有兴趣，不妨听一听。在这一系列的声音里，大家对舒淇的声音反馈比较多，舒淇在节目中的表现很丰富，有时是那种孩子般的天真和稚气，娇憨感十足；有时又是那种御姐范儿的低低的性感和迷离。毫无疑问，这样的声音是极具魅力和表现力的，我相信，也是大家都希望能够拥有的。

舒淇的用声当中，就大量运用了鼻音。

再介绍一段鼻音运用的优秀作品。有一首曲子叫作*Sweet Lullaby*（《甜美的摇篮曲》），这是New Age Music（新世纪音乐）风格的明星乐团之一Deep Forest（森林物语）在1992年发行的单曲，这首作品风靡世界，成为作者自己都无法超越的高峰，你可能有点奇怪，这么神？为什么呢？

因为这首歌里有一段直击灵魂的人声，不是作者创作出来的，而是来自所罗门群岛当地民族的吟唱，这段吟唱就像一些古老的部落传说一样，一直在民间口授流传，这是真正原汁原味，凝聚着岁月流逝，记载了民族记忆的伟大艺术。

作者采用的这段，是联合国教科文组织专家Hugo Zemp在1970年采样录制的，来自一位名为Afunakwa的当地妇女。歌曲大意是：小孩由于看不见爸爸而哭闹，年长一点的姐姐唱这首歌安慰他，告诉他爸爸已经去世，但是仍然一直在他身边保护着他。

要不怎么叫"甜美的摇篮曲"呢，这首歌被重新编曲之后，又配上了欧式舞曲节奏，融合了民族和世界，古老和现代，显得焕然一新，格外动人。

了解了这部作品背后的故事，你已经知道，这是首摇篮曲，是哄孩子睡觉的，那自然就会大量运用鼻音了。欣赏完舒淇的"声音漫步"和《甜美的摇篮曲》这两部作品，你就不难发现，鼻音特别适合用来传递情绪、美感这些难以捉摸的东西。所以我们说，悦耳的鼻音犹如在水中洇开的一滴墨，要知道，情感情绪的传达在我们与人的交流当中，占的比重比单纯的字面意思要更大。

接下来，就让我们掌握一些"鼻腔共鸣"的训练方法吧。

Tips
鼻腔共鸣的训练方法[11]

第一个练习，三个元音：纯 a 音、纯i音、纯u音，把这三个元音利用鼻腔共鸣发出，体会音色的变化。

第二个练习，鼻辅音+口元音：ma、mi、mu；na、ni、nu。

第三个练习，m哼唱，使硬腭之上的鼻道中的气息振动，并让软腭的前部扯紧；n哼唱，使软腭中部振动并扩大鼻咽腔；ng哼唱，使软腭后面的垂直部分振动并打开鼻咽腔的下面部分。

再来说一说胸腔共鸣。

知乎上面有一个特别热门的问题，叫"怎样练就一副有磁性的声音？"。什么叫磁性？磁性又从哪儿来呢？这个话题非常大，几句话说不清，但有一个非常重要的因素值得留意，就是良好的胸腔共鸣。胸腔共鸣能够加强我们的低频，让声音浑厚低沉，充满力量。很多女生说，自己对这样的声音毫无抵抗力，甚至会出现全身发麻、走不动路等反应。一些声音厚实的明星也因此有了"行走的低音炮"的美誉，而年纪再大一点的朋友可能对杨洪基演唱的《滚滚长江东逝水》还有印象，浑厚低沉的声音一响起来，沧桑感和历史感油然而生，的确是非常有美感的声音。

那么，如何加强我们的胸腔共鸣呢？这里有几个小贴士。

Tips
胸腔共鸣的训练方法

加强胸腔共鸣练习
（1）体会胸腔共鸣
手抚胸部，由低音起发"哈"音，感觉胸腔振动，并逐步调整发音高度、增加或减小音量、改变声音长短，以能够明显感觉到胸腔振动为宜，停留在你感觉最为强烈的发声区间，找到自己熟悉的胸腔共鸣感觉。
（2）体会到胸腔共鸣的音色后，请练习下列含有 ɑ 音的词
捣蛋 海岸 枝蔓 精干
理发 豁达 出发 度假

（3）请诵读刘禹锡的《秋词》，注意加强韵脚的胸腔共鸣。

自古逢秋悲寂寥，我言秋日胜春朝。晴空一鹤排云上，便引诗情到碧霄。

▶• 声音弹性的"七种武器"

在本章的最后，我们再来了解一下"玄学"：声音弹性。

之前说到网友们总结的"油腻中年"，其中有一条"说话急，嘴角泛白沫"，之后还有一条："聚会的时候朗诵诗歌，然后开始哭。"

一个饭局，大家互相恭维客套一下就够了，搞这么走心，还流泪，实在太不得体，算不上光荣。

但非要把它说成是油腻中年的标志，也不公平。

诗歌是凝练的艺术，饱含情感，人到中年时，更能品读出诗里蕴含的丰富信息，胸中激荡，眼眶就容易发热。

偏偏当今中年的这一代人，小时候习惯压抑和收敛，社会也不鼓励真情流露，他们不知道该怎样表达，往往要不就压抑下去，要不就失态了。

说到底，这只是不具备真实、得当表达情感的声音表现力而已，这个问题在东方文化背景下的各个人群中普遍存在，做一些声音弹性、情声气结合的练习就能搞定，犯不着喊打喊杀地说人油腻。

声音弹性就是声音准确、充分、得体地传情达意的变化能力，这需要将情感、声音和气息等要素合为一体，综合运用。

情感的变化直接引发了气息的运动，气息是情感和声音的中介。以情感为轨迹线索，以气息为基础动力，再将音高（高低）、音强（大小）、音色（虚实）以及音长（长短）等声音元素组合起来灵活运用，就能提高自己声音的表现力、感染力。

你可能听说过，一些顶级的声音表演艺术家，念菜单都能让人感动，比如赵立新把铁板牛肉的烹制过程念得像情书一样动人，傅彪在电影《大腕》中，一段"我们中国演员早就集体补过钙了"的台词，说得自己声泪俱下，观众心头沉重，完了脸一抹立刻出戏，这样的声音表现力已经强到了可以脱离文本的程度，堪称扭曲现实了。

除了音高、音强、音色、音长这些物理属性，声音在综合运用里还有一些更抽象的概念对比。

比如，发声的强弱、高低、刚柔、明暗、虚实、厚薄、粗细可以造成不同的感情效果，堪称声音弹性的"七种武器"，它们和气息的放与收结合，可以表达人类千变万化的情绪。

比如，声音的强弱关系，我们可以用一组诗词做对比：君不见，黄河之水天上来，奔流到海不复回。君不见，高堂明镜悲白发，朝如青丝暮成雪。（李白《将进酒》）

春花秋月何时了？往事知多少！小楼昨夜又东风，故国不堪回首月明中。雕栏玉砌应犹在，只是朱颜改。问君能有几多愁？恰似一江春水向东流！（李煜《虞美人·春花秋月何时了》）

前一首的作者是唐代"十步杀一人"的诗仙李白，后一首的作者是"自是人生长恨，水长东"的南唐亡国之君李煜。他们一个生活在大唐锦绣繁华的开元盛世，诗酒高歌，一个则是在风雨飘摇国破家亡中郁郁度日，因此，作品的情感色彩完全不同，在声音的运用上，雄浑开阔的《将进酒》和婉曲纤微的《虞美人·春花秋月何时了》也就完全不同了。

相似地，声音的高低、刚柔、明暗、虚实、厚薄、粗细，都需要根据具体的作品内容做出相应变化，才能达到准确传达情感的目的。

再比如声音的粗细关系，在施耐庵的《水浒传》中，李逵的语言是这样的："俺铁牛平生最喜欢的就是杀官造反的事。大哥若要造反，铁牛便头一个冲进那东京城内，把那鸟皇帝老儿捉来砍了头下酒喝！"

而清代大作家曹雪芹所著的《红楼梦》中，林黛玉葬花前，对宝玉也有一番言语："撂在水里不好。你看这里的水干净，只一流出去，有人家的地方脏的臭的混倒，仍旧把花糟蹋了。"

你很难想象黑旋风是一个细弱的男声，或者黛玉是一个粗鲁的女声，因此，声音的塑造表达必须和人物身份、情感紧密相关。只要在不同的声音运用场合，按照我们提到的七种对比关系进行琢磨，在发声上做出相应的调整，就会使你的声音充满弹性和魅力。

其实在具体应用中，声音弹性需要根据应用情景，多角度综合使用，所以也不必拘泥于某一个符号，而是要着眼于整体感觉。

张颂老师在《朗读学》中，就对不同感情色彩引起的相应的气息状态和声音形式做过精确的概括和具体的描述：

爱的感情——气徐声柔。憎的感情——气足声硬。

喜的感情——气满声高。悲的感情——气沉声缓。

欲的感情——气多声放。惧的感情——气提声凝。

急的感情——气短声促。冷的感情——气少声平。

怒的感情——气粗声重。疑的感情——气细声黏。

下面，我想请你用"气徐声柔"的发声方式来朗读一下王小波的《爱你就像爱生命》的片段：

> 不管我本人多么平庸，我总觉得对你的爱很美。
> 告诉你，一想到你，我这张丑脸上就泛起微笑。
> 我把我整个的灵魂都给你，
> 连同它的怪癖，耍小脾气，忽明忽暗，
> 一千八百种坏毛病。
> 它真讨厌，只有一点好，爱你。

在朗读的过程中，你的心情是怎样的？能否体会到"爱"的感觉呢？

说到这里，我想你肯定也会赞同：想表达好自己的情感，真不是件容易的事。

很多人都会这样，说套话、玩笑话的时候，张嘴就来，可一旦是真情实感就表达不好，往往话到嘴边会拐一个弯，要不就强行压抑着，用这样的方式来掩饰情感，避免或许会有的"失态"。

这可能就是所谓读诗流泪的由来吧，我想，无论中年还是少年，都应该试着改变它。

注释及参考文献

注释：

[1]宋佳霖.呼吸方式对喉头位置、声带运动和发高音的影响.中央音乐学院，2014.

[2]吴弘毅主编.实用播音教程第1册：普通话语音和播音发声.中国传媒大学出版社，2004.

[3]王璐，白龙.广播语言的吐字发声问题：播音发声的呼吸方法.现代传播：中国传媒大学学报，1982（3）：26-3+83.

[4]陈爽.《国王的演讲》再获大奖 英女王被影片感动.信息时报，2011-02-17.http://yule.sohu.com/20110217/n279378523.shtml.

[5]吴弘毅主编.实用播音教程第1册：普通话语音和播音发声.中国传媒大学出版社，2004.

[6]王歆悦.福克斯新闻缔造者艾尔斯：坚守右翼立场，捧出三任美国总统.澎湃新闻，2017-05-21.https://www.thepaper.cn/newsDetail_forward_1689233.

[7][8]朱钦士.为什么人类能够发出优美动听的歌声.生物学通报，2014，49（10）：19-23.

[9]声临其境.湖南卫视，2018-01-06.

[10]王璐，白龙.广播语言的吐字发声问题：播音发声的共鸣（上）.现代传播：中国传媒大学学报，1982（4）：34-40.

[11]王璐，吴洁茹.新编播音员主持人：语音发声手册.中国国际广播出版社，2006.

参考文献：

陶曙光.歌唱发声器官的基本构造与发声原理.音乐天地，2015（9）：48-50.

吴秀坤.发声器官的构造与功能.中国科技信息，2006（06）：243.

田铁汉.西洋管乐器的气息控制与运用.中央音乐学院，2008.

吴郁.播音的语言特点及播音用气发声的基本功.沧州师范学院学报，1992（2）：27-33.

吴弘毅主编.实用播音教程第1册：普通话语音和播音发声.中国传媒大学出版社，2004.

张涵.播音主持语音发声训练教程：第2版.中国传媒大学出版社，2016

张颂.朗读学：第三版.中国传媒大学出版社，2010.

SOUNDING

3

嗓音保护

3-1. 嗓音保护的九个常识

2018年，我参加了知乎第五届盐Club新知青年大会，在确定演讲主题的时候，我提供了一个列表，"如何科学用嗓"这个题目被主办方毫不犹豫地选中了。

这的确是一个备受关注的主题，因为我们恐怕都有过嗓子不舒服的体验，或是在KTV唱歌飙高音，或是一次情绪满满的演讲，也可能是你的日常工作就需要长时间或高强度用嗓，讲课、推销、答问、翻译、带孩子、谈判、维持秩序等等。一不留神，嗓子就哑了，严重时甚至会失声，需要去医院治疗。

这就引出一系列问题：科学用声必然是和保护嗓音相结合的，那么，我们应该如何保护好自己的嗓子呢？

先来了解几个用嗓常识。

▶• 常识一：嗓音在变化，有可能是炎症

有时候，嗓音的状况在慢慢好转，过了一段时间又反而会加重。有时

候，嗓音的变化看似很严重，其实却并没有很大的问题。当你的嗓子已经不适，又拿不定主意是否就医，可以用一个简易而科学的标准来判断。

如果你早上起床的时候声音是哑的，说着说着慢慢声音就通畅了，这一般是嗓子有炎症，需要特别重视。

如果你早上起床的时候声音状态非常好，到下午或晚上，越说话声音越哑，这一般是你的嗓子太疲劳，很大程度是会慢慢恢复的。

同理，如果我们在练声的时候，一开始嗓子是哑的，练着练着嗓子就开了，这一般是炎症。如果一开始状态正常，念着念着就哑了，这一般是疲劳。

炎症是咽喉部比较高发的疾病，比如慢性咽炎、慢性喉炎等，需要专业的医疗措施来控制和恢复。

如果是疲劳，那就要看看是什么情况了，一般来说，除非你的职业需要长时间和高强度用声，比如教师、导游、窗口的咨询人员等，否则，普通人生活用声是不应该感到疲劳的。如果疲劳，那就得反思一下，是不是用声方式有问题，比如说气息不够，共鸣不当，或者习惯性运用声带的某些特定部位，以获取某种声音特质等。

▶• 常识二：不是长时间用声才叫过度用声

在生活中，最容易患嗓音疾病的人群是教师、声乐演员、销售人员等，尤其是小学教师和幼儿园教师，文献上甚至有个专有名词叫"管教幼儿"，其用嗓严重程度可见一斑了。这些职业有一个共同特点，需要和工作对象进行"强交流"，也就是过度用声。

保护嗓子，就应当对"过度"有所节制，那到底需要节制哪些部分呢？

任何挑战自然生理极限的用声都是不合适的，其中需要强调的有三点：

首先是用声的时长，即使科学用声，也不能够无限制地长时间用声，一定要注意循序渐进，适当休息。

其次是音高，超出自己舒适发声区域，有意发出太高或者太低的声音都会造成声带过于紧张直至受损。

最后是音强，不要刻意加大或压低音量，尤其在日常用声过程中，由于目标感、对象感不明确，我们的声音常常会不自觉地加大，在缺少气息支持的情况下，造成喉部着力发声，也就是俗称的"拼嗓子"。同时，突然地"起声"发高音，也非常伤嗓子。

用声时长、音高、音强上的不适当，会导致声带息肉、声带囊肿，患者大都存在长期喊叫、过度用嗓的现象。不仅成人要注意在以上几个方面节制用嗓，学龄儿童也有可能因为长期喊叫诱发嗓音疾病，特别是处在变声期、生理期、妊娠期的特殊人群，更要注意声带休息，以免诱发声带疾病。

▶• 常识三："科学练声"最护嗓

如果你想要拥有一身漂亮的肌肉线条，那一定得是锻炼出来的，绝不是坐在家里一动不动就自然生长出来的。所以哪怕你的声音条件天赋异禀，也不要陷入"保养"的误区。发声能力的增强需要承担一定的负荷，想拓展发声能力不可能一点都不疲劳。

我们一直在强调声音训练首先是肌肉训练，只有长时间坚持科学地锻炼，才能达到最佳状态，如果出于保护的心态，不敢运用，对嗓音来说并不是一件好事情。换句话说，对嗓音最有效的保护是"科学练声"。

"科学练声"中，循序渐进特别重要。比如说我们去健身，健身教练一定会先让我们做一组热身，之后他会一直盯着我们，纠正不正确的动作，保证练习中会有适当的休息等，做完之后一定还会有一组拉伸动作，这一切都是科学健身的组成部分。

　　练声的时候，要避免高起声，避免一上来就大喊大叫或强度太高，要由弱变强，从低到高，让声带肌肉逐渐适应，也要避免长时间持续练习，把自己的声带弄得疲惫不堪，这个道理和我们健身是一样的。"科学练声"还包括要摒弃一些不良的用声习惯，如长时间用嗓、清喉、咳嗽、大笑、欢呼、大声喊叫、大声唱歌、耳语等。

　　不要因为想保护嗓子就一味小声，什么都不做只会让自己更加脆弱，护嗓的最好方法是"科学练声"。

▶ 常识四：好声音的基础是好身体

　　人体是一个互相关联的系统，要想做好嗓音保健，首先要机体健康，提高整体免疫力。如果身体欠佳，上呼吸道感染这个嗓音大杀手找上门来的概率就会大大提高。疾病的可怕之处在于它不仅会影响嗓音健康，还可能会养成一些错误习惯。比如长期鼻炎或感冒的人，往往会形成一种新的发音方法，身体好了，发音的习惯却一时改不过来，这就会造成持续伤害了。

　　人的肺活量和呼吸方式也和我们的发声息息相关。在运动健身时，也有一些对发声有益的呼吸诀窍。进行高强度有氧运动，比如在寒冷季节长跑时，应避免张嘴大口呼吸，如果氧气量不足，必须张嘴，可以采用鼻吸口呼的方式，特别必要时，嘴部参与吸气，微微露出一线缝隙，舌头抵住上齿龈，让气流从舌头的两边经过，再进入气管和肺部。这样可以避免冬春干燥寒冷的气流直接刺激气管和肺。

　　另外，在剧烈运动之后请避免练声。因为运动的时候，肌肉摩擦大量发热，处在疲劳、松弛的状态，需要时间恢复。这个时候进行练声，会难以控制肌肉，出现发声动作变形的情况，如果不注意，还会导致声带的疲劳和损伤。

▶ 常识五："烟嗓"不等于"烟酒嗓"

几十年前，我们听歌曲，那种清脆圆润的声音被认为是最动听的，说歌手声音好听，人们就说跟黄鹂鸟一样。然而时代在变，流行的风尚也在变，摇滚乐、流行乐中，也有很多歌手的嗓子有一点沙哑，很像那些常年嗜烟嗜酒的人，因此也流行一种说法，说这种"烟嗓"特别有内涵，特别好听。

还有传言，说王菲为了让自己的声音不要那么通透、清澈，特意靠抽烟来让嗓子多一点沧桑感。

无论这个传言是不是真的，抽烟喝酒对人的嗓子都有极大危害，而且是不可逆的伤害。也就是说，靠抽烟喝酒也许真的能够弄出来一副"烟嗓"，但那和你想要的魅力声音一定天差地别，它不受控制、难以驾驭，也许更接近农贸市场上小摊后边常年迎风呼喊的声音。

因为歌星的所谓"烟嗓"和我们通常认为的"烟酒嗓"是不能等同的，他们的"烟嗓"效果，可能有99%的优良天赋、科学的训练，以及一整个团队有针对性的保护。脱离了这些辅助措施和基础资源，普通人也要去养一副"烟嗓"，是一件非常危险的事。

著名演员张涵予是配音演员出身，他就是典型的烟嗓。烟嗓确实有好处，特质鲜明、深入人心，我们提到张涵予，一个硬汉的形象马上浮现出来。但坏处就是类型略显局限，配音界有个技巧叫贴脸，有个理念叫无我，是最好不要让人听出来有配音的痕迹，浑然天成。但张涵予老师的声音辨识度太高，一听就是他，一听就是硬汉，这个戏路就受到局限了。

那么烟酒对声音到底有什么样的伤害呢？医学界对这个问题做过非常多的调查和实验，已经形成了定论，烟酒对嗓子的伤害很大。

我们都知道，香烟的烟雾含有尼古丁、焦油、亚硝胺等有害物质，这些物质会严重损害我们发音器官的健康。香烟燃烧时带来的较高热度，会蒸发声带表面的分泌物，使声带发声时失去润滑，在这样的时候发声，相当于声带在"干磨"，局部热量使声带充血、血管扩张，形成水肿，还可能诱发声带息肉。研究表明，长期吸烟饮酒，会改变声带的血液流动性，使毛细血管通透性增加、声带组织缺氧，导致声带水肿。[1]

当声带黏膜由于吸烟而干燥，甚至出现声带充血时，人的声音就会变得黯淡而低沉，并且随着烟龄增加，影响会进一步增大；酒对喉咙会造成直接刺激，扰乱神经，当饮酒年限较长时，有可能导致声带充血肥厚。[2]

过去，抽烟喝酒导致的声带损伤还很抽象，但随着科技的进步，今天我们已经可以通过声学分析或其他医疗手段，对烟酒导致的声带受损进行准确评估了。

爱护嗓子，还是要远离吸烟和过度饮酒。

▶• 常识六：刺激性食物最好适量

保护嗓子，刺激性的饮食到底能不能吃？这是我最常收到的问题。

我们一般都会把烟酒跟辛辣、冷、热、酸等刺激性的食物放到一块儿说，其实它们之间还是有差别的。究竟能不能食用刺激性食物，到目前为止，我并没有看到绝对明确的结论。

医学上比较一致的主流观点，是饮食要适量有规律，容易引起口腔黏膜慢性炎症的太甜、太干的食品尽量少吃。此外，暴饮暴食会影响气息的运用和共鸣，因此要尽量避免。

其实，长期的不良饮食习惯与嗓音疾病的流行是有一定相关性的，比如经常食用咖啡、浓茶、可乐、巧克力、薄荷食品、酸性食物、辛辣食物、高脂食物，暴饮暴食等，它们增加了胃食管及咽喉反流次数，会形成一定的嗓音疾病易感性。[3]

但也有数据显示，在长时间高强度用声团体中，每周吃多少辛辣刺激性食物和嗓音疾病患病率结果的统计，显示差别无统计学意义。[4]

此外，北京台主持人春晓就曾说过，她和歌手宋祖英都是湖南人，都经常吃辣椒，都没有刻意保养嗓子，所以并没觉得吃辣有什么影响。

就我个人与同行交流的感受，我们觉得常吃辛辣刺激的食品肯定不妥当，但对嗓音的伤害好像并不是特别明显。在这里我谨慎地建议，适度食用刺激性食物，亦无不可。

▶• 常识七：三个时期"不说话"

你吃过海底捞吗？你知道海底捞的董事长张勇的成长经历吗？他的性格和成功，跟他的青春期有关。

14岁是男孩子变成男人的生理发育期，不知何故，张勇的变声期格外长，差不多有一年的时间他讲话的声音总是带着童音的尖细。这正是男孩子开始渴望引起异性注意的时候，可是公鸭嗓的张勇在女孩面前却不敢张口。他不能忍受耻笑，于是一个人跑到县城的图书馆躲起来，整整看了一年书，就在这期间，他阅读了大量经典作品。[5]

张勇因祸得福，因为声音不好听，躲进了图书馆，为将来的成长和创业积累了丰富的知识。从科学用声的角度说，他的做法也是对的。

如果一个男孩子在变声期仍然大喊大叫、毫不顾忌，很有可能会给自己造成永久性的影响。

这就是我们讲的"最不该说话的三个时期"的头一个——变声期。

第二个少说话的时期，是生病期间，尤其是呼吸道疾病，炎症病变会通过咳嗽等动作到达声带，刺激声带黏膜；除此以外还有很多其他疾病，比如风湿、类风湿、心脏病、糖尿病和涉及内分泌紊乱的全身疾病和炎症，也会影响声带部位的血管状态，引发声带黏膜增厚。这时候用声，也很容易产生喉部和声带的病变。

第三个时期，就是女性特有的生理期、妊娠期，受到激素的影响，声带会出现分泌物增多、充血水肿、闭合不良等现象，导致声音的改变。因此，在这个时期也要注意减少用声。

▶• 常识八：发声也要"好牙齿"

说到发声器官，说到口腔，我们第一时间想到的一定是唇舌，但其实牙齿对发声也有着重要的影响。

我们知道，很多音都需要靠唇舌和牙齿配合才能发出，比如"f"。这是因为牙齿是口腔内重要的成阻部位，在发唇齿音的时候，如果门牙不整齐或者漏风，一定会影响发音效果。

同时，口腔共鸣是发声共鸣中非常重要的一环，如果牙齿缺损，口腔内的结构就会发生变化。比如，如果我们的舌头失去左右槽牙的制约，形状就会向两侧延伸。舌头形状和口腔结构的改变，会让我们的发音变得更加难以控制。

我们也应该让自己的口腔尤其是牙齿，保持一个健康舒适的状态，想想看，如果我们老是有牙疼、口腔溃疡这一类引起疼痛不适的口腔疾病，发声必定会受影响。

我个人就有类似经验，我很容易得口腔溃疡，经常疼得"吸溜吸溜"的，偏偏还长了四颗智齿，虽然咬合正常，但常年都会咬到自己，这一点恐怕长了四颗智齿的朋友都有体会。经常是一不小心，智齿那个部位就会被咬到，恨不得咬块肉下来，然后恶化成溃疡，再疼上个把星期，接着慢慢愈合，这个过程真是苦不堪言。

别看这好像是件小事，真摊到自己身上，简直难以忍受。我找到了口腔医生，想拔掉，本身智齿留着也没什么用，但她问明情况之后，没有给我拔牙，而是做了一个极其小的动作：帮我把两边智齿稍微磨掉了一点点，从而调整了咬合关系，我就再也没咬到过自己了。

如果你也有这样的问题，赶紧请牙医帮你看一看，专业人士丰富的诊疗经验会帮助你轻松解决问题。

▶ 常识九："吸水"比喝水更护嗓

水对嗓音的正常表现至关重要。

虽然肌肉组织不多，但喉和声带都属于运动器官，代谢率和消耗能量都很大，因此，对水分的需求量也很大，必须及时补充足够的水分，才能高效运转。

一旦声带缺水，就会导致声带黏膜的异常，长期缺水，就有可能产生病变。这是因为，当声带的水分充足时，声带组织黏性较低，振动自如，发声也比较轻松，但如果声带组织缺水，声带组织黏性变高，会使得声带振动困难，让声带更疲劳甚至引发疾病。

值得一提的是，有很多从业者和医学专家都提到，每天坚持用淡盐水漱口，能够对保护嗓子起到作用。这是因为淡盐水有消炎作用，虽然食盐本身没有消炎的功效，但是淡盐水会改变口腔和喉部的水浓度，炎症细胞的生存环境被改变，生长就会被抑制或者直接脱水死亡。此外，食盐中的氟也有一定的消炎杀菌作用。

另外，有条件的朋友，可以每天尝试做10分钟雾化治疗，如果没有条件，也可以采用热熏气疗法，做法很简单：将口腔对着有热气的茶杯或茶壶呼吸，很快就能让嗓子的不适现象消失了。

说到最后，如果没有科学的护嗓方法，越是需要用嗓子的职业就越容易出问题，这会直接地影响到职业寿命。掌握一些嗓音保护的常识，科学地保护好自己的嗓子，是每一位声音相关从业者乃至大众都需要认真对待的大事。

3-2. 危害极大的五个用嗓误区

前面我们了解了用声护嗓的九个常识，但在长久的口口相传当中，也有一些危害很大的错误观念在流传，有时候我们以为自己在"护嗓"，但效果却适得其反。我挑出了五个，总结成一篇，和你一起厘清看看。

▶• 误区一：护嗓就要"多喝水"

饮水有助于保护嗓子，这是嗓音医学早已形成定论的基本常识。于是，很多长时间高强度用声的朋友喜欢随身带个水杯，往往是讲两句喝一口，讲两句喝一口，这其实是一个非常不好的习惯。

首先，凉水肯定不宜喝。梅兰芳先生护嗓，有"三不三怕"的饮食习惯：不喝酒，怕呛坏嗓子；不吃动物内脏、红烧肉之类太油腻的东西，怕生痰；演出前后绝不喝冷饮，尤其演出后，怕刚刚经过激烈震荡的"热嗓子"遇冷一激，会变成"哑嗓子"。

他还特意谈到，演出后不要吃冷的和有刺激性的东西，更切忌吹冷风。

1957年，梅兰芳先生从长沙到汉口演出，正值元旦，气候比较冷。从长沙上火车，车厢里温度很高。第二天清晨到了武昌，有文艺界、戏剧界的朋友冒寒到站欢迎，他感到不安，就把口罩除掉和大家握手说话。过江时在轮渡口吹了冷风，当天晚上就觉得嗓子不适。第二天起床后试嗓音，哑到一字不出。[6]

用嗓之后忌冷水，是有科学道理的。长时间用声，声带肌肉运动摩擦，会充血发热。喝了凉水，喉咙的血液循环骤然受到寒冷的刺激，就很有可能骤然变哑。

那么能喝温水吗？会好一点，但最好是不喝。嗓音训练与保健专家彭莉佳老师就曾谈到，声带在长时间使用后，或多或少会有摩擦损伤，这时不断喝水，就等于是在不断冲淡有益于自行保护与修复伤口的分泌物，对恢复嗓子的疲劳、防治嗓音的疾患十分不利。

那怎么做比较合适呢？业界认为，尤其用声后15分钟内，最好不要喝水。恢复到一个比较平静的状态，再补充适量的水分。

另外，如果你够仔细，会发现，发声过程中，喝水会让音色发生细微的变化。

这一点，专业的小说演播家、配音演员都会有比较深的体会，刚刚说话，是这么一个音色，一口水下去，声音变了，前后接不上，给工作平添了麻烦，十分尴尬。

那么，如果在用嗓过程中，感到口干舌燥怎么办？

你可以试试舌头在嘴巴里绕圈，从硬腭到脸颊到舌底，绕上几圈，唾液的分泌就会多起来，从而缓解症状。

其实，我们口干舌燥，往往是由于运动锻炼中大量出汗，或者因为心情紧张而导致呼吸加快，口腔内的水分大量蒸发造成的。我们唾液分泌的调节是神经反射性的，人类的紧张情绪，会抑制舌下腺和颌下腺唾液分泌的副交感神经，这种"情绪失调—抑制神经—更加紧张"的恶性循环才是口干舌燥的罪魁祸首。

像播音员、主持人，尤其是一些声乐表演艺术家，用声时长和强度远远大于我们普通人，但他们在台上就很少舔嘴唇、咽唾沫。

如果我们平时注意科学练声，用腰腹发力，用气息而不是用喉咙发声，平时饮食也较为清淡，同时情绪稳定安宁，就不容易发生口干舌燥的现象。

当然，天干物燥，实在是缺水，你在用声过程中，少少地喝几口温水润润嗓子，也没什么问题。

▶ 误区二：嗓子不适要"清一清"

在上台演讲或者发表重要讲话前，我们都会下意识地去用力收紧嗓子肌肉，发出"吭吭"的闷声，俗称"清嗓子"。它除了有提示表达即将开始的作用，也出于我们希望清除嗓子异物，能够更好发声表达的心理。

其实，这是一种非常不好的用声习惯。

清嗓这个动作会让声带瞬间严重拉紧，很容易造成损伤。[7]

在医学角度，频繁清喉咙会持续给声带肌肉施加压力，使喉咙更加紧张干涩。如果觉得喉咙实在难受，有清嗓子的冲动时，不妨做一做气泡音、小口饮水或是吞咽口水，实在不行可以有节制地轻咳几声，都会有所帮助。

此外，我们提倡保护嗓子、轻声说话，但轻声不是刻意低声。有些人嗓子嘶哑时，为了不影响生活和工作，便会压低声音讲话，结果反而哑得更厉害了，甚至讲不出话来。其实，低声说话是压迫喉头，让声带在紧张状态下发音，时间一长，会让声带更加疲劳。[8]

让我们回忆一下之前一再推荐的胸腹联合式呼吸，其实很多喉部发音问题，都可以归结为发声动力不足、共鸣腔狭窄。如果我们能够坚持胸腹联合式呼吸，发声就会变得游刃有余，很多用声上的具体问题也就迎刃而解了。

▶• 误区三：播音员嗓音好是"有秘诀"的

经常会有人问我，你们播音员主持人天天做节目，一天说那么多话，声音不变，人也不累，是有什么秘诀吗？

除了"科学发声"，这个行业没有秘诀。一定要总结的话，业界有句谚语，叫"声病还得声来治"。

如果我们没有养成科学发声的习惯，长期的错误发声方式必然会限制表达和运用。如果错误长期积累，还有可能引发器官损伤和病变。科学发声的习惯不是专业人士掌握了什么秘诀，而是本该人人都了解的常识没有得到应有的普及。

我们知道，发声方法不正确必然会极大地浪费发声能量，破坏发声器官平衡调节的能力，使声带不断地出现毛病，即使通过手术或者药物治疗，一时也难以治愈，还会频繁复发。而科学的发声方法能节约发声能量，发挥发声器官的最大声学作用，达到最佳艺术发声效果。科学发声，能减轻声带负荷，获得预防声带疾病的"免疫功能"，即使声带原本有的一些疾患也大都可以自愈并根除。[9]

除了遵循科学发声的规律并勤加练习，没有任何秘籍。

在美国，许多医院设有专门的艺术嗓音医学门诊，针对普通人和专业人士的嗓音疾病，分不同门诊进行训练治疗。取得这样的治疗资格，需要参加专门的艺术嗓音医师资格证考试，不仅要考嗓音医学，还要考艺术发声，属于典型的跨界学科。

明明是"病"，为何还要考艺术发声呢？因为日常发声错误行为的纠正，才是治病之"本"，所以，我们说"声病还得声来治"。

▶ 误区四：嗓子疲劳就用"护嗓药"

谈到护嗓，大家概念上会觉得，这该有个清单吧，包括饮食上的禁忌，平时吃点什么喝点什么，推荐个含片什么的。的确，我也整理了一些经验心得，再结合自身体会与你分享。

如果感觉嗓子疲劳，平常可以吃一点金嗓子喉片、西瓜霜、草珊瑚含片、日本的龙角散等，也包括咽立爽口含滴丸，或者来一杯胖大海泡水，它们不一定会有立竿见影的效果，但对嗓子恢复多少有一定帮助。上述的这些我都用过，觉得有效才推荐给你，但在此之前，还是得明确一个前提：

健康的身体和精神状态远胜用药进补的效果。

合理的营养、充足的睡眠、积极的身体锻炼是消除嗓音疾病，提高发声水平的根本措施。

就大家的生活习惯看，尤其需要注意的是不能熬夜。

长期睡眠不足和过重的精神压力会导致人体的内分泌系统异常，而我们的喉部器官属于激素依赖性器官，这类器官是激素的靶向器官，它们会因为人体激素的变化而出现异常改变，这也是我们强调生病期间和女性生理期期间避免高强度用声的原因。

我们都知道，运动员上场竞技之前，都需要好的睡眠，如果睡眠不足，会影响第二天的发挥。这是因为睡眠不足会增强血液中的酸性，导致肌肉疲劳。相应地，喉部肌肉群中这些精细和敏感的肌肉组织，稍微感到疲劳，抵抗力就会变低，负面效应会被放大，我们的声音就会马上发生变化。

可能你有过这样的体会，喝几杯酒，抽几根烟，喝几杯冷饮，吃一顿麻辣火锅，倒不一定会对你的嗓子立刻有什么影响，但只要你一熬夜，到半夜的时候，嗓子一定是哑的。失眠的人不仅精神状态不好，声音也是有气无力的。半夜不睡觉唱歌，嗓子很快就会哑掉。在这种情况下，请立刻休息。

所以业内有句俗语，叫"十服药不如一场觉"。说的就是要靠优质的睡眠恢复身体机能，调节精神状态，让你摆脱负面状态，恢复元气。

还有，我们的嗓子和其他肌肉一样，要经过"热身"，才能进入最佳工作状态，因此，刚睡醒的时候，请不要马上发过强、过高的声音。

睡眠和发声之间的关系太容易被人忽略，希望这个提醒能帮你避免这个问题。

▶• 误区五：嗓子发声和体态"没关系"

大多数人认为，自己的嗓音是天生的，如果不是在KTV唱歌要用力气，很少会注意到自己的站姿、坐姿和发声有什么关系。其实，这里面关系还不小。

大多数人之所以慢慢忘却了胸腹联合式呼吸，是因为现代人面临从体力劳动为主到脑力劳动为主的社会转型，大部分时间都是坐着，而且坐姿往往都不太端正，躯干这个部分等于是折起来了，这样一来，分隔胸腔和腹腔的膈肌当然就发挥不了作用了，于是，呼吸方式也就跟着改变了。

人的气息不畅，呼吸一浅，嗓子发声就会不由自主地用力，于是，人的肩膀也僵硬地耸起来了。

如果你离远了看，这时候整个人的形态，都显得不精神。

这是一个恶性循环。

你已经知道，好的发声状态有个要领，叫作"两头紧中间松"。两头紧说的是呼吸控制和口腔控制，而中间的松不光说喉咙要放松、声带要放松，还包括共鸣腔的通畅放松。

想想看吧，如果你把吉他的共鸣箱紧紧压住，它还能发出那种悦耳的声音吗？共鸣腔必须是通畅放松的，才能产生更好的共振，才能发出优美的声音，所以这两头紧中间松，要求一个基本的身体状态。如果人是扭着的、驼着的、歪着的、僵着的，气息就不可能通畅，肌肉一边紧一边松，也没法控制，自然就发不出悦耳好听的声音了。

所以我们不管是坐着、站着，还是行走时，都要纠正驼背、耸肩、颈肩前屈、喉咙僵硬等毛病，最好能挺胸收腹、头正肩平、下颌微收、略带微笑，保持身体舒展挺拔，同时还要保持饱满积极的精神状态。

你可能还记得，之前我们提到过，张歆艺在参加《声临其境》时嗓子是劈的。

但她就用这疲劳的嗓子，仍然完成了几段精彩的声音表演，这充分体现出了一个专业演员的功底。这也就是我们常说的，不会用声的人使本钱，会用声的人使气息。

3-3. 护嗓"体操"气泡音

▶• 一举五得的护嗓练习

"苏家小女旧知名，杨柳风前别有情。剥条盘作银环样，卷叶吹为玉笛声。"

这是唐代诗人白居易的诗，说的是一种叫"吹叶"的游戏，你也可以拿起手边的书来试试：夹起两页纸，对着嘴巴，适度用力吹，书页振动，就会发出声响。我们还可以换着花样吹，你会发现，随着力量角度的不同，这些书页会发出剧烈而复杂的振动，而声响也会有所变化。

通过这个小游戏，你肯定能够更加形象地理解喉部构造了。喉咙是一个由11块骨头搭成的小盒子，盒子中间是两条扁扁的声带，它们并排靠在一起，就像琴弦，或者说，就像我们刚才夹起的那两页纸，气流冲击书页，声音就出现了。

前面我们已经谈到，导致嗓子不舒服最常见的原因就是喉咙不够放松。

声带就像两根皮筋并排放在一起。如果它们绷得太紧，说话耗费的气就增大，时间不长，你的嗓子就会筋疲力尽，所以放松嗓子就显得至关重要。

要解决这个问题，我们要深入了解一下在上一章"喉部控制"这一节曾提到，但没有具体展开的一个最常用的护嗓练习，叫作"气泡音"。

我们说，"气泡音"是一个一举五得的护嗓健嗓的训练方法。所谓五得，主要体现在它可以训练气息控制、强化声音质感、增强中声区发声能力、治疗咽喉疾病，还能促进声带生长、增加声带肌的力量。

气泡音具体的产生过程，是让一股微弱的气流，从肺部升起，然后通过完全闭合的声带，把两条闭合的声带吹出一个小孔。这个过程中，气流与声带发生摩擦，就发出了一连串均匀的、有颗粒感的声音，听起来好像鱼在水下吐了一串泡泡，所以我们叫它气泡音。

下面我们可以一起来尝试发一下气泡音。

首先，请放松身体，特别要充分地放松你的喉咙。舌头平放在口腔内，保持放松。脸部、胸部以及肩部同样也要放松，尤其是要避免肩膀出现端着的感觉。

其次，请打开你的口腔，做出一个半打哈欠的口形，找找这个感觉。接下来，让一股微弱的气流从你的肺部升起来，慢慢通过喉咙，在喉部产生振动，这样好像一个一个气泡冒出水面。

如果这样不行，你还可以先发出一个"啊"的音，非常自然地去发这个音。然后慢慢降低音调，当发到最低音时，就会自然转化成气泡音，这时候声音就像一串气泡从水底冒出来。随着你气息的调节，气泡也会不断变化，有大有小，时断时连。

"气泡音"是人的真声的最低音，是气和声结合的产物，气息过大和过小反而发不出"气泡音"。[10]

如果你不够放松，气泡音肯定发不出来，所以这也是一个重要的、需要警觉的检验标准。

如果你实在发不出来气泡音，还有一个大招，就是在清晨刚醒来，平躺在床上的时候练习。

经过一晚上的休息，每天早晨是人全身最放松的时候，所以，早上起床前，你可以平躺在床上，先发一发气泡音，这时来试试看，会很容易找到，效果会非常好。

发"气泡音"有几个必要条件，喉咙必须放松，喉头随之自然下移，舌头自然放置在口腔中，咽腔开放，有一个不达标，就很难发出气泡音，所以，只要以气泡音为基础，我们可以很容易达到放松嗓子的目的。而且，在发气泡音的时候，我们的面部肌肉也会放松，神情变得柔和起来，这是一项适合所有人的小练习。

如果你已经有了比较好的专业水平，不仅仅满足于能够轻松地发出气泡音，那下面还有一个进阶的气泡音训练适合你。

当气泡音慢慢下沉到胸腔，会产生一种较为浑厚的声音，由于我们所发出的气泡音类似于"呃"，所以气泡音下沉所发出的声音是更加粗犷的"呃"，在发声的过程中请你不断地尝试声音下沉的位置，最终要达到最低下沉点。在这个过程中，我们可以不断尝试声音在胸腔中的上下变化，来寻找胸腔共鸣的最深和最大的振动点。[11]

一旦确定了这个位置，我们就可以毫不费力地连续发出不同大小频率的气泡音，由于气泡音需要的送气量很少，在这些悠长的气泡中，你顺便也可以练习一下慢吸慢呼。

气泡音发声时，一定要将口腔慢慢张大，多体会几次，你会发现，声音从口腔到胸腔的过渡会变得越来越自然，你也可以自如地发出不同位置的气泡音。

当我们已经熟悉了气泡音在胸腔的最大振动点和最深位置，我们就可以进一步练习了，这一步，我们要尝试感受到气泡音的头腔共鸣。

还是按照上面发气泡音的方法，在已经可以匀速发出气泡音的时候，请逐渐收拢口腔，直至闭合，但要保持口腔内部的空间，你会发现原来的"a"音逐渐变为"m"音了，再慢慢开口，在这个过程中，首先要保持气泡音的技术动作，然后请仔细体会微弱声音带来的头腔共鸣。

Tips
气泡音练习中的两个问题

Question • 1

可以闭着嘴发气泡音吗？

Answer

可以。

气泡音是喉部训练项目，和气从哪儿出没什么关系，你开口就从口腔出，闭口就从鼻腔出，整个气息的流向是被动的。当然，闭口气泡音相对要难一点，一开始不容易发出。所以建议你先张嘴练习，等自己能够随时发出气泡音了，闭上嘴试试，会有惊喜等着你。

Question • 2

我用三种方法练气泡音，除了早晨醒来偶尔能发出短暂几次以外都发不出来。

Answer

这是很多学员纠结的共性问题，我来详细解释一下。

想要发好气泡音，首先要学会放松，课程里说过了，早上醒来平躺，全身放松，是最容易找到状态的方法，很多学员也都提到了这个方法最有效。学会放松实在不是一件容易的事，要慢慢练习，这是有一个过程的。

一般来说，气泡音发不出来，大多是因为紧张，习惯性的、长期的紧张。这是非常伤嗓子的，要尽量调整过来。

嗓子紧张往往跟"两端"无力相关。

这是一个相互关联的系统，因为膈肌和唇舌无力，只好靠嗓子用力发声，反过来，越靠嗓子，越不去运动两端，形成恶性循环，平时的声音状态也会越发弱。这就需要我们一方面加强练习气泡音，放松喉部，另一方面，加强两端的力量，尤其是强化气息，才是根本。

展开来说，发声学是一门控制的艺术，所谓控制，不是谁都得听我的，而是"与万物得当相处"。所谓得当，就是构建和谐的关系。

举个例子，你站在舞台上，在灯光下，站对了，这盏灯会让你很好看，而当你站错了位置，这盏灯就是你的敌人，会丑化你。动用该动用的元素，并让它们协调相处、协作互助，这才是良好的控制。

既然是控制，当然就有松有紧，有对比才有松紧，所以我们总是在强调放松很重要，原因就在这里。

当然，和谐并非一味退让、一团和气，比如我们采访嘉宾、新闻当事人，很有可能需要对抗，或许你要捍卫尊严，或许你要维护公道，这也叫和谐，是与内心某种准则的和谐。

总结一下，这一节我们介绍了"一举五得"的气泡音护嗓练习，并提供了三种发气泡音的方法：半打哈欠，念一个"啊"然后降低音调，最后就是在每天清晨睡醒后尝试发气泡音。

白居易诗里描述的"吹叶"又叫"木叶"，其实就是老百姓日常的一个游戏，你随时随地随手摘下两片叶子，就能吹奏出婉转的音调，可以用来自娱自乐，在劳作间休闲，还可以用来示爱，甚至还能用来打猎。

方便、有益、有趣，可不就像我们刚学会的气泡音吗？

3-4. 常见的嗓音疾病

2003年，美国耳鼻咽喉科-头颈外科学会把每年的4月16日定为世界嗓音日，提醒人们加强对嗓音健康的了解与重视。

嗓音疾病是一种常见疾病。调查显示，一般人一生中或多或少都有感到嗓子不适的经验，而嗓音疾病的患病率约为3%～9%[12]，在对声音有特殊要求的职业人群当中，这个比例更高，比如教师、歌手、播音员、主持人、销售、顾问、律师、窗口接待人员、电话客服等。在教师行业和银行业，嗓音疾病患病率更是接近二成。[13]请注意，这是患病，有不适症状的人那就更多了。

在研究人员对教师人群进行的临床跟踪检测中，大多数人觉得喉咙干，或经常干呕、恶心，有异物感，其次，喉咙发痒、多痰、咽喉痛、声音嘶哑，粉末导致经常呛咳也是常见症状。根据教师嗓音疾病患者的临床诊断，嗓音疾病中以慢性咽炎、咽异感症、慢性喉炎的发病率最高，慢性鼻腔部疾病最多。

下面我们就来介绍一些常见的嗓音疾病，以及防治的方法。

▶• 最常见：慢性咽炎

2015年，《中国教育报》曾做了一次问卷调查，了解教师的健康问题，有将近25000名教师参与了这次调查。在调查中，有17517名教师表示，自己患有或者疑似患有慢性咽炎，占到了参加调查教师总数的27%。[14]

这是一个惊人的数字，我身边的很多教师朋友，也是在工作一段时间之后，发现嗓子忽然变得"脆弱"，已经离不开消炎药了。

慢性咽炎虽是一种常见的小病，但很不容易治好。

教学是典型的高强度用声场景。长期大声说话引发的声带水肿，加之黑板书写导致的长期粉尘刺激，是引发教师慢性咽炎的主要原因。

事实上，除了教师，慢性咽炎也是所有嗓音疾病中发病率最高的疾病，那么如何判断是否患有慢性咽炎呢？

如果你的喉咙总是感到轻微疼痛、有异物感、发痒、干燥，或者总是有痰却咳不出来，那你很有可能已经患上了慢性咽炎。它会导致你在清晨起床刷牙时容易恶心，音色变得异常暗哑、干涩。

咽炎的发病和工作生活的环境紧密相关，空气污染导致的尘霾、湿度过低、烟酒过度、暴饮暴食刺激性食物，都会导致咽炎发生。我们的喉咙偶尔不舒服，有可能是急性咽炎，如果不加以注意，任其反复发作，就会转变为慢性咽炎。

呼吸道的通畅与否也是很重要的因素，如果有慢性鼻炎、过敏性鼻炎导致经常性鼻塞，习惯张口帮助呼吸等，也会令喉咙变得干燥，引起慢性咽炎。

如果你自己察觉有了以上的症状并且经常复发，那就要及时去医院接受正规治疗，自行服用润喉含片等药物不是正确的应对措施，如果不对症治疗，反而会长期受到它的困扰。

如果总是依赖抗生素消炎，不仅会让身体产生抗药性，还可能导致咽喉部正常菌群失调，引起二重感染。[15]

因此，我们要尽量避免长期处于高粉尘的环境，注意科学发声，在需要大声说话的环境，可以借助现代的科技扩音手段，如麦克风，让声音处在正常表达范围内。当感到喉咙干涩不适的时候，可以喝一些温开水、绿茶、菊花茶，或者吃一些润喉食物。至于饮食，要多食用富含蛋白质和维生素的牛奶、鸡蛋、鱼、瘦肉及蔬菜水果，这些都有助于预防慢性咽炎。

▶• 很严重：慢性喉炎

比慢性咽炎更为严重的常见嗓音疾病，是慢性喉炎。

它的发病原因和慢性咽炎类似，长期吸入有害气体、粉尘，烟酒过度，发声不当或过度用声造成声带损伤及声带疲劳，都会导致慢性喉炎。除此以外，喉部邻近器官的慢性炎症、鼻炎、鼻窦炎、扁桃体炎，以及下呼吸道炎症的蔓延，也可能导致慢性喉炎的发生。[16]

如果患有急性喉炎，人会出现比咽炎更严重的症状，如发热、畏寒、容易疲乏、声音嘶哑、咳嗽时类似犬吠、吸气时发生喉鸣等症状，严重的话甚至会导致呼吸困难，有生命危险，必须及时就医。

急性喉炎症状比较明显，然而更多情况是慢性喉炎，它会导致嗓音间歇性改变，音色低沉粗糙，当慢性喉炎严重了，还会导致嗓音持续性沙哑，甚至失声。因此，当我们的喉部经常不适，有干燥、刺痛、烧灼感、异物感的时候，一定要引起重视。

慢性喉炎一般都可以找到明确的诱因，应该戒烟、戒酒，避免吸入有害气体，消除病因，然后积极去正规的医疗机构寻求治疗。

▶• "高音病"：声带小结

　　我们有时候会听到"声带小结"这个名词，因为得这种嗓音疾病的人大多是歌手，因此也被称作"歌唱者小结"，它影响了很多人的演艺生涯，由于舞台上的公众人物患病较多，声带小结也因之有了较高的"知名度"。

　　声带小结是慢性喉炎的一种类型，发病早期，症状不是特别明显，声音嘶哑的程度较轻，因而常常被人忽视。等到声音沙哑、发声费力、喉部有异物感的时候，其实已经比较严重了。

　　当我们用喉镜检查声带，可以看到小结节的时候，就可以确诊了，声带小结会导致发声时声带闭合不好，从而引起各种声音症状。

声带小结

图3-1｜声带小结

　　"声带小结"最常见的病因是在身体疲劳的时候强行用声演唱，这时候，声带黏膜充血水肿，如果不注意休息，就很容易诱发炎症。

　　声带小结多发病于唱高音的人群或者歌唱爱好者，因为没有受过科学的发声训练，凭着天赋用嗓，如果各个发声器官没有得到很好的协调运作，特别是呼吸肌群和喉肌之间失去平衡，就会使喉肌过度紧张，在发声的过程中使声带的摩擦和运动过度，进而产生声带小结。

此外，当歌唱者们上呼吸道感染时，喉部就处于不健康的状态，会产生病理性充血，还有女性在例假期间，声带也会处于生理性充血，这样的状态下，需要少唱歌或者静养，如果强行演唱，时间过长再加上方法不正确，就会引发声带小结。

如果患有声带小结却不及时治疗，最终只能接受手术。如果术后依旧不能改变不良的发声方式，还有复发的可能。

声带小结多产生于非正常状态下强行用声导致的肌肉反复摩擦，因此定时饮水，保持声带水润，不过度用声，是预防声带小结的最佳方法。

▶● "情绪病"：声带息肉

过度用声导致的常见嗓音疾病中，还有一种情绪病，这样的患者往往具有易怒、暴躁、缺乏耐心等性格特点，这导致他们特别容易出现反应过激、喊叫等不良的发声习惯，从而出现"声带息肉"。[17]

声带息肉也是一个常见病，著名豫剧表演大师常香玉就曾因声带息肉四处求医。

声带息肉和声带小结都属于慢性喉炎的一种，但又不完全相同，声带小结是声带内侧的细胞增生，是表皮层病变，而声带息肉则涉及声带黏膜上皮层及浅固有层，所以一旦患上声带息肉，一般都要进行手术治疗。[18]

声带息肉就是在声带边缘黏膜组织部位长出的团块，它会妨碍声带的正常闭合、振动，从而引起发声障碍。严重时，会有声音嘶哑，甚至失声的现象发生。

图3-2 | 声带息肉

　　几乎所有声音疾病的源头都是滥用嗓音、过度用声，"声带息肉"也不例外，声带黏膜非常脆弱，摩擦反复出现，会逐渐形成息肉。而日常生活中，发声时习惯把舌背舌根抬高的人也很容易患上这种病症。

　　声音嘶哑是声带息肉的主要症状，也是严重疾病如喉癌的早期信号。[19]如果年纪偏大又长期声音嘶哑三个月以上，那就一定要详细检查，发现声带有息肉的时候，要去正规的医疗机构进行手术切除。

　　京剧李派艺术的创始人，著名表演艺术家李少春，就曾谈到过他治疗嗓音疾病的亲身经历。李少春先生的嗓子本来是非常好的，但在早年间，他为了维持个人和剧团的生计，承担了超常的演出任务，嗓子哑了、人生病了，不但不能休息，还得照常演出，而且演的都是重头戏。

　　那到了台上嗓子不行，怎么办呢？他就找声带的另一个位置来唱，等到这一处又唱坏了，就再找一处。他这种发声位置频繁搬家的发声方法是不科学的，所以不能持久，以致嗓子越唱越坏，到医院里面一检查，发现已经患上了声带小结。

因为过去嗓子哑的时间很长，李少春先生的整个发声方法都变了，所以虽然嗓子已经被治好了，但他仍然在用过去的发声方法，对康复的嗓子来说，这又是一次伤害，于是唱了没多久，声带小结又复发了。

他说："我发现要想底治好嗓子，必须把医疗和正确的发声方法结合起来，不能单靠治疗。"[20]

这就是我们在前面说的"声病还得声来治"，虽然此刻我们主要谈的是嗓音疾病，但发音矫治与医疗矫治同等重要。

最后，我们还要一起重复一遍这个观点：与医生诊治一样，重要的是发音习惯矫治。

如何做？我们已经对发声的系统做了详细讲解，从呼吸方式到用嗓保护，只要我们能够及早注意，稍加练习，减少声带疲劳，避免声带受损，科学用声的愿望一定可以轻松实现。

▶▶• 为什么女生的嗓子更容易生病？

日常生活中，我们好像有一种印象，常常是女生嗓子不是很舒服，然后男生就端过来一个热气腾腾的杯子，对她说："多喝热水。"

这种印象是有科学依据的，研究认为，嗓音疾病存在性别差异，女性较男性更易患嗓音疾病。

在嗓音疾病的性别差异上，声带小结、声带息肉、血管运动性单声带炎，主要见于女性，而慢性喉炎及接触性溃疡则主要见于男性。有研究者对1328例成人声嘶患者进行了纤维喉镜检查，对结果和临床资料进行回顾性分析时发现，患者中女性有772例，占比达到了58.1%，明显多于男性，已经具有统计学意义[21]；而在另外两项研究中，也有类似结论。在对154例"美声"女演员或女学员的嗓音异常情况的调查中，声带"小结样"突起占其嗓音异常情况比例达到了六成[22]；对206例声带小结患者的调查研究中，女性占 86.9%，男性占 13.1% [23]。

那么，"小结样"病变，为什么成了女性艺术工作者的多发病呢？这与女性生理和女性嗓音构造有很大关系。

首先从声带的生理特征来说，成年女性的声带长度平均约15毫米，男性平均约20毫米，也就是说，男性的声带更长。声带长短对振动发声有什么影响呢？我们用弯曲的树枝来打个比方，如果弯曲成同样的弧度，短树枝是不是比长树枝更容易断呢？

同时，男生跟女生的声音基础频率也有差异，女生的基础频率本来就偏高一些，这导致在同等条件下，女生声带每秒钟振动的次数比男生要多70次。

也就是说，女性的声带更短，基础频率更高，比较少的声带组织，却承担了更重的振动任务，这样一来，女生的声带当然就更容易出问题了。

再来说分子成分方面。

我要给大家介绍两个名词，一个叫透明质酸，一个叫胶原蛋白。

也许大家在一些化妆品的说明书中已经看过关于它们的介绍了。透明质酸，简单来说就是用来帮助人体组织吸收和保持水分的。水对声带非常重要，透明质酸就能帮助调节声带的含水量，控制细胞外基质的黏度跟韧度。

除此之外，透明质酸还有一个作用：帮助人体减震。我们的声带就像是一根不停振动的琴弦。透明质酸可以在声带产生振动时，吸收这种力量，防止出现声带瘢痕。在我们用声过度的时候，透明质酸还能够保护声带少遭损害，自我恢复。

说了这么多，透明质酸在男女两性的身体当中有什么差别呢？

它在男性的声带里分布均匀，而在女性的声带表层却含量较少，这也直接造成女生的声带更容易损伤。

至于胶原蛋白，我们可以把它理解成一个立体的弹力网。我们形容一个人青春活力，常常会说，看，脸上满满的都是胶原蛋白！

这样形容的原因是，胶原蛋白在皮肤里的含量非常高，能够保持你皮肤的弹性，减少你脸上的皱纹，保持皮肤紧致，减少下垂，等等。但胶原蛋白不光存在于皮肤当中，声带里也有。而男性声带里的胶原蛋白含量竟然比女性多2～5倍。所以在同等受力或者拉伸等情况下，女性的声带就不怎么经折腾，较缺乏韧性。这就导致女性在同等情况下嗓子更容易累。

第三个差异存在于呼吸系统上面。

通常，男性的肺活量要比女性大得多。肺活量大，意味着发声动力更强，它会带来一系列的用声便利。所以，在同等情况下，女性发出声音需要用更大的力气。这也会导致声带更容易疲劳，更容易形成不良用嗓的模式。因为呼吸更用力、更频繁用力，也就更容易形成声带小结了。

再来看看第四个差异，消化系统。

女性吃完东西后，食物从胃部到小肠，需要的时间比男性要长，女性要花4.6个小时，男性只要花3.4个小时，这带来一个结果：食物反流。

我们都知道，胃酸是一种酸性非常强的液体。在胃里面，有一整套的机制来进行应对，让胃酸只是用来消化食物，不对人体造成伤害。而如果胃酸反流到喉部，就会引发喉部的一系列疾病。因为女性消化食物需要更长时间，发生反流的概率相对来说也就更高，这样反流性咽喉炎的发病率也就更高了。

反流现象多发生在晚上，所以睡觉之前吃东西的习惯可真不好，最好在睡前三四个小时内就不要吃东西，让你的食物赶紧到小肠里去，不要让胃部还在工作，到时候一平躺，反流就非常容易发生了。

最后我们看看第五个差异，激素水平。

妊娠期的内分泌改变会导致喉部水肿、干燥、结痂，临床表现为嗓音粗糙、嘶哑，甚至失声、音高降低、音域变窄、音强减弱和发音易疲劳。这些变化多于妊娠期第二、三个月时开始出现，之后逐渐加重，但一般产后自行消退，发音功能可在数日或数周后恢复。[24]

另外，女性在服用避孕药期间，声带也会出现轻度水肿，耐受性下降，这时候也要特别注意嗓音保护。

除了以上原因，你应该还记得，我们前面提到过，发声状态非常容易受内分泌影响。而女性比男性更容易得内分泌类的疾病，内分泌一乱，就更容易受外界干扰，出现紧张、抑郁、激动等失控现象，这些现象又会进一步带来声音方面的问题。

　　说了这么多，你只需要记住一句话：从科学角度看，女性嗓子更容易出现问题，你自己得注意，还要提醒一下身边的女性亲友，一定要学会科学用嗓。

3-5. 教师用声及变声期特殊用声

▶• 起声 "软带硬" ，对教师用声的小建议

我小时候嗓门就很大，挨揍时总能闹出比较惨烈的动静，弄得围观群众很诧异，不但不同情还啧啧称奇，说，这么小一个人，怎么能号得这么大声呢？

这时候，往往就会有熟人站出来解释："你不知道，他家四代人都是做先生的。"

我们那地方，把老师叫先生，"做先生的喉咙好"好像是个共识，但等我长大，也做了老师才发现，作为靠嗓子吃饭的职业人群，教师群体恰好是嗓音疾病的重灾区。

有许多研究者针对教师职业的用声问题，做过科学的调查统计，所有调查都显示，嗓音疾病是最为影响职业教师身心健康的疾病。

教师嗓音疾病的常见类型为失声、声带闭合不全、水肿、息肉、小结等。我们刚刚说的嗓音疾病，几乎都在教师群体中有所体现，用声过度是导致教师群体嗓音异常的最常见因素。

2015年，一则"最美女老师"的消息在网上流传。照片中，一位身着白

色上衣的女老师一边打吊瓶输液一边讲课，这位老师叫崔燃，是一位高二年级的班主任，并同时带其他三个班的物理课。[25]

在基层教师中，有很多优秀勤勉的老师都这样，长时间、高强度用声，甚至强撑病体去上课，加上发声方式不够科学，课务负担重，又不了解科学用嗓的知识，极易患上嗓音疾病。

防治常见的嗓音疾病我们已经在上一节中给出了不少建议，这里再针对教师的职业特点和用声强度，普及一个有助于预防嗓音疾病的小技巧，那就是合理"起声"。

我们把从无声到有声的变化过程，也就是声带从呼吸状态转为发声状态的过程，称为起声。

其实，开始发声时，声带从呼吸位向发声位移行的方式有很多种。在解剖学上，声带和声门裂被合称为声门，根据它的闭合与声音出现的时间，可以将起声分为四种类型，即气息性起声、软起声、硬起声和压迫起声。[26]

所谓"气息性起声"（breathy attack），是指发声时左右声带接近正中线，气流先冲出喉部声带间的区域，声门才关闭，之后声带振动发声，这种发声方式被称为气息性起声。由于发声前，气体已经被消耗了一部分，因此我们会先感觉到气息声，之后才听到声音。

气息性起声多见于病理状态，日常生活中很少使用。在训练营，有学员问我，在配音时，病人的声音应该怎么处理。当时我建议，体会有气无力的感觉，就是先出气，但不要用力量发声，这就是我们刚刚谈到的"气息性起声"。

软起声（soft attack），是指正好在声门关闭时呼出气流，气流变化自然，声音也因之变得自然、柔软。我们日常讲话大多是采用这种发声方式，对声带没有损害。

硬起声（hard attack），是指先急速强力关闭声门，再以气流强行吹开，和软起声相比，这种方式爆发力强、突然，常见于命令、发怒或情绪激动时用声。陈佩斯和朱时茂表演的小品《主角与配角》中，那句"队长，别开枪，是我！！"就是典型的硬起声发声方式。

硬起声如果经常使用，就会很容易损伤声带，导致声带小结、声带息肉等病变。

最后，让我们再谈谈压迫起声（pressed attack），这是一种更为强烈的硬起声，和硬起声一样，声门会急速关闭，喉腔的声带也会向中间并拢，并且呼气压也比硬起声高，是一种紧张性发音。我国的民间鼓词和日本的难波曲都采用这种发声方式。有一些生病后导致的特殊嗓音，比如痉挛性发声障碍等，也是采用类似的发声方式。

日常生活中，我们采用软起声，或者软硬起声相结合的发声方式较为合适，既不浪费空气动力，也不会引起声带的过度紧张。如果长期使用硬起声，紧张的声门总是受到强气流的冲击，不但会引起喉部的肌肉疲劳，声带也更容易受损。经常使用气息性起声也是不合适的，因为出声之前空气已经消耗了一部分，长期使用会导致发声困难，尤其是发高音或必须持续长时间发音时，更为吃力，同时也影响说话声或歌声的质量。

我们知道，教师们面对的发声环境，常常与教室空间大小、学生人数多少密切相关。有时候，老师必须加大发声强度，才能满足学生听课需要，因此，外界噪声或室内学生发出的嘈杂声响，是老师们过度发声的原因之一。

对于这一点，我们除了前面常用的护嗓建议之外，特别建议教师及其他嘈杂环境下的工作者们采用"软中带硬"的较为自然的发声方式。但有些朋友可能就要苦恼了，发声是自然了，但是学生们、客户们、交流对象们听不见怎么办呢？

2018年4月，一位学员给我发了一条微信：

打扰了老师，我的声音嘶哑，一下有声音，一下没声音，特别是早晚，几近失声，反反复复近一个月。开始以为是感冒引起的，在学校附近诊所简单看了下，吃了五服中药（哺乳期），效果实在看不出，怕拖久了不好（我们学校有老师之前开不了口，后来只能做手术）。今天星期五，准备下午去县城医院检查一下嗓子。您觉得这种情况靠药物有用吗？还是说噤声，休息才有效？

我主要是晚上带娃睡不好觉，夜起四五次，至少两三次。现在教英语，课安排在上午，那个时候真的是我的嗓子最累的时候，有时靠吼，一节课下来，感觉嗓子都要破了。

我敦促她赶紧去医院检查，并提醒她，这种情况已经非常严重，过度劳累、严重缺觉、过度用声，再不采取果断措施，真担心会进一步恶化。

这位学员也很重视，不久就去了医院做了检查，查出了声带小结。

幸运的是，7月份我又收到她发来的微信，经过一段时间的治疗和保护，虽然慢性咽炎还在，但声带小结没了！

那她是怎么做的呢？我请她介绍了一些经验，并将对话整理、点评如下：

1.听了您的建议，上课"小蜜蜂"（随身麦克风）必备！

点评：对教师、导游等职业来说，"小蜜蜂"是性价比最高的护嗓神器！

2.吃了三天的阿奇霉素，是咨询过医生才吃的药。

点评：当嗓音问题恶化成疾病之后，仅靠"保护"是不够的，必须到专业正规的医院接受检查、治疗，遵医嘱用药。

3.后来没感冒过。

点评：上呼吸道感染是伤害嗓子的罪魁祸首之一！

4.我婆婆说，天气一冷我的声音就容易嘶哑。

点评：天冷空气干燥，如果不注意补水就容易嘶哑。

5.真说对了，我有时一天不喝水。

点评：水是护嗓之本，数据显示，成人最好每天能喝1.5～2升水。

6.饮食清淡。有次吃了几只超辣的虾，没出餐馆就哑了，后来尽量管住自己的嘴。

点评：饮食习惯因人而异，辛辣刺激的少吃为好，而烟酒则肯定有害，能戒就戒了吧！

7.差点忘了说睡眠！我娃添加辅食后夜奶次数少了，我的睡眠时间和质量都比以前好多了，白天一般也能睡一两个小时。医生也说了，睡眠好了我的声带小结可能会自然消失，真是莫大鼓舞！

点评：这是最重要的一点，充足睡眠是健康状态的必要前提，所以我们总说，"十服药不如一场觉"。

看到这儿，你可能发现，没有任何新知识！

这些注意事项，我们之前都谈过了，理解起来不复杂，也很容易做到，但正因如此，大家往往会忽视。这位学员的经历，就提醒你一定要重视了！

尤其对教师、导游等高强度用声的职业人群，对新手妈妈等特别辛苦疲惫的人群来说，嗓子都需要额外的保护。

在这篇文章的最后，我向老师们强烈建议，请戴一个"小蜜蜂"，也就是随身麦！

我理解大家不愿戴麦的原因：不方便、不体面。

任谁腰上绑个音箱，手里再拿个麦，都会平添几分尴尬的喜感。

但现在的设备真的很好，不用手持，现在都是无线耳麦，戴上去又轻巧又好看，还有点科幻感，音箱也不用再绑在腰上了，直接放在讲台上就好。

一个"小蜜蜂"只要一百多块钱，价格也完全接受得了。

这么说吧，科学发声当然是最靠谱的方案，但用麦减轻负担一定是锦上添花。

祝天下的老师们都能健康快乐、声音响亮。

▶● 拿好"四不"清单，度过"变声期"

前面我们提到过几个应该以息声休养为主的生理阶段，这些阶段人体大多有一些显著变化，比如生病期、妊娠期等，用声不宜过多过猛。下面，我们要重点谈一下每个人都会经历的阶段，也就是"变声期"。

变声期是指在青少年时期，人类的嗓音由童声转变为成人声的特殊阶段。

一般说来，儿童发育到青年的过程中，身体迅速成长，第二性征不断发育，男孩表现为喉结凸起，肌肉发达，眉毛、胡须变粗，动作粗犷。女孩则表现为颈部、肩部、胸部及四肢皮下脂肪增多而显得丰满，皮肤细腻，身材纤细，活泼，爱唱爱跳。[27]

与此同时，我们的咽喉也会在短期内迅速长大，在发声上出现显著变化。在传统戏曲界，把这叫"倒仓"。如果需要精确地确定，科学家们已经可以通过测定尿中动情素的含量来判断变声期是否到来。

人类的变声期一般从十二三岁开始，到十七八岁结束。女孩子略早一些，一般在初潮时开始。男孩则晚一些，一般从产生遗精现象时开始。变声期的到来受很多因素影响，包括文化生活环境、地域、身体发育、营养因素等。通常，城市地区早于农村地区，我国的南方略早于北方。

从生理角度看，变声期可分为三期。初期时，声带呈轻度充血，并没有其他特殊表现。到中期，声带除了会出现充血现象外，发声功能也会有明显变化，这时候我们的嗓子常常不听使唤，发高音困难、持久力差、声音不稳定，经常跑调，发高音时出现岔音、怪音，说话时部分词语发音变得粗涩、沉闷。到了后期，就进入了胸声发展的巩固期。这个时期持续时间通常很长，常常是虽然说话的声音已经和成人一样了，而唱歌的时候，音准不稳的现象却时时出现。

变声期的长短，以说话的声音变化为准，一般需要一个月，最长不超过一年。在变声期，声带增长越快的少年，嗓音变化就越明显。变声之后的男声音高一般要比孩童时期低八度，女声也低三度。[28]

变成成人声也不是完全向下转变，通常，比较低的男童声将变成男高音或男中音，而非常高的男童声将会变成男低音。女子的声音定型似乎与其发育早晚有关，发育较早的，像十三四岁完成变声的，变声以后多成为女高音；十六七岁才完成变声的，则大多变成女中音或女低音。[29]

讲了这么多来介绍变声期，是因为变声期是人一生中语音的定型时期，对声音艺术工作者来说就更为重要了。

顺利度过变声期，就会为将来的艺术表演打下坚实基础，如果变声期喉咙受到了破坏，则可能造成终身影响。希望这些有关变声期的小知识能够帮助到你的亲友，让每个人都能够顺利地度过这个声音形成关键期。

下面是一份变声期的注意事项清单：

一是"不害怕"。

如果你的孩子或者学生对"唱歌走调""高音上不去""声音沙哑""嗓子累"等现象感到困惑，告诉他们，没关系，歌唱不好听、跑调被笑话，并不是他们不认真、没天赋，而是在长大过程中出现的正常现象。说话也好，歌唱也好，拥有轻松、自如的感受最重要。

二是"不噤声"。

这个阶段虽然要格外注意嗓子的保护，不要过度用声，但是也千万不要因为不好意思或者精益求精而完全不说话，去消极等待发声机能的形成。因为良好的发声机能的形成，和合理、科学的发声方法密切相关。变声期的出现，证明人体的发育在急剧变化，而人体的发声机能也将在这种急剧的变化中定型，任何事物定型后再去更改是相当困难的。

因此，如果高音上不去我们就不上，唱不上去还可以读。这一时期多朗读课文、诗词，进行一些咬字与吐字练习，对将来发音的准确均衡有着事半功倍的效果。

变声期的发声练习方法

方法一：风趣的数数歌《数蛤蟆》

方法二：慢速分字练习《数蛤蟆》

方法三：利用传统艺术中的"十三辙"对儿童进行读词练习

三是"不嘈杂"。

这一个时期要注意影响少年发声的外界环境因素，平常尽量避免在过分嘈杂的公共环境中用声，也不要把电视的音量开得太大。如果周围的环境音过大，会使人不自觉地用力、高声讲话，会对高速成长的声带造成不利影响。而在相对安静的环境中，也可以进行无声训练。比如，身体自然放松，深吸气"打哈欠"，可以充分打开口腔；反复做张合口腔练习，有助于放松下巴，打开发声通道。

四是"不勉强"。

在变声期，要特别注意避免上呼吸道感染，它通常会波及声带，引起急慢性炎症。如果生病，就不要勉强大量用声。在变声期声音变化障碍较轻的，可以练声，但不要过度，而在变声期间声音严重嘶哑的，要停止练声，并进行医疗保护。

需要特别注意的是，被家长过分溺爱的孩子，如果在变声期里有一些特别的发声习惯，比如男生娇声娇气、女生粗声粗气地说话发声，都会深深烙入个人成长之中。

Tips
对变声期少年嗓音保健的辅助训练及治疗

1.按摩。拇指和食指按住喉结两侧，轻柔均匀地上下移动，每次一分钟。可以改善喉部血液循环，消除由于用嗓不当而引起的咽喉水肿，缓解变声期嗓音的不适。

2.热敷。把温热的毛巾敷在颈部，可以促进血液循环，缓解声带疲劳，让咽喉不那么干涩、疼痛。

3.哼鸣。选择一个单纯音，像平日里心情愉快时那样"哼"出来，让声音达到松弛、通透的效果。它可以让我们放松喉部肌肉，有助于促进疲劳的声带的恢复。

4.吹唇。闭上嘴，用均匀的气流吹动双唇，发出"嘟噜嘟噜"的声响。它不需要声带功能加入，除了可以训练气息，还可以通过双唇的自然抖动，对发声器官起到一定的按摩、放松作用。

注释及参考文献

注释:

[1][3]徐志鸿，何锦添，钟景良，等.声带息肉与咽喉反流的相关性研究.实用医学杂志，2013，29（11）：1805-1807.

[2]申金霞，余力生.吸烟、饮酒对嗓音及喉部的不同影响.中国现代医学杂志，2015，25（7）：79-82.

[4]耿浩然.高校教师嗓音疾病危险因素研究.山西医科大学，2009.

[5]黄铁鹰.海底捞的秘密.中国企业家，2011（z1）：48-67+10.

[6][20]田汉，齐燕铭，梅兰芳，等.怎样锻炼和保护嗓子（上）——首都艺术界座谈演员嗓子问题.戏剧报，1961（Z1）：39-46.

[7][8]刘江峰.声音嘶哑别使劲清嗓子.健康，2012（3）：33.

[9]左桂龙.嗓音训练与常见嗓音疾病治疗.山西财经大学学报，2011，33（S2）：109.

[10]赵慧.歌唱中的哼鸣练习.黄河之声，2012（15）：21-22.

[11]李元红.播音主持人发声器官巧运用.发展，2012（5）：118.

[12]张均超.574名教师嗓音状况的调查分析.郑州大学，2004.

[13]曾小维，杨和钧.评估职业教师嗓音问题的影响因素和预防方案.听力学及言语疾病杂志，2003，11（3）:229-230.

[14]刘庭梅，卫彦瑾.老师，您的身体还好吗？.中国教育报官方微信，20150529.

[15]慢性咽炎慎用抗生素.中国社区医师，2009，25（80）：10.

[16]杨蕙萌.浅谈嗓音疾病防治在声乐训练中的重要性.辽宁师范大学，2016.

[17]江德胜.声带息肉复发了怎么办.家庭用药，2011（2）：65-66.

[18]李璐，钟涛.声带息肉和声带小结的健康指导.内蒙古中医药，2012，31（12）：178-179.

[19]丁锋.声带息肉246例治疗体会.现代中西医结合杂志，2011，20（27）：3461-3462.

[21]张晓莉，张伶俐，谭建国，等.1328例成人声嘶患者纤维喉镜检查结果分析.重庆医学，2016,45（3）：405-407.

[22]韩丽艳.154例"美声"女演（学）员嗓音异常情况的调查分析.中央音乐学院学报，2001（3）：51-55.

[23]王振亚.职业性喉病的临床分类意见.重庆医药，1981（3）:55-56+52.

[24]韩德民，等.嗓音医学：第2版.人民卫生出版社，2017.

[25]李洋，李洪洲.女教师打吊瓶上课 学生：老师太拼.新文化报，2015-09-05.http://

news.ifeng.com/a/20150905144584908_0.shtml.

[26]韩德民，等.嗓音医学：第2版.人民卫生出版社，2017.

[27]丁凤.青少年变声期的嗓音训练与保护.金色年华：下，2011（12）：150.

[28]席建兵.小学高年级学生变声期唱歌教学研究.内蒙古师范大学，2008.

[29]马丽娜.谈声乐教学的变声期.民族音乐，2011（4）：106.

参考文献：

罗晖晖. 不同嗓音疾病的相关发病因素和声学的分析.福建医科大学，2014.

耿浩然. 高校教师嗓音疾病危险因素研究.山西医科大学，2009.

车红娟. 近三十年来我国歌唱嗓音保健与发声矫治研究文献述评.武汉音乐学院，2012.

林尚泽.歌唱演员的职业性喉病.国际耳鼻咽喉头颈外科杂志，1983（4）:222.

张乐.子宫内避孕栓（BMC）对歌唱嗓音的影响.国际耳鼻咽喉头颈外科杂志，1985（4）：221.

孙伟.音乐专业学生咽喉部疾患现状及预防对策.中国学校卫生，2006，27（8）：726.

陈珂忠.歌唱演员的嗓音病调查.中华劳动卫生职业病杂志，2000，18（04）:219.

林希.如何永葆嗓音的青春——嗓音保健与训练.福建教育学院学报，2004，5（4）：65-68.

杨和钧.艺术嗓音保健之友.文化艺术出版社，1985.

赵震民.声乐理论与教学.上海音乐出版社，2002.

维克托·亚历山大·菲尔兹.训练歌声.李维渤，译.上海音乐出版社，2003.

冯葆富，齐忠政，刘运墀.歌唱医学基础：第2版.上海科学技术出版社，1987.

彭莉佳.发声常识与嗓音保健.广东高等教育出版社，1999.

王峥.语音发声科学训练.中国传媒大学出版社，2014.

SOUNDING

4

说出标准
普通话

声音的魅力

4-1. 概述：为什么要说好漂亮普通话

▶• 语言发音是一种肌肉记忆

你上过电话诈骗的当吗？就是那种"喂，我是某某公安局啊，你是不是在哪里消费了多少钱？"或者"这里是人民法院，你收到了一张传票"。

我们听得多了，通常不上这种当。但是警醒我们的还有一个原因，那就是骗子的普通话实在太塑料了，又细又弱，满口的方言，骗谁啊！

当然，咱们没谁准备干这行，但在正式的沟通场合，口音太重，的确是个减分项。

奥黛丽·赫本曾经出演过一部电影，叫作《窈窕淑女》，她在里面饰演一个举止粗俗，身居社会底层的卖花姑娘，由于生活环境不好，人也脏兮兮的，人们一眼就可以看出她的身份。但是有一个非常骄傲的语言学教授，为了证明自己很厉害，打赌说："我能够教给这个卖花姑娘一口流利的标准英文，让她能发出特别纯正的语音，可以出入上流社会而不被别人识破。"在影片的最后，他真的做到了。

这个卖花姑娘完全改变了自己的语音，用一口上流社会的标准英文，进入了高端社交圈，所有的人都没有察觉。这是一个有点类似于《傲慢与偏见》的爱情故事，关于情节就不多说了，我们关注的重点是，语音、面貌真的对人有很大的帮助吗？会让他人对你的印象有很大的改变吗？

你可能已经融入大城市，生活了几十年，但总也说不好普通话，我们通常叫它乡音难改，这是为什么呢？

这个问题摊开说有点复杂，但有一点我们可以确定无疑：语音的本质是一种肌肉习惯。

我们之前用了一整章的篇幅讲述"发声的秘密"，声音有它的物理属性，发音器官是我们的肌肉组织，我们进行发音练习，其实也就是在进行肌肉练习，你平时发音的习惯会一直跟随着你。比如平翘舌，如果你习惯了该把舌放平的时候去翘着说，那在学习一种新的语言发声时，你的习惯也会很大概率地跟过来，发音自然就不准了。翘舌为什么不放平呢？因为你习惯了，你的肌肉在你还没有考虑这个问题的时候就翘起来了，要想改变肌肉习惯真的是非常困难的事。

打个比方，比如驼背问题，现在大家每天用电脑工作的时间很长，长时间坐着缺乏运动，很容易颈肩前屈，出现圆肩和驼背。你说挺拔容易吗？非常容易，靠墙站好，九点靠墙，马上就能挺拔起来。哪九点呢？后脑勺、两边肩胛骨、臀部两个点、小腿两个点、脚后跟两个点，一共九个点。把手掌平放，垫在自己的腰后面，这个时候人的站姿是最漂亮最标准的。能做到吗？每个人都能做到。

但是，只要一离开墙，你可能在一瞬间就恢复到那个不太健康的姿势了。

为什么？肌肉习惯，这事太难改了。

这就是我们常说的知易行难，一说就懂，但很难做到。发声也是一样的道理。

还有一个更重要的原因导致我们方言难改，那就是语言环境导致我们的听辨能力出了问题。演员林更新被人吐槽说话有"东北味"，他特意发过一条微博，原话是这么说的："在下毕业于上海戏剧学院，当年我的表演主讲老师是吉林人，班主任是沈阳人，台词老师是沈阳人，所以我一直觉得我的台词完全OK。"这句话后面他还加了一个笑脸。

我还见过一个在济南留学和生活的德国朋友，开口就是标准的山东话，他还以为自己说的是官方的普通话，起码区别不大。

为什么他们都没有意识到自己的语音问题呢？因为他们在长期学习和生活的语音环境中融入得很好，根本就听不出来自己的语音问题。

我们知道人的发声有五大控制系统，除了我们之前讲到的动力（呼吸）系统、振动（喉部）系统、共鸣（口腔鼻腔胸腔等）系统和成音（唇舌齿腭等）系统，医学上还郑重提出了一个系统，叫作调控系统。当我们需要发声时，由大脑发出指令，通过神经的传输，让刚才讲的那四个系统开始工作，同时，人的耳朵又会捕捉到外界的声音信号，根据收到的信号反馈来对发音进行实时的调整。

这个调控系统极其重要，有句俗话叫"十个聋子九个哑"，意思就是有听力障碍的人，时间长了之后，慢慢地都会变哑。这个"哑"的意思不是发不出声音，而是会丧失语音表意的能力。

这就是因为语音调控系统失灵，人们无法得到声音反馈，所以失去了自我校正的能力。

我们的方言环境也一样，如果你的调控系统的听辨能力是有问题的，如果你认为这就是普通话，如果根本都没察觉到错，怎么可能改得掉……

肌肉记忆和语言环境，这是我们"乡音难改"的两个主要原因。其实，如果在非正式场合，如果不是严重到了影响交流的程度，方言错误一般没有特别纠正的必要，倒不是不用改，而是因为改起来实在太难了。同时，随着普通话的推广使用和各地人口的流动融合，我们的语言环境也在发生变化，现在的小孩子，特别是城市里的孩子，普通话已经越来越标准了。

▶• 常见的普通话发音错误

虽然很多场合下"乡音"无伤大雅，但作为沟通工具，如果你能说一口漂亮准确的普通话，还是很给自己加分的。在普通话语音测试中，有三大类错误比较常见。

第一类是在声母中出现的错误，有"平翘舌不分""n、l不分""h、f不分"和"j、q、x发尖音"等。

第二类是在韵母中出现的错误，包括"前后鼻韵母不分"和"后鼻韵母的加音或鼻化音"，前者体现为"an、ang 不分""en、eng 不分"和"in、ing 不分"，后者体现为"eng 和 ong 不分"及"en 和 in 不分"等。

第三类是在声调中出现的错误。我们知道，古汉语语音分为"平、上、去、入"四个声调，后来"入派三声"，入声消失了，平声分化为"阴平""阳平"。普通话发音常见的声调问题，一般集中在"上声念不全念成半上"和"已经消失的入声借助方言的保留，重新回到普通话的发音中"这两个问题。

这些普通话发音错误的出现其实并非偶然，它有一定地域性，也就是说，某些方言区的人，比较容易出现某种特定的发音错误。

下面，我把我国七个不同方言区的人容易出现的语音错误做个整理，供你参考。

Tips
地域与普通话发音错误

一、东北地区

东北地区的人容易把翘舌音读成平舌音，比如把"知道"读成"zi dao"；

也容易将声母 r 当成零声母读，比如"人"读成"yin"、"肉"读成"you"；在东北方言中还会出现吃字的现象，比如把"干啥"读成"干哈"。

二、河北、河南和山东地区

河北、河南和山东地区的人，在发韵母字腹时，舌位和唇形变化动作较短，比如韵母"ao"会读成"o"、"好"读成"ho"，"ai"读成"m"。河南某些地区的人发音时还会出现韵母儿化的现象，比如把"车"读成"cher"。

三、西北地区

西北地区的人发音位置比较靠后，比如"吃饭"在发音时会发成"吃放"，字音有种含在口中的感觉。

四、湖南和湖北地区

湖南和湖北地区的人在声母发音上常n、l不分，"男"常发成"兰"、"zhu""chu""shu"常发成"ju""qu""xu"、"住"会发成"ju"。

五、江西地区

江西地区的人发音位置相对靠前，平舌音与翘舌音区分不够，"zi"常发成"zhi"；前后鼻音区分也不明显，后鼻音常发成前鼻音，比如把"成"发成"陈"。

六、福建地区

福建地区的人发音时也容易平翘舌不分，轻声较少。在声母发音上，"r""n""l"经常混淆，比如会把"人""能""冷"都发成"len"；在韵母上，常常把"ü"发成"i"，比如把"参与"发成"餐椅"等。

七、广东地区

广东地区的人发音比较靠前，不够圆润，平舌音与翘舌音容易混淆，有时会把"zhi""chi""shi"或者"zi""ci""si"分别发成"ji""qi""xi"，比如把"知道"发成"鸡道"，把"试吃"发成"戏期"。

说了这么多，你可能就会想，为什么这些地方的人会出现这种错误呢？说实在的，这些发音其实并不是错，是我们地域性的语言，只是因为我们现在用作官方交流语言的普通话，是以北方方言为基础的。也就是说，大家本来各说各的，都对，没有什么谁对谁错，但是为了交流的便捷，总要确立一种适合传播学习、受众人数多、应用面广的官方语言系统。中华人民共和国成立后，这种语言系统就叫普通话，那么其他的方言的发音，跟普通话标准有所抵触、冲突的，在"官方交流"这个层面上，自然就变成了需要纠正的语音。

▶● 汉语方言：走得更远，也别忘了从哪里出发

那么，我们的普通话有什么特点呢？

普通话的特点是简单、清晰、表现力强。音节结构形式上元音多，听着响亮清脆；声调简单，高音多、低音少，语音清亮；音节之间区分鲜明，节奏感强。

顺便说一下，汉语，尤其是普通话，颗粒感较强，所以不是非常适合演唱。

具体来说，有人声的音乐，人声首先是乐声的一部分，它的首要职能是悦耳，而非传递具体信息。情意情意，情在前意在后，之所以周杰伦的"吐字不清"好听，就是因为连成一片的声音形成了不间断的旋律河流，避免被一个个有明确字头、字尾的汉字颗粒打断听觉感受。

音乐是情绪情感的自然流动和表达，你想想看，发音太清楚了，一个字一个字之间的区隔特别明显，那个听觉感受，还能像周董的歌那样流畅和连贯吗？

总结一下，汉语，尤其是普通话，颗粒感强，适合达意，不那么适合传情，普通话的最大特点，是简单清晰响亮。

我们现在推广普通话，还有一个很大的意义，那就是"书同文"。文字和语言是中华民族文化共同体形成的重要工具，如果我们各地还是操着自己的方言，那日常的交流该有多么困难，整个社会的运转将会增加多少的成本呢？近些年来，我们可以明显感觉到，人们的普通话越说越标准了，大家的交流也越来越顺畅了。

在这个基础上，我们也要注意保护方言文化，毕竟方言细腻鲜活，是非常珍贵的非物质文化遗产。

比如演员黄渤，非常擅于用方言表达角色，他是北京电影学院配音班毕业的，在声音表达上，他走出了一条自己的路。黄渤的天然条件不算好，他自己也很遗憾，配不出那种雄浑大气的比如广告片的声音，但他有非常好的方言使用能力。他曾说，普通话是一种规范的语言，规范固然好，但也少了很多色彩和表达上的丰富性，而方言在这个方面就有很大的优势。所以他的很多影视作品都是用方言来表达，方言出来的角色的生动程度跟说一口标准普通话的角色相比，感觉完全是不一样的。跟角色一贴合起来，常常会更加准确、更加便捷、更有表现力。

再举一个例子，主持人汪涵，语言天赋特别好，会讲很多种方言。有人统计过，汪涵在节目里秀过不下20种方言，他就曾说过："普通话可以让你走得更远，可以让你走得更方便，但是方言，可以让你不要忘记你从哪里出发。普通话让你交流极其顺畅，而方言让你感受到无限的温暖。"[1]

作为中国人，我们现在每个人都会说汉语，这就是我们自己国家的语言。但为了走向世界，我们还要去学英语，因为它是目前国际上比较通行的主流语言，又有点像汉语系统内的普通话。

这么一比，普通话又有点像家乡的方言了。

无论走到哪里，希望我们身上永远都有这温暖的记号。

4-2. 平翘舌不分：四十四棵死涩柿子树

刚才说了三大类语音错误，其实还是包括了很多很多问题，但这毕竟不是一本专业的普通话学习书，我们也不打算纠正所有的语音错误，但有几条特别常见，下面我们重点介绍一下。

有时一些口误挺有喜感的，比如，让室友帮带俩包子，结果带回来两包纸。又比如，大晚上和朋友们high完，"你们不用送啦，我打个出猪车"引来反弹，"我是小仙女！不是猪！""唉，我也不知道怎么肥四啊！"

上面的这些问题，属于"平翘舌"发音问题。

根据学员们的反馈，平翘舌发音方面的问题非常普遍，且很难纠正。而很可气的是，我们的日常生活中，要用到的平翘舌音又非常多。这就导致了很多人发音平翘舌不分，闹了很多笑话，场面一度十分尴尬。

透过现象看本质，其实，造成平翘舌问题的原因不外乎以下三点：

第一，发音部位未找准。z、c、s与zh、ch、sh都属于舌尖音，发音的方法完全一致，但发音部位不同。

第二，缺乏训练不习惯。我们可能有时发对了音，但没有将那种感觉刻意留存，肌肉尚未形成记忆，所以下次发音又会出现老问题。

第三，少了一点小技巧。对于某些更具体的问题，可能你与近乎完美之间欠缺的只是一些小技巧。

那么，让我们从问题的根本出发，平翘舌是怎么发音的呢？

发翘舌音时，舌尖要接近或者抵住齿龈后或硬腭前。

你可以这样做，舌尖翘起来，向前，碰到上牙龈，然后往后一点，这里就是齿龈后、硬腭前了，抵住形成阻碍，然后发音。

而发平舌音时，舌尖要平伸抵住上齿背或上齿龈。你可以这样做，舌尖向前，碰到上面牙齿的背面，抵住形成阻碍，然后发音。

总结一下：翘舌硬腭前，平舌上齿背。

硬腭的位置更靠里，翘舌音要碰硬腭，舌头就卷得更厉害了，所以叫翘舌音。而平舌音舌尖碰的是上面牙齿的背部，所以舌头相对就显得更平，所以叫平舌音。

讲完了平翘舌的发音方法，实际操作中大家会遇到一些问题，接下来我们就来逐一击破它们。

1. 平舌音翘舌音转换起来很不自然。

有同学反映：舌头用力抵住时，又笨拙又像大舌头。像这种情况，就属于矫枉过正、用力过猛了，得往回收收。一个小技巧是：试着把舌尖，就是舌头最前端的那一点点地方往下一点，用舌尖后面一点点的地方轻触硬腭，这样整体就比较自然了。

2. 其他音都能分清，但z和c发出来的音，大家会觉得没有区别。

z的要领是舌尖平伸抵住上齿背或上齿龈，形成阻塞，软腭和小舌头上升，关闭鼻腔通道，口腔里蓄气，然后舌尖快速松开一条缝，气流从缝隙中破擦而出，声带不振动。而c的发音要领跟z几乎完全相同，唯一的不同在除阻的时候，声带不闭，从肺部呼出一股气流从缝隙破擦而出，俗称送气。这里有个小技巧，所有搞不清楚的音，你就用更加夸张的方法去发，用这样的方法去体会其中的差异。

3. 翘舌音发出来感觉太重，或者浊。

出现这个问题，是因为舌头翘得太厉害了。注意一下舌尖的位置，翘舌音的舌尖位置在硬腭前部，不要继续往后了。

4. 翘舌音按照上面说的发音方法发不出来。

要记住，上面说的是发音的起始部位，要留意一下舌头之后的运动变化。翘舌音的舌尖不是一直在那个地方的，要注意移动。

解决了理论上的问题，就要开始练习了！

这里有三个绕口令，刚开始练的时候可以慢一点，求准不求快，慢慢就能看见自己的进步了！

Tips _____
三个绕口令，练好平翘舌

《撕字纸》（z-zh，s-sh）

隔着窗户撕字纸，一次撕下横字纸，一次撕下竖字纸，是字纸撕字纸，不是字纸，不要胡乱撕一地纸。

《石狮子 涩柿子》（s-sh）

山前有四十四棵死涩柿子树，

山后有四十四只石狮子，

山前的四十四棵死涩柿子树，

涩死了山后的四十四只石狮子，

山后的四十四只石狮子，

咬死了山前的四十四棵死涩柿子树，

不知是山前的四十四棵死涩柿子树涩死了山后的四十四只石狮子，

还是山后的四十四只石狮子咬死了山前的四十四棵死涩柿子树。

《子词丝》（z、c、s）

四十四个字和词，

组成了一首子词丝的绕口词。

桃子李子梨子栗子橘子柿子槟子榛子，

栽满院子村子和寨子。

刀子斧子锯子凿子锤子刨子尺子做出桌子椅子和箱子。

名词动词数词量词代词副词助词连词造成语词诗词和唱词。

蚕丝生丝热丝缫丝染丝晒丝纺丝织丝自制粗丝细丝人造丝。

好了，看完这篇文章，你就获得了关于平翘舌问题的核心知识与改善方法，从今天起，绕口令练起来吧！

加油！以后再被人拉住读"十四是十四，四十是四十"，就不害怕啦！

4-3. 鼻音边音不分：
怎样才能连念"榴梿牛奶"100遍

　　这一节，我们来谈谈鼻音边音也就是"nl不分"的问题。

　　"我明明叫的是刘玲玲，牛宁宁瞅我干啥？"

　　"我刘能在此，你敢叫我，我就敢应！"

　　"朋友们天天让我读'榴梿牛奶'放松心情，好气呀！"

　　"好不容易下定决心学日语，な（na）に（ni）ぬ（nu）ね（ne）の（no）、ら（ra）り（ri）る（ru）れ（re）ろ（ro）傻傻分不清！"

　　"我唱歌本来很好听的，但是'辣一天，辣一天，我丢掉了里'让我一国际大咖范儿瞬间变成乡村非主流……"

　　相信"nl不分"的朋友或多或少在生活中都遇到过上面的情况，经常被"nl不分"影响工作和生活。

　　其实，只要找准方法，多加训练，被上面几句话戳成筛子的小伙伴们，也能甩掉包袱，改掉这个小毛病。

　　首先我们来自查一下，请捏着鼻子读"能力"这个词。

　　发现了吗？"能"应该是发不出来的，因为它是鼻音，是从鼻腔出来的；而"力"应该能完全不受阻碍地发出来，因为它是边音，是从口腔里出来的。

那鼻音和边音具体该怎么发呢?

"nl不分"指舌尖中阻浊鼻音和舌尖中阻浊边音发音混淆。n和l都是舌尖中阻声母,成阻部位也相同,也就是说,发声时舌尖的位置相同,都是抵住硬腭前部,即上面的牙龈往后一点的地方。

但发"n"时,舌头要把口腔的上半部分盖住,用力,然后突然放开发音,这时口腔是被堵住的,气流完全从鼻腔出去。而发"l"时,舌头两边要留一条缝,这时气流从舌头两边出来,所以叫边音。从感觉上说,发"l",舌头不那么用力,发"n",舌头更用力一些。

掌握了两者间的差别,我们就要进入实战环节了,这里为你准备了两组词语练习和一些绕口令,没事的时候读一读,有趣又有用。

Tips _____
鼻音边音小练习

1.双音节词连用练习

年龄 尼龙 纳凉 浓烈 牛郎 奶酪 内陆 闹铃 难料 能力

冷暖 辽宁 理念 老农 落难 连年 两难 烂泥 留念 龙年

2.双音节词对比练习

留念－留恋 难色－蓝色 女徒－旅途 牛年－流年 凝脂－灵芝

3.绕口令练习

《牛郎念刘娘》

牛郎年年念刘娘,刘娘年年念牛郎。郎恋娘来娘恋郎,念娘恋娘念郎恋郎,牛恋刘来刘恋牛,牛念刘来刘念牛。郎恋娘来娘恋郎,郎念娘来娘念郎。

《碾牛料》

牛拉碾子碾牛料,碾完了牛料留牛料。

《男旅客,女旅客》

男旅客穿着蓝上装,

女旅客穿着呢大衣，
男旅客扶着拎篮子的老大娘，
女旅客搀着拿笼子的小男孩儿。

读到了这里，你就向解决"nl不分"迈出了第一步，接下来就按照上面所说的，多感受nl两者发音方法的不同，勤练习绕口令，形成新的肌肉记忆吧。

愿这世界上的牛年、流年和榴梿都能自成一派。

4-4. "fh"不分：
福尔摩斯是胡（福）建译法吗？

在央视2017年的春晚上，游泳运动员傅园慧和冯巩合作了一个小品，快结束的时候，傅园慧穿着一身运动装，喊着"师互（傅）"，风风火火地跑上来，她表演的是一名操着"fh不分"方言的游泳运动员。因为前方有情况，运动员特热心，过来给驾驶员报个信。"前慌（方）有个车欢（翻）了，撒了一地的化回（肥），有黑化回（肥）和灰化回（肥）。"然后，她开始狂飙那段经典的以"黑化回（肥）花（发）灰，灰化回（肥）花（发）黑"开头的绕口令。

这段表演其实非常有水平，傅园慧将所有f声母的音节都替换成了h声母的音节，对"fh不分"的人来说，纠正起来很难，但让一个说着标准普通话的人强行"fh不分"，也一样不容易。

"fh不分"的经典例子还不止这一个。说到大侦探福尔摩斯（Sherlock Holmes），大家都非常熟悉，这是英国侦探小说家阿瑟·柯南·道尔笔下的人物形象，最近因为演员卷福（本尼迪克特·康伯巴奇）又重新火了起来。

可是，英语比较好的朋友往往都会有一个疑问，福尔摩斯的拼写明明是Holmes，为什么汉字就变成了福尔摩斯呢，于是有人就开始编造：福尔摩斯的音译，是翻译家林纾首创，正确的音译应该是"荷尔摩斯"（Holmes），但林纾先生是福建人，而在福州方言中，声母h和f不分，因此"荷"变成了"福"，这个错译就这么流传了下来。

你瞧，说得还有鼻子有眼的，好像真的是这么回事！还好，这个问题早已经过了大量考据，形成了定论，林纾并非"福尔摩斯"的首译者，所以这个锅不能甩给他，但由此也可见，大家对福建方言中的"fh不分"现象有着非常深刻的印象。

当然，不光福建，在西南官话、江淮官话、吴语、客家话等许多方言系统中，都或多或少存在着这个现象。

假如你正好面临这个问题，应当怎样解决呢？

f的发音要点是下唇向上门齿靠拢，形成间隙，软腭和小舌往上升，关闭鼻腔通道，气流从唇齿间形成的间隙中摩擦而出，声带不振动。

而h的发音要点是舌面后抬接近软腭形成缝隙，软腭和小舌上升，关闭鼻腔通道，气流从缝隙中摩擦而出，声带也不振动。

声母f与h发音的混淆现象，通常不是都发成某个音，就是混淆使用。这两个音单发虽并不难，但是f与h快速连读时却非常拗口，容易出错。因此，我们的练习，重点在加强两个音的辨读训练。

Tips _____

"fh"不分的辨读训练

1.双音节词连用练习

奉还 富含 防护 繁华 反悔 风寒 腐化 分红 防火 负荷

焕发 花费 恢复 荒废 划分 豪放 洪福 汇费 鹤发 混纺

2.双音节词对比练习

开发－开花 幅度－弧度 公费－工会 防空－航空 飞机－灰鸡

发展－花展 复员－互援 分配－婚配 肩负－监护 伏案－湖岸

3.绕口令练习

《化肥》

化肥会挥发。黑化肥发灰，灰化肥发黑。黑化肥发灰会挥发，灰化肥挥发会发黑。黑化肥挥发发灰会花飞，灰化肥挥发发黑会飞花。

熟能生巧，通过加强以上字、词、绕口令的练习，用心体会，你一定可以掌握f、h的发声技巧。

4-5. 前后鼻音混淆：最常见的语音错误

说到演员段奕宏，你一定有印象，从《士兵突击》中的袁朗、《我的团长我的团》中的龙文章，到近期参演的《白鹿原》《烈日灼心》《暴雪将至》，可以看出，他是一个口碑好、演技强、作风正派又讨人喜欢的优秀演员。但你可能不知道，他在刚进中戏的时候，真是熬了一段非常难挨的岁月。

段奕宏想考中戏，但考了三年才考上，考上之后又怕被甄别掉，因为那时候中戏有一年的甄别期，进来之后，如果一年之内老师觉得你不合格，还会给你退回去。段奕宏极不自信，这个甄别机制让他坐立不安，于是格外刻苦勤奋。他是新疆人，新疆口音前后鼻音不分，说台词也受影响，怎么办？听说出晨功可以改进，他就大清早爬起来练功，把头顶在墙角练，因为有回声，可以听反馈，估计也是太累了，常常练着练着就睡着了，然后就被台词老师一脚踹醒："都睡着了，还站在这儿干吗？行尸走肉！"[2]

当然了，这个故事的结尾肯定是喜剧，他如果闯不过这一关，我们就看不到今天的段奕宏了，但是从这个故事中，我们也发现了一个发音中普遍存在的问题，那就是前后鼻音不分，它不仅困扰我们普通人，同样也困扰着吃表演和声音这碗饭的艺术院校的高才生。

想知道自己有没有前后鼻音不分的问题？很简单，你能不假思索毫不迟疑准确无误地读出"京津冀"这三个字吗？

没读好？这名起的，故意的吧！其实没什么，这前后鼻音不分的问题，是中国方言区常见的语音问题之一。

我们的普通话发音中，鼻韵母共有16个，不以n结尾，就是以ng为韵尾。这两组韵母中，前者叫前鼻韵母，后者叫后鼻韵母。非常神奇的是，很多南方小伙伴，容易把后鼻音都读成前鼻音，而西北地区的朋友们，却总是发不出前鼻音。

在前后鼻音的问题上，南北两边居然完全反过来了。

其实，不能准确发出ng为韵尾的后鼻音，在生活中并不引人注意，但是把前鼻音都读成后鼻音，听起来可就特别明显了。在西北方言区，没有系统学过发声课程的朋友，说话多少都会带点鼻音，所以只要注意这一点，用这个细节识别西北人，差不多就是百发百中。

这并不是说发鼻音有什么不好，其实讲话带一点鼻音，声音还会多一点性感。歌手杨坤是内蒙古人，他的声音中鼻音就很重，但反而成就了他声音独特的辨识度。

那么，我们怎么解决前后鼻音混淆的问题呢？

前后鼻音的问题，本质上源于发声时舌头的位置问题。

我们在发前鼻音时，舌尖需要抵住硬腭前部，也就是上面的牙龈往后面一点的地方。这时候，口腔其实被堵住了，气流完全是从鼻腔里出去的。

而发后鼻音时，舌头往后缩，嘴张开，气流一半是从鼻腔里出来，一半是从口腔里出来的。

纠正的方法就是用an和ang来带。比如"安""肮"是开口度很大的鼻音，这个一般是不会发错的。先发an，体会一下舌头的位置和运动轨迹，再用这个方法来发比较容易错的in，强迫舌头按an的路线走。

简单的方法是，"先发an，再发in，先发ang，再发ing"。

这说的是前后鼻音的发音方法，有些朋友分不清前后鼻音，倒不是因为发不出来，而是不知道某个具体的字，比如"林"，到底是发前鼻音还是后鼻音。

我刚进电视台的时候就是这样，没上过小学一年级所以没学过拼音字母，再加上方言区影响，刚知道还有前后鼻音这么回事，简直是晴天霹雳。

那怎么办呢？一面纠正发音，一面准备了一个小本，我把字典上常用的后鼻音字挨个抄到上面，揣在兜里，没事就掏出来念，一直念到了人厌狗嫌的程度，真的，连我修养极好的老师都对我说："你能不能出去念！"因为我到哪儿都不消停，实在太吵人。也不是故意的，就是有点魔怔了。但也挺有效的，几个月就把这个毛病给纠正了过来。

说实在的，就个人的学习经验而言，我觉得往往笨办法反而最有效。

还有一个小规律，是我的一位学员刘丽总结的。一般情况下，部首是后鼻音发音的，那么由它组成的新字大多也是后鼻音。比如"成"是后鼻音，"城、诚、盛"也都是后鼻音。这个规律对前鼻音也适用。

例外情况是"in"，"令"是后鼻音，但"拎、邻"都是前鼻音。还有"兵"是后鼻音，但组成的新字"宾、缤、滨"却都是前鼻音。掌握基本规律，再记住特殊个例，学习起来就容易多了。

讲完了基础发音方法和记忆小技巧，下面我还准备了三个练习的绕口令，相比平翘舌和"nl不分"的问题，这几个绕口令……还真是短啊！所以，积极练起来吧。

Tips
前后鼻音发音绕口令练习

《洞庭的铜铃》（en，eng，in，ing）

东洞庭，西洞庭，洞庭湖上一根藤，藤上挂个大铜铃。风起藤动铜铃响，风停藤定铜铃静。

《陈庄城和程庄城》（en，eng）

陈庄程庄都有城，陈庄城通程庄城。陈庄城和程庄城，两庄城墙都有门。陈庄城进程庄人，陈庄人进程庄城。请问陈程两庄城，两庄城门都进人，哪个城进陈庄人，程庄人进哪个城？

《同姓和通信》（in，ing）

同姓不能念成通信，通信不能念成同姓。同姓可以互相通信，通信并不一定是同姓。

到这里，前后鼻音的问题就讲完了，我们一起学习了发音方法，并了解了简单的练习内容。不过要记住，看过文章不等于解决问题，一定要配合必要的练习，才能真正摆脱前后鼻音的困扰。

勤加练习之后，你在拼音输入法中，再也不需要开启模糊音！最重要的是，准确的后鼻音，会让你的声音更有温度、更有魅力，真的值得练习。

4-6. 调值不准：
为什么张家辉变成了"渣渣辉"？

曾有一个页游的广告，铺天盖地，一方面是运营商多金，铺得到处都是；另一方面，是因为这个广告非常有特点，给网友带来无数欢笑，所以也被大家津津乐道。

为什么这个广告这么火？你可以试着把下面这段广告词念一下：

"大扎好，我系渣渣辉，探挽懒月，介四里没有挽过的船新版本，挤需体验三番钟，里造会竿我一样，爱象节款游戏。"

（大家好，我是张家辉，贪玩蓝月，这是你没有玩过的全新版本，只需体验三分钟，你就会跟我一样，爱上这款游戏。）

这个效果并非偶然，是被设计出来的，后面的全网疯传更是有发布方在暗中推动。作为一个媒体从业者，我真的不得不佩服这个广告的策划者，就靠这么蹩脚而怪腔怪调的普通话让广告火了起来，把大家都很反感的、看了就想关掉的页游广告，硬生生推成了一个网红段子，让大家乐不可支地主动模仿、替它传播、帮它打广告，实在是深谙传播学规律。

那么我们在哈哈一笑之后，也要想一想，为什么这段话显得这么怪异呢？难道人家说的不是普通话吗？除了普通话语音不对，为什么腔调也显得很奇怪呢？到底是哪儿出了问题？

这就要引入一个新的概念：调值。

说到调值，很多"地图炮"老说东北方言有股大碴子味儿，啥叫大碴子味儿呢？现在互联网上比较流行的说法是发音不标准，嘲笑人家土气。但从语音学上来讲，大碴子味儿还有另外一个解释，那就是东北方言的调值往往不到位。

在东北方言中，声调调值的形状与普通话声调调值基本相同，但每类声调起止高度却不同，和普通话比起来，东北方言声调的高低、升降、长短比较含混、不够清晰。

比如，剽（piāo）窃，东北方言读成剽（piáo）窃，这是阴平变阳平；符（fú）合，东北方言读成符（fǔ）合，这是阳平变上声；愉（yú）快，东北方言读成愉（yù）快，这是阳平变去声；悄（qiǎo）然，东北方言读成悄（qiāo）然，这是上声变阴平。

也就是说，在东北方言中，高的调值往下抹平，低的调值往上提升，这就像是在东北肥沃的黑土地上收玉米，大机器轰隆响，不管玉米秆子是高是低，一顺溜全部给你割下来，整得一样平。

这就是东北方言在发声上的特点，也就是调值上的"大碴子味儿"。

说了这么多调值，调值究竟是怎么回事呢？

在现代汉语的语音学里，声调是指汉语的音节所固有的，可以区别意义的声音的高低和升降。声调贯穿音节始终，在字符上，汉语一个音节对应一个汉字，所以声调又叫字调，普通话是公认的像音乐一样动听的语言，根本原因就在于它具有鲜明的"阴阳上去"四声，体现出了抑扬顿挫的音乐美，所以声调能够体现普通话的审美价值。

如果你想要声音优美，那你在发声中对声调的掌握就显得特别重要。

你可能还记得我们之前学过声音的音强、音长，而声调取决于音高。"阴阳上去"四声，其音高是不一样的，中间有变化，光说还很抽象，画张图给你看就明白了，这叫作"五度标记法"。

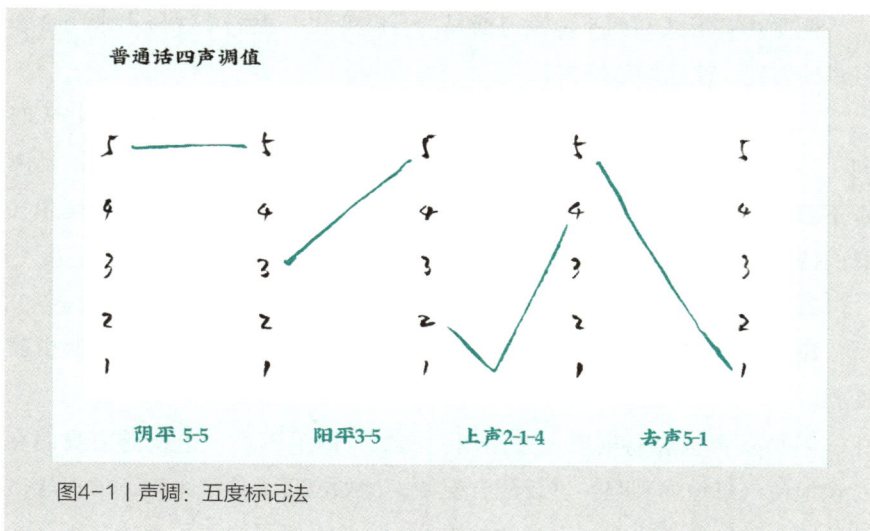

图4-1 | 声调：五度标记法

　　为了记录方便，我们用一条竖轴由下到上表示声音的高低，把声音分为低、半低、中、半高、高五度，别用1、2、3、4、5表示，再用一条横轴表示它们升降起止的度数，然后看看它们的形状，这就是四声的发音调值。

　　那么，如果我们的日常发音存在调值不准的问题，该怎样解决呢？

　　声调的发音，本质上是声带松紧调节的结果，但调整声带，很重要的一环是要配合气息控制，才能保证调值到位，声音既不突兀尖锐，也不暗哑无力。

　　在前面，我们举过语言工作者进行高速连读的例子，比如方清平和华少，如果你仔细观看他们的发声视频就会发现，他们的四声调值并非百分百标准，但是清晰度和连贯性都非常高。

　　这是因为，在高速发声的语流中，如果仍然按照四声的标准调值精确发音，往往会影响语流的顺畅，但是如果在原来字调的基础上稍加改变，使它既保留原声调的基本特点，又利于表情达意，这才是我们的最终目标。

　　那么接下来，我们就来了解一些保持调值正确的发音方法：

1.阴平发音：力度大、气息强、坚持久

阴平声音形式高而平，没有明显的升降变化，我们要保持声带闭合和气息的力度，使之均匀持久。

阴平调发音容易调值过低。解决这个问题，要多练习非阴平字起头的句子，这样方便比较阴平调值相对其他调值的高度。还有一个问题，是声音不够稳定，发音时会抖会跑调，这就需要尽力保持声带闭合的力度和气息的持久。

2.阳平发音：由松到紧、由弱到强

阳平发声有一个显著拔高的过程。声带闭合由松到紧，气息控制由弱变强。

阳平发音也容易出现一些问题。比如音高上不去，这就需要我们有意识地使气息由弱到强，进行配合支持。比如出现类似"上声"的拐弯，这是对声带松紧变化掌握不到位的缘故，一松一紧是个不可逆的过程，不然，声音就会拐弯。

3.上声发音：时值长、放松下去，再收回来

上声发音时先下降后上升，发声时间在四声当中最长。声带闭合由微紧到松弛，稍做保持再到紧张。

上声发音容易出现两个问题：第一，尾音过快进入，硬拐弯。音高下降后不做停留保持，调型成为一个尖锐的角。要注意，我们的声调音高的变化是平滑过渡的。第二，低音下不来。找好起调的高度后，还要能扎实地降下来，这就要我们加大送气量，以气托声。

4.去声发音要则

去声是一个全降调，发声时间在四声中最短，我们的声带由紧到松、气息控制由强到弱。

上声发音容易出现下不来、甩小尾巴和起声过低几个错误。声音下不来发成半去声，会影响语音的美感；发音应结束时又拖长一小段，容易形成固定腔调，也就是我们俗称的"拖腔拉调"；起音高度低会让声调的抑扬顿挫模糊，影响表达。

Tips _____
声调的发音训练

　　这里的小练习可以让你在声调训练的同时，还一并进行声母和韵母的训练。请先做单个音节单声调的延长练习，然后做一个音节的四声连发练习，最后进行四声双音节及四声交错朗读练习。要求声音连贯、气息不累。

1.同声韵四声单音节词训练

　　bā bá bǎ bà　pō pó pǒ pò　māo máo mǎo mào　fāng fáng fǎng fàng

　　dī dí dǐ dì tōng tóng tǒng tòng niū niú niǔ niù liāo liáo liǎo liào

　　kē ké kě kè

　　hān hán hǎn hàn jū jú jǔ jù qīng qíng qǐng qìng

　　xiāng　xiáng　xiǎng　xiàng

　　zhī zhí zhǐ zhì chāng cháng chǎng chàng

　　shēn shén shěn shèn zuō zuó zuǒ zuò

　　cāi cái cǎi cài suī suí suǐ suì

2.双音节组合声调训练

　　训练中注意整体感，不可拆读，连读中要特别重视轻重格式和变调。

　　（1）阴平训练

　　资源　坚决　鲜明　飘扬　新闻　编排

　　庄重　播送　音乐　规范　通信　飞快

　　（2）阳平训练

　　直达　滑翔　儿童　团结　人民　模型

　　豪迈　辽阔　模范　林业　盘踞　局势

　　（3）上声训练

　　指南　普及　反常　谴责　讲完　朗读

　　改造　舞剧　主要　访问　考试　想象

（4）去声训练

自然　化学　措辞　特别　电台　会谈

日月　大厦　破例　庆贺　宴会　画像

3.四声交错声调训练

路见不平，拔刀相助　无源之水，无本之木　不经一事，不长一智

路不拾遗，夜不闭户　皮之不存，毛将焉附　衣不蔽体，食不果腹

差之毫厘，谬以千里　呼之即来，挥之即去　鞠躬尽瘁，死而后已

比上不足，比下有余　大辩若讷，大智若愚　棋逢对手，将遇良才

注释及参考文献

注释：

[1]张书旗，姚羽.汪涵：四十不惑的四种身份.新华每日电讯，2017－05－05.http://www.xinhuanet.com//mrdx/2017-05/05/c_136258237.htm.

[2]杨澜访谈录：段奕宏——为戏为奴.北京卫视，2015－07－21.

参考文献：

苏濛.普通话水平测试中的强势语音错误与语音缺陷研究.黑龙江教育学院学报，2014，33（10）：151-153.

阎淑琴.zh、ch、sh发音部位质疑.苏州教育学院学报，1999（4）：35.

陆亚莹.PSC中强势语音错误和语音缺陷与普通话音系演变.南京师范大学，2005.

吴弘毅主编.实用播音教程第1册:普通话语音和播音发声.中国传媒大学出版社，2004.

SOUNDING

5

如何
科学练声

声音的魅力

5-1. 练声的原则、内容顺序和时间安排

▶• 练声发音是一种生活习惯

凡是优秀的声音工作者，他们高超的声音表现力，都是经过科学又艰苦的练习得来，我们前面说到的优秀演员黄渤、张涵予等都是这样，在他们之后慢慢成长为影帝的路上，他们的配音功底、语言表现力，对他们的表演起到了极大的助力，但在这个过程中，他们也进行了非常艰苦的练习。

黄渤就曾经开玩笑，在北京电影学院学习配音那会儿，早上起来出晨功，在操场的院子里就开始"啊哈哈哈哈哈"。因为院子是个栅栏圈起来的，外边是个车站，每天早上外边就一堆人往里边看，说这以前不是电影学院吗，怎么变精神病院了？[1]

要说到练声这个话题，所有有声语言艺术的从业者，我保证每个人都能给你回忆出一大堆有趣的故事来。我自己就对很多事印象深刻，比如念招牌，当时下了班回台里宿舍，就念沿路的招牌，一面念一面走，一条街有多长，我就念多长时间，上班的时候念街这边，下班的时候念街那边。一来二去，对这条街上的店家分布熟得不得了。

再有，那时候去饭店吃饭，坐下也不点菜，翻开菜单就念，人家都以为

我是神经病，这也不是故意的，就是不由自主地形成了一个习惯。

这些事都发生在我刚入行的时候，都快20年了，还是记忆犹新。

练声乃至任何练习，的确是苦，但也真的是人生里一段特别值得珍惜的经历，聊完这些小事，我们也可以来讨论一下练声这个话题，尤其是非从业者的练声。

练声的目的是什么？

是让我们可以用正确的发音部位自如发声，掌握共鸣，扩大音域，锻炼发声器官，建立良好的用声习惯，拥有"动听"的好声音，表达真实的自己。它是对我们日常用声习惯的改进与完善，通过练习，可以提高和完善发声能力，做一个更好的自己。

前面我强调了两次"习惯"这个词，就是因为发声最终的目的，就是要建立一个好习惯，复杂点说，就是一套全自动运行的科学发声的流程和动作。

我们知道，发声分为动力、振动、共鸣、成音和调控五大系统。

每次我们都要用心用力地去指挥这五大系统，从膈肌到声带再到共鸣腔，最后是唇舌，同时，我们的耳朵还得注意听，还得根据反馈随时调整，你如果是在有意识完成这套流程，那你这一句话没说完，黄花菜都凉了，哪里指挥得过来呢？

日常生活中，我们发声说话需要不假思索，吐字发音必须得是习惯。

因为我们每天都在发音、表达，要想改掉旧的坏习惯，必须得用一个新的好习惯来替代，这也意味着我们在破旧的同时要立新，不然，我们也不可能留一个空白在这里。

▶• 不要频繁更换练声地点

练声的主要任务具体可以分为挖掘潜力、拓展能力和修正不良习惯三大部分。

什么叫挖掘潜力？就像我们之前的"数葫芦"练习，在掌握了正确的方法之后，每一个学员都反映自己数葫芦的能力有了大幅的提升。还有我们之前提到过的"胸腹联合式呼吸"，人本来就是会的，只不过由于种种原因，改用了其他不那么好的呼吸方式。我们训练的目的，就是要把潜力给挖掘出来。

所谓拓展能力，打比方说，原来我们普通人唱音阶，哆来咪发嗦拉西哆，我们只能够唱一个半八度。那这样的一个半八度，在我们具体发音表达的时候，起伏就不够。我们说话有一些需要着重强调的地方，需要声音的调值要高一些，如果我们的发音硬件不支持、上不去怎么办呢？这就需要拓展我们的发音能力，让自己的音域更宽。

至于修正不良习惯，就特别常见和必要了，比如不会发前后鼻音以及不知道哪些音是前鼻音还是后鼻音，这就是明显的不良习惯和知识盲区。尤其是对我们非从业者来说，在发声上，几乎都存在着一些或大或小的问题，气息不对、共鸣不对、唇舌位置不对、声带放松不够等。

我们练声的目的就是挖掘潜力、拓展能力和修正不良习惯。

明确了练声的主要任务，下面就进入到具体的操作细节，说一说练声的时间和地点。

首先，练声时间的选择其实不那么重要。

这一点因人而异，只要在嗓音比较健康正常的时候，避开身体最疲惫的时候就可以。练声的重点是你能否坚持，而不是选择在哪个时间段，如果只练一天两天，三天打鱼，两天晒网，什么时间都没差别。

还有一点需要注意，如果你的身体状态还不太兴奋，比如说在刚睡醒的时候，那就需要有一些轻微的热身，把整个人的状态给活动开再练会好一些。在我们后面介绍的练声方案中，你会发现练声一开始会有一些看起来跟发声无关的动作，原因就在这里。

再说说练声时间的长短。主要也是根据嗓子的承受能力来确定，对非从业者来说，每次15～20分钟足够。千万不要三天打鱼，两天晒网，今天练一个半小时，发狠、突击，接下来两三天忙忘了，丢下不练了。在健身房里，一天能把人鱼线练出来吗？不可能。练声也是一样的道理，这也是肌肉训练。

再说说练声的地点，我们要尽量选在噪声比较小、没有回音，并且空气比较好的地方。周围环境噪声大了、回声大了，会影响你的听觉反馈。选择空气质量比较好的地方，是因为练声有一大半其实是在练气，空气混浊的位置对健康不利。

还有就是不要频繁地更换练声地点，前面我们讲了声音的调控系统，听觉反馈是很重要的一环，因为地点不同、发声环境不同了，你听到的声音也就不同。老是换地方练，可能会导致听觉的反馈系统混乱。今天听起来是这种声音，明天听起来又变了一种声音，搞得自己无所适从。

▶• 练声的四个原则和两项内容

练声的时候需要注意些什么？有四个原则和两项内容。

第一个原则，放松。

练声时，人的状态应该是放松而积极的，放松是跟紧张相对的，精神紧张会导致发音器官也处于紧张状态，发僵、发拙，时间长了会造成生理性的损伤；但如果我们的状态过于消极懈怠，发声器官不能积极运作的话，也达不到应有的练声效果。

因此，我们练声的时候要保持平和愉快的精神状态，避免在焦虑萎靡的状态下练声。很多时候，声音训练是一种修行，只有在对自己始终有非常好的觉知和控制的状况下，才有可能科学练声。所有领域到了金字塔的顶端都是相通的，所以我猜想，很多艺术家都会显得比较年轻，到老的时候气质也很好，这跟他们始终保持自己放松而积极的状态有关系。通俗点说，就是始终提着一口气，不让自己油腻下去。

第二个原则，走出舒适区。

在不过度的情况下，我们发声的训练强度要高于使用强度。因为语音发声本来就是一个偏口语化的活动，在自如声区上下动作，本身幅度就不大，如果练习的时候再不加以强化，这不痛不痒的，练也没用。

第三个原则，目的明确。

我们必须知道自己要练什么，怎么练，想达到什么样的目标。练习的任何内容都要有对象感、目标感，不能空喊，否则会加速声音疲劳，也容易有挫败感，不容易将练声坚持下去。对于坚持练声的厌烦和麻木，往往是由于目的性的缺失和效果不明确造成的。

第四个原则，保持平常心。

练声还应有长期作战的心理准备，千万不能指望今天上午练了，下午就见效果，这不现实。如果我们生出这种念头（因为人毕竟还是渴望进步，渴望得到即时的正反馈），那就要赶紧想想健身房里那些好身材的俊男靓女，再问自己，我们练一组卷腹能长出马甲线吗？如果长不出来，声音也是肌肉训练啊，难度比健身还大，我们也不应该指望声音马上就不一样对不对？

有很多朋友，经过几次练习，发现没有明显改善，练习没有立见成效就丧失信心，不再坚持。其实大可不必，建立新的发声习惯，或者说改掉不科学的习惯、拓展发声能力，不可能是一天两天的事，我们从一开始就应该做好循序渐进、坚持不懈的心理建设。

不过，需要提醒的是，虽然与发声有关的问题需要逐步解决，但语音的矫治必须一步到位。如果不到位，即便是很接近正确状态，那仍然是错的，这样的练习无异于重复和巩固错误，毫无意义。事实上，错音重复已经成了很多人的常态，因此，语音问题要一步到位。

如果说解决发声问题是持久战，那么解决语音问题就是打歼灭战，应该短平快，但效果要通过长期练习来巩固。

说到练声，"练什么"是大家经常会问的一个问题。比如，每天念念文章，念念我特别喜爱的那几段材料行不行？不太行。

这种方式在业内叫"以播代练"，这种做法不太合适，因为你选择的稿件再好，也有其局限性，只能够训练到一部分能力和器官。而练声是一个基础训练，为了把基础打扎实，你需要全面练习，然后在全面的基础上再有所侧重，这才是科学的练习体系。

我们刚刚说了以播代练不行，同时，也不能光练不播，除了每天练声，还要去找各种各样相对完整的材料来练习。如果只练习发声却不去实际运用，那么首先这种练习会非常枯燥，让人难以坚持。其次，不到具体的创作中运用能力，这个练声也会显得非常盲目，导致效果模糊。

那么普通人究竟应该怎样开始练声呢？

练声的基本内容应该包括日常练习和特殊练习两个部分。

所谓日常练习，就是我们每天都要进行的，针对发声控制能力的加强所编制的常规练习，包括发声能力的训练和运用能力的训练。与发声有关的肌肉的锻炼、呼吸控制、扩展音域、绕口贯口练习等都属于发声能力的训练。运用能力的训练，是将基本功消化后的综合运用。

所谓特殊练习，是对发声中遇到的特殊情况进行的针对性练习，因人而异。在常规练习的基础上，根据自己在语音和发声当中的难点问题、个人化问题，进行集中练习，加大训练量。

这章开始时，我们聊到了黄渤的练声往事，今天大家都夸赞黄渤，说他演技好、能力强，其实早年他在练声的时候，光是练哭练笑，就练了差不多两个月，每天就是练各种各样的哭、各种各样的笑，中间还包括了各种各样的变化和动态。

台上一分钟，台下十年功，真的是没有人能随随便便成功啊……

5-2. 专业级计划：主持人是怎么练声的？

▶• 破除"专业级"计划的神秘感

上一节我们讲了很多关于科学练声的原则和理念，这一节就来分析一下"专业级"的练声计划是怎样制订的，看完这一节的内容，你也许会觉得，原来"非专业"练声，也不是很难的事。

我有很多学员对自己的要求非常高。经常有学员问我，专业主持人的练声方案是怎么样的？

下面就让我们来一起破除这个神秘感。

我给大家准备了一份8个部分20分钟的练声方案，这个方案包括几乎所有的基础练声训练科目，你可以根据自己的情况，有选择、有针对性地挑出一个10~15分钟的组合，来进行训练。

它经过实践检验，无毒无害无副作用，合理有效，可以给大家做制定方案的参考，这就是我自己的练声方案。

我的练声集中在每天早上上班的路上。

在我们台旁边，有一个绿轴公园，每天上班时，我会在公园的这头下车，然后顺着绿轴一直往台里走，从下车开始，到进电梯为止，路上需要20分钟，我就根据这个时长安排了一组训练科目。

	序号	项目	练习要领	时长（秒）
第一部分 热身	1	伸展运动	两脚分开，与肩同宽，中指用力往上甩起来伸直，一瞬间把手甩起来，用中指的力量。拉伸的时候，从中指一直向下，整个肌肉链，尤其是腰肌、腹肌、背肌要有拉紧的感觉，这么拉伸一下，你会觉得腰腹背肌比较兴奋，把它拉兴奋起来，它才好积极地用力。	60
	2	颈部活动	将头对着天空写"李"字两遍。	20
	3	搓脸	先将两手手心搓热，然后抬臂将手放至下颚部位，沿着鼻翼两边向上摩擦，反复通过内外眼角，直到脸部发热为止。	30
	4	气泡音：闭口	1.身体找到一种放松的感觉，尤其要充分地放松你的喉咙。舌头平放在口腔内，保持放松。脸部、胸部以及肩部，同样也要放松，尤其是要避免肩膀出现端着的感觉。 2.先发一个"啊"的音，非常自然地去发这个音然后闭嘴。 3.慢慢地降低音调，降着降着，气泡音就自然发出来了。	30
	5	气泡音：张口	同上	30
	6	"半个月亮"哼鸣	用"哼鸣"的方法唱《半个月亮爬上来》的旋律。	30

第二部分 气息训练	7	快吸慢呼	用1秒钟快速地将气吸入，停顿2秒钟，然后分别用15秒、25秒、35秒、45秒的时间将气呼出。	120
	8	数葫芦：2次	1.站或坐直，胸肩背喉咙保持放松，下颌微收，直视前方。 2.使用叹气的方法，吐出肺部气息。 3.像闻花香一样，深深吸气。 4.数葫芦："一口气数不完24个葫芦，1个葫芦，2个葫芦，3个葫芦，4个葫芦……"一口气，直到数不下去为止。	120
	9	"嘿""哈"	用力发"嘿""哈"。	60
	10	膈肌训练	狗喘气：模仿一下狗在天热的时候，急促地连续呼吸的感觉。	60
第三部分 打开口腔	11	提颧肌	先咧开嘴，微笑，再像被烫着了一样把上唇中段收紧。	30
	12	打牙关	想象手里有一个又红又大的苹果，你现在努力地张开嘴巴，张大嘴巴，要去咬一块苹果，咬一大块苹果。	30
	13	挺软腭	张开嘴，慢慢地打一个哈欠。	30
	14	松下巴	自然地抬起头看天，别用力，嘴自然会张开，这时候下巴就是放松的姿态。	30
第四部分 唇舌训练	15	绕唇	双唇紧闭，努力往前噘，然后上下左右运动。	30
	16	双唇打响30次	合拢双唇，将唇的力量集中于唇中央，阻住气流，然后连续喷气出声，发出"噗、噗、噗"的声音。	30
	17	弹唇（打嘟噜）	双唇闭合用气流冲击，使双唇颤动，发出"嘟噜"声响。	60
	18	顶舌：30次	闭上嘴巴，舌尖用力顶左右两边的口腔。这个动作看上去有点像小朋友吃糖，面颊鼓出一大块。	30
	19	伸舌：20次	将舌头伸出去，舌尖像舔棒棒糖一样，向前方、左右和上下努力伸展。	20
	20	弹舌：30次	舌头顶在上齿背，用一股强气流把舌头顶开。	30

第五部分 喉部控制	21	a、i螺旋绕音的上绕和下绕练习4组	从自然音高开始发a或者i，层层上绕或者下绕。	60
第六部分 共鸣训练	22	音节练习共鸣	发"ba-da-ga、pa-ta-ka、ma-mi-mu、na-ni-nu"各两遍	30
	23	词语练习共鸣	用比较低和柔和的声音说"夸张、拉长发、翻江倒海、散漫反叛、到达武汉"。	30
第七部分 综合练习 （四声歌）	24	四声歌	练习《四声歌》，文本略。	60
第八部分 绕口令 （自选 1～2段）	25	八百标兵（b、p）	从中选取1～2段绕口令练习	140
	26	画凤凰（f、h）		
	27	打特盗（d、t）		
	28	男旅客，女游客（n、l）		
	29	哥挎瓜筐（g、k）		
	30	漆匠和锡匠（j、q、x）		
	31	撕字纸（z、zh、s、sh）		

　　第一部分是热身，一面做伸展运动、舒活筋骨，一面伸展转颈，再搓搓脸，发发气泡音和哼鸣。

　　第二部分是气息训练，一共几分钟，这里面包括膈肌训练、快吸慢呼训练、"数葫芦"训练。

　　第三部分是口腔状态，提打挺松。

　　第四部分是唇舌，也就是成音系统的训练。

　　第五部分是喉部控制、音高训练，同时也是弹性控制训练。

第六部分是共鸣系统的训练。

第七部分是《四声歌》，综合练习。

第八部分是灵活选择绕口令，综合练习。

▶• "好运气"是创造出来的

接下来你可能会有一个疑问："老师，这么多项目，还有要领，你记得住吗？"是的，我记不住。

所以我想了一个办法，就是这些方案制定好了之后，我把它录了一遍，放到手机里，我在车上戴好耳机，一下车就开始播放，等于是我自己在指挥自己，自己在领读自己，这样一来，什么脑子都不用费，跟着耳机里面的声音，模仿它，按要求完成动作就行。

你还会有一个疑问："老师，你这个方案总结得特别好，我能够按你的方案来练习吗？"我的回答是：不要。

因为这是我根据自己的训练目的来制定的方案，不见得适合你。

打个比方，口腔训练里应该有一个动作是咀嚼，但我的咬肌已经很有力了，再重复咀嚼练习，除了把脸练得更方之外没有任何意义，所以我的方案里就没有这一项。再比如，我只安排了少量口部操，因为我经常口腔溃疡，做口部操对我来说实在是一种折磨，但是对广大的非从业者来说，口部操可能是你特别需要加强的一个科目。

再比如提打挺松，北方的朋友们可能软腭已经挺得很好，就不需要练这个科目，而对我们南方的朋友来说，可能特别需要练习这个，因为他们的口腔状态本来就是塌下来的。

所以我这个方案，仅供参考，它是一个不完整的而且有着极强针对性的方案，所以，也就有着明显的缺陷和不足，它适合我个人使用，但肯定不适合所有人。

我之所以提到这个方案，是因为它很务实，利用上班步行的20分钟，合理分配计划，有重点地完成了练声工作。你可以按照同样的思路，在了解自己声音的基础上，参考这个方案的模块，根据你自己的时间规律来制定属于自己的练声方案。

接下来还有一个问题，可能很多人都会有所顾虑。比如我的学员就问过我："老师，你就这么一路念过去，不怕别人说你是神经病吗？"

这个我还真不怕，第一，我的练声地点就在单位旁边，人家一看就知道你是广电的，这是在练声，半点不稀奇；第二，早起练声，跟老爷爷老奶奶早起锻炼差不多，我觉得这还挺光荣的；第三，就算有行人侧目，我也不在乎，只要不妨碍他人，就要坚持做自己认为正确的事。

不知道这么想，会不会让你的心情更坦然一些。

那接下来可能又有一个问题："老师，你们单位旁边就有一个公园，你走过去不多不少刚好20分钟，而且那地方空气又好，景色又好，你这多方便啊，我就没你这么好的运气，我该怎么办呢？"

其实，这个"好运气"也是争取来的，我只是根据工作状况，来对每日的练声进行了一个小小的设计。

比如，我本可以直接坐车到单位，然后去食堂吃饭而不用走这么远的路。这是刻意为练声腾出了一段时间啊，说实在的，这个方案也只适合春秋，夏天热、冬天冷，其实并没有我现在描述得这么美好。

我相信在你的工作和生活中，肯定也能够找到适合你的时间和地点，能够创造出这样一个刻意练习的条件。

最后你可能还有一个疑问，你感到很失落，说："老师，你自己懂这个，所以你能够给自己定一个方案出来，我们普通人，本来就缺乏指导，你也不可能给这本书的每个读者都量身定制一个属于自己的方案，那我们怎么办呢？"

我们之前在讲练声的原则的时候已经讲到，练声其实更重要的是科学地长期坚持，而不在于一个什么所谓的最优化的方案。当你读到这里的时候，其实你已经很了解你的声音了，这几大控制我们在前面的章节中都有细致的分析和对应的训练，只要你把几大控制都覆盖到，尤其是你自己比较偏弱的部分，稍微多安排一点时间，总不会错到哪里去的。同时，就算是再完美的方案，如果没有长时间地坚持，这个完美也仅仅只是停留在字面上，体现不到我们声音的变化里。

思想改变不了物质，再详尽的技能书，也无法直接解决真实生活里的问题。改变，依靠的是行动。如果你读过了这本书，也对自己的声音进行了认真的"刻意练习"，还是遇到瓶颈，我和大鱼声音社也会在"动听"的路上继续等你。

我们一直在说，声音训练是一门技能类的课程，掌握一些字面要领很简单，如果要落实到行动上坚持，那真的很不容易。但不易归不易，还是有很多人做到了，我相信你也可以。

5-3. 如何制订计划：为什么今朝发了天大狠，明日睡得懒翻身？

▶• 抛弃意志力幻想，定个小目标

我在介绍练声计划时，经常会有学员啧啧赞叹说："老师你这点子真好，怎么想出来的？"

的确，刚才介绍过我的计划之后，你肯定能看出来，这个20分钟的计划执行起来比较容易，是那种定了之后你比较容易做到的计划。

在生活中经常有这样的现象：

我们冥思苦想定了一个完美计划，踌躇满志，准备大干一场！

可没几天，就发现情况跟想的有点不一样……无数的琐事千头万绪地涌过来，自己又疲惫又烦躁，于是，就慢慢放弃了……

就这样，每天循环往复，在亢奋和沮丧中跌宕。

在某个时刻，甚至怀疑自己可能是个废物。

其实，这无关品质，只是因为你的计划不得法而已。在聊到制订计划和有了计划如何坚持执行这个话题的时候，我想分享一个非常重大的体会，那就是，坚持计划靠的是科学，跟意志力没有关系。

这跟我们平常的观念可不太一样。

当我们的计划完不成的时候，我们总会责怪自己——真是没用，怎么就是没有办法坚持，我就是没有意志力！这样的念头涌上来，我们会沮丧又绝望。但实际上，意志力其实是一个伪概念，现代心理学并没有承认它的存在。往大里说，它是由人的能量和精力水平决定的，由激素水平进行支配的一种表现；往小里说，它大概就类似于……一个充电宝。

科学研究表明：人在一天里所拥有的意志力，总量是固定的。而在生活和工作中，无论是控制饮食，还是早睡早起；无论是专心工作，还是不玩手机，所有稍微有难度的事情，都需要消耗我们的意志力，这个资源是极其宝贵的，也是严重不够用的。

所以我们从一开始就不要指望用意志力来搞定所有的事情，如果把你想做的事养成习惯，自然而然就去做了，那也就不需要耗费意志力了。

这是我们这一节讨论的前提，要抛弃意志力幻想，转而依靠科学的方法，顺应客观规律。

那我们应该要定一个什么样的目标呢？一个跳一跳就够得着的小目标。

人的学习分三个区域，最里边的一圈是舒适区，就是你已经完全胜任这件事了，你在这里待得很舒服。这个区域的问题是，它完全没有挑战，所以你在这个地方就不兴奋，缺乏意义感。

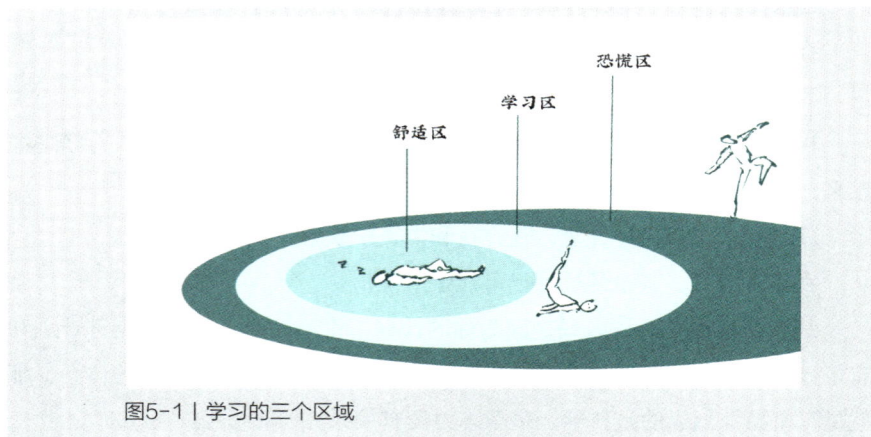

图5-1 | 学习的三个区域

往外面的一圈叫学习区，就是这个地方有点陌生，但跳一跳能够着，我们制定目标就应该在这个区域。

第三个区域叫恐慌区，也就是三个区域最外面的一圈，你进去之后完全是蒙的，完全搞不定自己，在这里，非常容易产生混乱和恐慌的情绪。

我们在制订练声计划的时候，要脱离舒适区，但也不要进入恐慌区，而是要跨入学习区，这才是比较务实的目标。

学习声音训练这门课的学员，一方面会有点小看这个技能，一方面也有点急于求成，老师说一天练5分钟，这哪儿够啊！不行不行！我一天来个一个小时，可是你做两天就会发现，这个计划根本没有办法完成，影响制约它的因素太多了！结果有一天就完不成了，很快，完不成的时刻接踵而至，这就会给自己带来巨大的挫败感，否定自己、不相信自己、恐慌、觉得自己不行等。

所以我们制定练习目标，一定要定一个比自己的能力稍微高一点的目标，起点不要太高，先哄着自己把这个目标给完成了，你哪怕只做了一秒钟，你做了，这就是实现了无和有的区别，这很关键。然后你在这个小目标上再慢慢地增加，一分钟到两分钟，两分钟到三分钟，直到跳一跳就能够着。这时候，难度就刚刚好了。

▶• "聪明"的原则，帮你实现小目标

好，说完了我们应该要定一个怎样的目标，下面我要给大家介绍我的两大法宝："SMART"和"WOOP"原则。

SMART原则是目标管理常用的管理方案，S=Specific（具体的）、M=Measurable（可测量的）、A=Attainable（可实现的）、R=Relevant（有意义的）、T=Time-bound（有期限的），用SMART原则实施目标管理，有助于明确高效地工作。

下面，就让我们尝试按照SMART原则，为我们的练声设定一个合适的目标。

请回想上一节"专业级"的练声方案中我为自己定下的目标，你会发现它们都非常具体，很符合SMART原则中的"S"原则。

"S"原则在练声方案中的体现为，你不能说"我要努力好好练声"，而应该说"我每天都要做声音训练，重点改善自己的唇舌力量和气息控制"。那么具体到什么程度合适呢？具体到每一项科目都有非常清楚的规定就好了。

"M"的意思就是目标要量化。

还是拿我的方案做例子，你会发现，我测算了这一趟路程的时间，然后把每一个部分的训练时间都安排好了，各练多长时间练几遍，完全根据耳机里面的声音提示，受它的指挥。你说要好好练声，那你怎么知道自己好好练声了呢？太笼统。如果你定的目标是：我要按照老师的要求，每天练习指定项目5分钟，这就很容易判断是不是完成了。

"A"的意思就是可实现，说白了就是够得着，太高的目标容易带来挫败感，太低的目标又会让人消极怠工。就算我是从业者，如果我给自己定一个每天专门练声一小时的目标，坦白说我肯定做不到，毕竟声音只是我的工具之一，我还有太多事务性的工作要占用我大量时间精力去完成。但我现在给自己定的目标是一边走一边练，只需要20分钟，而且，我通过录音指导这个技术手段解决了复杂的记忆问题，这件有一定难度的事，一下子就变得可实现了。

当然，即便有了录音指导，这件事情坚持下来也不容易，因此，我们最好定一个有难度有挑战，但努努力也能完成的"小目标"。比如，每天练一分钟口部操是可以实现的，练30分钟就太夸张了。

通过"小目标"，让我们跳出舒适区。做刻意练习的目的，这一点我们在稍后还会提到。

"R"的意思是要有意义，你定的这个目标，是你现在需要的东西。

你来上声音课，也许是为了恋爱时声音更好听，也许是为了在开会发言时更有权威感，也许是为了给孩子讲故事时更生动，这些都是特别好的目标，把这些有意义的事和课程练习结合起来，坚持就不会那么枯燥。

"T"的意思是期限，注重完成目标的特定期限。要练一辈子吗？那想想就叫人绝望了。我春秋天上班时走的这20分钟，就是期限。我的经验是，无论做什么事情，一定不能安排自己在"有空的时候"做，因为一般来说，有空我就想玩一会儿，哪儿有空忙正事，人是永远都不会"有空"的。

SMART原则是个"聪明"的原则，好就好在简单、好记，很容易做到。我之所以给你推荐这个方法，就是为了降低行动的门槛，先动起来，就一定能见效。

再一次建议，你可以用SMART原则来指导练声目标，记住这五点：具体、量化、可实现、有意义以及设定期限。

▶• WOOP原则，行动力的助推器

设定完目标，我们就要开始行动了。

说完了SMART原则之后，我们的计划就基本上定好了，但想象跟现实永远是有差距的，为了让我们在执行时能够把想法落地，我们还需要使用WOOP原则来排查隐患。

WOOP原则是美国心理学家加布里埃尔·厄廷根（Gabriele Oettingen）提出的"心理比对"原则，帮助人们将想法变成实践。"WOOP"也就是Wish（愿望）→Outcome（成果）→Obstacle（障碍）→Plan（方案）。

好，拿出我们的练声计划，用WOOP原则来推进它吧。

"W"，明确愿望。

认真想一想，你决心要养成什么习惯！

我们要确定自己是真的想要，而不是一时冲动。

比如说我制定这个练声方案，愿望非常清楚，除了自己平常的练声，其实也在研发一套对学员有价值的练声经验。如果我把一套业内标准的60分钟方案直接甩给你，对你说，专业人就这么练的，不要问为什么，给我练！这样做有错吗？倒也没错，但这样做对吗？我觉得恐怕也不对。我们需要更务实有效的方案，我既然是老师，就有义务来研究这件事，帮你更好地完成训练，为行动排除尽可能多的障碍，那我做这件事就有双重意义。

"O"，畅想成果。

畅想计划完成后会给你带来的成果，越具体越好。

比如我做练声方案这件事，首先能帮助到我自己；其次，能给学员和读者研发出一套既有用，又好执行的方法，让大家可以参照着，拿出属于自己的东西；再次，它还可以被我写进书里，帮助到更多人，大家在受益的时候，心里也许会想，这老师还不错，这对我来说就是特别大的褒奖，想到这一点，我会非常高兴。

再比如，我们结课时，学员把自己的创作链接贴到了朋友圈，朋友们收听后，感到难以置信，留言说："这是你录的吗？太好听了！你是怎么做到的？！"他会拿出我的方案，说："参考这个练成的。"啊，太美妙了！

第二个"O"，排查障碍。

你要排查列举出妨碍你推进练习的所有障碍，并最终洞见那些真正的、内在的、本质的障碍。也就是在找出问题之后，再次追问：阻碍你的深层原因到底是什么？

这点非常重要，你要想一想，到底是因为什么没有做到，这里面有方方面面的原因，打比方来说，没有完整的专门时间，一天到晚都很忙。好了，你排查出了这个问题。什么？你说你很害羞，怕打扰到别人？这也是一个障碍。

也许你的障碍是不知道该练些什么东西，想到什么就练什么，觉得自己是在瞎练，也就没什么动力。也许你临时修改了训练方案的规划，目标不明确。也许你有很多很多个障碍，你要把这些障碍都排查出来。

我介绍的那个方案，也不是一天就想好的，也是花了相当长时间去磨合和调整的，它绝不是某一天我坐在家里想一次，就把所有的问题都解决了的。实际的情况是，想一部分出来，就去试，尝试之后，根据实际情况和暴露出的新问题继续调整。它就是在反复的调整中诞生的。

"P"，制定方案。

针对我们排查出的障碍，来制定一个极其具体的行动方案。它的标准结构是"如果……我就……"

如果我不好意思在室友面前发声，我就出门散步，边走边练。

如果我不方便计时，我就事先测试一下，5分钟能念多少遍《八百标兵》，这样下次练习时我就会心中有数。

如果我晚饭后要带孩子，没时间练习，那我就看看能否调整到中午。

对我来说，早上是我精力最充沛，意志力最强大的时候，所以，我决心在早上一起床或者上班路上就把练习给做了，然后打卡。我就琢磨这件事——早上的练声方案会遇到什么障碍，把这些障碍一步一步地测试排查出来之后，再来逐个解决。首先，我原来是出家门就坐车，坐到单位门口，走到大楼，要花五六分钟，我觉得不行，这个时间太短，所以提前下车，或者在家练比较合适。

然后还有问题，练习的声音怕会打扰别人。我要是在家里面，大清早肯定会吵到别人，怎么办呢？对，单位刚好有这么一段路，空气也不错，也很开阔，不至于给他人构成太大的干扰，想来想去，这个地方最合适。

还有困难，我不知道该练什么，所以我就仔仔细细地研究了一下，走了几遍规划的路线，测试了一下，这就是一段20分钟左右的路，那我就按这个时长来设计。

不记得要做些什么，我就用耳机放录音来领读，自己指挥自己，就这么一点一点地做，为了完成这个目标，我针对所有的障碍都做了解决的方案，再去一一实验。

总结一下，这就是"WOOP"原则的实际应用：明确愿望、畅想成果、排查障碍、制定方案。

还有一些其他诀窍，比如，你不要一个人去战斗，想办法加入一个志同道合的团队，和伙伴们相互鼓励、相互提醒等。

另外，坚持打卡，并不是说你一天都不能中断。管理学认为，一个计划，能够实现原目标的2/3就算完成了。所以一个月，我只要求打卡21天；100天，设置的合格数也只有67天，坚持才重要，不必对自己要求过高。有人统计，美国民众只有8%的人实现了新年理想；国内的网课只有3%的平均打开率。所以，如果你为自己制定的声音训练方案能完成2/3，你就已经是佼佼者中的佼佼者了！

好了，避免"三分钟热血"，这就是"SMART"和"WOOP"原则，它们并不高端，但胜在简单，容易做到。在制订计划时，你也要为自己降低行动门槛！

因为最重要的是去做！去做！去做！

只要去做，就一定能见效！一起加油吧！

5-4. 高效练声，要做"刻意练习"

▶• 语音输入法是个好老师

在上一节，我们介绍了怎么用SMART和WOOP原则来制订练声计划和排查隐患。

好了，相信你已经制订了一个科学的、靠谱的、务实的、可执行的计划，那么接下来我们要怎样练习呢？

我们需要刻意练习，也就是有目标、有意识、主动地、持续地练习。

我们提到过，人的学习体验分三个区——舒适区、学习区、恐慌区。那么现在就请你仔细思考一下，自己的声音练习学习区是什么样的呢？

打个比方，如果是学英语，那就要先测试词汇量、听力、阅读、写作、口语水平，然后安排一本最适合的教材，比如《新概念英语》第三册，如果直接学第四册，一篇课文50%的词都不认识，那你就进入了恐慌区，学起来痛苦无比，效果也不好；如果学第二册，你全都会了，再学上一遍，也不会有太大进步。

我们的声音练习也是一样的，从你最想解决的一个声音问题入手，不断加深训练的难度和深度，这样做就不会原地踏步。

这里，再给大家一些刻意练习的小提示。

做到"刻意练习"，还需要有权威的老师指导并获得及时客观有效的反馈。

有位叫作Dan McLaughlin的职业摄影师，他看到了流行的"10000小时成功"理论，非常想用这个方法成为一名职业高尔夫选手。于是他自费10万美元，用了5年时间，练习了6000小时。虽然总的时间不到10000小时，但也已经相当惊人了。悲剧的是，他的技术水平和职业水准依然差得很远。而每天坚持练习的数小时，给他带来了很多伤病，最后不得不暂时放弃。[2]Dan也是一直在努力，为什么没有达到预期的目标呢？

我认真对比了10000小时理论和刻意练习原则，发现最主要的差异是没有一个水平较高的人立即给他正确反馈，哪怕是最基本的正确、错误、正确的示范都行，但很遗憾，没有。得不到及时正确的反馈，初学者就很容易在错误的道路上越走越远。

这个道理在我们声音训练课里特别容易理解：人说了一辈子话，声音也没有越来越好听。为什么呢？因为低水平重复不会给人带来长进。

那么，你肯定还记得，我们其实是有一个客观、及时反馈而且还免费的老师的，它就是你的手机。

只需要打开你的语音输入法，一句一句地读《四声歌》，它就会通过语音转换文字这个功能来告诉你，哪里读得不对。它还能发现你平时说话时，诸如不连贯、废词多、语速过快等问题。你也可以打开手机的录音功能，录一遍《四声歌》，自己听听不通过骨传导，直接通过空气传导的你真正的声音。这种方法对纠正普通话发音的问题非常有效。

在解决了基本发音问题之后，你就可以录下整段的作品，比如选一个你喜欢的作品，录制自己的朗诵，然后和原版比对。这种方法也叫作"国际象棋模式"的对比学习法，其实就是和大师做比较，获得全面综合的反馈。

在《朗读者》《见字如面》等节目中，产生了很多优秀的朗诵作品，比如何冰的朗读，感情充沛，瞬间就可以打动所有人。

这些作品，你仔细听的话，是有许多技巧值得学习的。

此外，如果你的家人或者朋友声音不错，你也可以请他们帮忙，听听你的声音，给出反馈，这个方法又有趣又有效。

总结一下，想冲破瓶颈使声音变得更好听，除了坚持练习，还要保证训练的质量，也就是要刻意练习。

除了练声，刻意练习也适用于所有能提高自己的场合。它也是所有领域中勤劳好学的人成为大师的必经之路，我们只是要让自己的声音"动听"一些，达到这个目标，当然没有问题。

5-5.案例：这样练声很可以

在大鱼声音社的教学实践中，学员反馈是非常重要的一环，如果你在本章还没有找到"制订"科学练声计划的感觉，我想为你提供部分大鱼学员在练声过程中的方案和体会，这些都是珍贵而精彩的学习经验，希望对你有所帮助。

我的问题是这样拟的：

想向你请教几个问题，方便的话，我想听听你的经验，有话则长，无话则短，谢谢！

1.你当时是怎样制订练习计划的？

2.在坚持完成的时候，碰到的最大问题是什么？

3.你是如何克服的？

4.如果能给刚加入学习时的自己一些建议，你会说什么？

▶• 多听、多听、多听

逝水的声音课学习经验总结

1039#学员逝水，航空航天工程师、科普作家、大鱼声音课3.0开发团队主笔组总监、清华大学博士。

你当时是怎样制订练习计划的？

我当时制订计划时，总的方法就是按照课程里讲过的SMART原则，目标一定要具体、量化、可实现、有意义和有期限。具体来说，我自己的问题就有两个：一是方言问题，不能区分前后鼻音；二是发声的习惯不好，靠嗓子，造成咽喉长期疼痛。

为了解决这两个问题，我制订了每天的练习计划，主要包括口部操，前后鼻音的绕口令、数葫芦、喊操以及朗诵。每项都有明确的数量或者时间要求，因为我自己坚持做事情的毅力还不错，所以计划订得偏高。实际上，如果是刚开始，还是应该慢点来，先养成习惯比较好。

有了目标和具体的计划，我还预想了可能遇到的困难，并做了预案。通常大家都会遇到的一个问题就是到了周末，生活节奏忽然变化，这时候就很容易忘记做练习。对我自己来说，因为经常出差，所以也要提前考虑到出差时如何坚持练习的问题。例如，你可能计划明天通勤时做做口部操，但是在周末，显然就没有通勤时间了，所以何时完成计划就要有准备和安排。

SMART原则不只对声音练习有用，对其他几乎所有的学习项目都非常有效。这几条说起来很简单，但要做到也不容易。根据我的观察，很多同学根本就没有认真理解和实践这几条原则，后来在参加训练营时，很明显学员的重视程度高了，制定的目标也都清晰而且明确，可操作。

在坚持完成的时候，碰到的最大问题是什么？

在操作层面，我遇到的困难不大，也就是说，我基本都可以完成计划中的练习。但是我遇到的最大困难是很难保证处于刻意练习。

具体来讲，在开始阶段，自己有明显进步。但是经过一段时间，进步不明显了，特别是对于自己特别难以掌握的"疑难杂症"，因为没有老师面对面指导，就很难及时获得有效的反馈。一旦进入这个阶段，就会出现每天都刻苦练习，但是进步不显著的尴尬境地。

你是如何克服的？

克服的办法是，发现问题后，要立即调整练习计划，已经解决和掌握的问题就减少练习强度，加强对难点的练习。

没有反馈的问题，我找了这样几个办法：

1.向老师请教，恰好有机会见面，录了视频，好对照学习。

2.使用普通话学习的App，里面有自动评分系统，可以有效地提高学习效率。

3.自己的录音一定要至少听一遍。根据和其他同学的交流，我发现其实多数人提交每日打卡时，虽然录了音，但自己都不会听一遍。只要听一遍，就能发现很多问题，然后就可以针对性地加强练习。所以千万不要觉得自己很努力就够了，方法一定要对，不能盲目地只完成数量，不重视质量。

4.多听优秀的声音作品，反复地听，做笔记，做记号，体会到底好在哪里，然后加以实践。我自己当时反复听了赵立新、左旗老师的很多作品，老师推荐的歌单，也基本都反复听过了。

如果能给刚加入学习时的自己一些建议，你会说什么？

回头看，我给自己的建议有以下几点：

1.正音问题，舌头的位置和口腔的动作是关键，只要你做到了，声音肯定就能发准确。要是不准确，通常都是舌头的位置没有做到位。这一点不能着急，开始时要慢一些，确保动作准确到位。我开始时太着急，所以感觉基础还是不扎实，一旦说话快了，就容易回到原来错误的发音上去。

2.多听、多听、多听。平常还是听得少，特别是学习早期，虽然练习强度不小，但是对照练习不够。方法很简单：就是听一遍正确发音，录自己的发音，听自己的发音，再听正确发音。我更多的是自己反复练习，但是正确发音听得就不够。

3.声音好听的问题：要特别体会优秀作品到底"好"在哪里，录制作品要分段录，一遍做到全好是不太可能的。

4.口部操、气息练习是王道，永远都要坚持练习，没有尽头。好声音的追求是一个过程，永远有需要提高的地方，所以不是一时一刻的事情，应该是终身的追求。

LUS的声音课学习经验总结

0062#学员LUS，国企管理、大鱼声音课3.0开发团队主笔组副总监、北大MBA（工商管理硕士）。

1.练习计划的制订，主要是根据一对一测试当时提的问题，重点练了"气息+唇舌"的部分，也是考虑初期求精不求多。

2.最大的问题：不好衡量。一方面是不确定自己的练习是不是标准，就跟健身一样，动作不对，只会越练越伤，这也是制订计划时尽量选比较好练的动作的原因。另一方面是不好衡量自己的进步程度，一直比较担心练习流于形式。此外，一个小问题，选毕业作品也比较纠结，我们提供的资料太多了。

3.克服：尽量去量化练习。数葫芦是一个比较好量化的练习，此外比如绕口令，我会计时，大致去衡量自己是不是更熟练。但是动作标准之类的，其实还是做得不好。

4.建议：积极参与，多开口，多回听自己的朗读。回听这件事情，是后来做毕业作品的时候，我意识到的问题。有些字的发音或者说话习惯，当时录音的时候是完全没有感觉的。但是自己回听，就发现念得不好。算是一个自我反馈的机制吧。当然，培养审美什么的，也是激发学习兴趣很重要的方法。

我在训练营还是练得不如意，赶上当时正准备一个出国交换的面试，所以心得体会也不是很多，最大的收获应该就是最后做毕业作品时，在那个过程中对自己的声音有了新的认识。

▶• 手账最棒

倪豆豆的声音课学习经验总结

1029#学员倪豆豆，大鱼声音社训练营一期学员。

你当时是怎样制订练习计划的?

上声音课的时候，因为零基础，所以就每天跟着打卡走，看看视频，录录绕口令，并没有很强的计划性。

后来加入训练营，明确了自己最大的问题是"气息不足，嗓子来凑"，就加入了更多的基础气息练习，比如"吸气嘿哈""狗喘气""呼气数葫芦"。

在坚持完成的时候，碰到的最大问题是什么?

进步缓慢，甚至有时候感觉会倒退，这样就有蛮强的挫败感。加上先天嗓音条件不足，觉得自己怎么练也就这么回事了。

你是如何克服的?

老实说克服得不太好，从舒适区走出来需要勇气，更需要科学的方法以及不断地刻意练习。身边有人及时反馈和鼓励也蛮重要的（感谢可爱的老师和同学们）。

如果能给刚加入学习时的自己一些建议，你会说什么?

我觉得积极的心态是基础，练习就要认真对待，敷衍地完成只是欺骗自己。目标要循序渐进，一开始就定得太高不利于进步，打好基础才有提高的空间。

图5-2｜1029倪豆豆 计划手账

拉风璇璇的声音课学习经验总结

1030#学员拉风璇璇，大鱼声音社训练营一期学员。

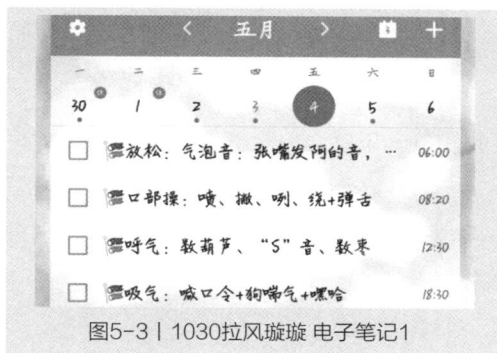

图5-3｜1030拉风璇璇 电子笔记1

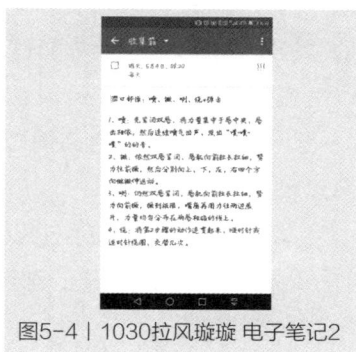

图5-4｜1030拉风璇璇 电子笔记2

▶ 数100个葫芦

GA的声音课学习经验总结

1007# GA，中国传媒大学在读，大鱼声音社数葫芦纪录保持者：100个。

以下是我对自己近期学习行为的一个总结。

1. "按部就班"

若满意，则基本按小打卡的当天要求执行；若不满意当天要求，则参考以前接触过的练声计划为自己"加餐"（比如，从提供的一堆绕口令中挑一些有困难的练，酌情跟读新闻等）；但是制订计划真的需要花费额外的精力和意志力，若能提供现成的、可参考的、多档次的、能按需索取的练习计划，执行起来会容易得多。

2. "触发失效"

我是这么理解自己的行为模式的：一系列（无论是足量，还是自发的超量）练习行为，均由一个小动机触发，练的过程充满了正反馈激励，所以一旦开练就不用担心练习质量。故只要保证"触发"则能坚持，若当天的"触发"失效了，就算能勉强挤出时间也不会去练……

最棘手的"失效"原因：

① "不情愿"：有高优先级的任务，乐意全心全意全力完成它，练声忽然成了"分心的杂事"；

② "没条件"：既不打扰别人休息，自己也有空的时间被占掉了（如果打卡内容包括配音等任务，那还需要接近独处的环境，但这个很难满足）。

3. "重新定义"

即重新定义"声音练习"，试图绕开矛盾，说服自己坚持。

①"很简单"：甜蜜的"5分钟谎言"还是很有用的，拜托只要5分钟啊！（然后就练了半小时……）

②"是健身"：今天的运动量不够，练声来凑吧……

③"允许偷工减料"：如果怕喊口令扰民，那至少可以练别的。

但是各有bug（缺陷），例如这几天的练习是三天打鱼，两天晒网的状态，因为这三条"再定义"都失效了……比如③，长时间没机会喊口令，导致不能完成全套练习，挺杀士气的……

4.我倒希望刚加入学习的自己能给现在的我一些建议，那时的心态更好些（更平和、更耐心）……

顺便想了一下，打卡至少给了我以下帮助：

①仪式感（把成就可视化）："完成打卡"这个动作也可以小小地构成自己的练习动机，至少能看到自己的坚持，提升自我效能感；

②负担：适当的社交和互评有利于促进练习。但是如果很忙，本来抽时间练就很费力了，一想到有人可能留言，为了礼貌可能要回复，回复要花时间，真不如不受干扰地一个人静静练……

啊……敲下这一大段文字也是基于同样的原理，因为有效触发，虽然并不闲，或是打算简单写写，但是为了观点传达质量又成了话痨……

希望这些叨叨能帮到老师……

▶• 工作很忙其实不是借口

江上浮云的声音课学习经验总结

1046# 江上浮云，大学教师，海归博士。

制订计划：

基本按照SMART原则，课程里的"五个一"已经把Specific、Measurable、Attainable安排妥当。我根据个人需求，加上一些跟读央视新闻的内容。对Relevant这一条，每个人感受可能不同，有些人练声也许是觉得好玩或者为了炫耀，有些人的需求更急迫一些，我是后者。对于Time-bound，我的安排如下：

每天早晨起来，烧水，坐在窗边看风景等水开，喝水，跟读新闻。晚上，五个一，读英文材料。要点是形成一种仪式或者无脑流程，不需要思考"我现在要做什么"。

遇到的困难：

这种安排要求比较恒定的生活环境。过年回老家，生病，工作，家里各种事情，把我的计划打乱了。

如何克服：

回头看的话，还是自己对困难预计不足，如果一开始就意识到"这件事情会打断我的习惯"，也许可以预先制订计划。另外，工作很忙其实不是借口。一个朋友说，做俯卧撑的时候要保持微笑，因为如果你还可以正常地笑，说明你对自己的肌肉仍然有完全的控制。工作之余的"无关"活动，也许可以增加控制感，消除焦虑。

对初学者的建议：

练声如健身。每天跑步可以很high，但一旦停下来，重新进入正轨需要花很大的心力，所以最好不要停。肌肉一段时间不练就会退步，但如果重新捡起来，恢复到之前的水平也会比较快，努力不会白费的。

作为学员，这门课对我最有用的机制是：打卡、熟人团体、不玄学。

注释及参考文献

注释：

[1]今日影评·表演者言.CCTV-6，2017-11-06.

[2] https://en.m.wikipedia.org/wiki/Dan_McLaughlin_(golfer).

参考文献：

王峥. 语音发声科学训练：第2版.中国传媒大学出版社，2014.

张涵. 播音主持语音发声训练教程：第2版.中国传媒大学出版社，2016.

彼得·德鲁克.管理的实践.机械工业出版社，2009.

加布里埃尔·厄廷根. WOOP思维心理学.吴果锦，译.中国友谊出版公司，2015.

安德斯·艾利克森，罗伯特·普尔.刻意练习：如何从新手到大师.王正林，译.机械工业出版社，2016.

6

发声的
心理建设

声音的魅力

6-1. 即兴表达的心理框架

▶• 新闻评论：超级强度的即兴表达

过去17年里，我一直在广电这个"靠说话吃饭"的行当里从业，说到底，发声表达是一门专业技术，而所有的技术都有它的应用场景，想要在具体的应用场景中最大限度地发挥我们的"技术优势"，这就不仅仅和我们的技巧相关了。

我们声音的"动听"，其实也包含着两重意义，第一是声音在物理层面的悦耳动人，这也是这本书前面五大章节致力为大家解决的问题。"动听"的第二重意义，存在于心理的知觉与感受层面。因为人类的表达是一个高度综合的系统，因此，声音技巧的应用和是否"动听"，还与我们的表达方式及心理机制相关。

2012年前后，我在某卫视的一档新闻节目里做新闻评论员，这档节目到现在为止，全国同时段收视率仍然常在前三，制片人张翔子是一个真正有新闻理想的人，在这样一档新闻节目里，特意开辟了一个一分钟的评论单元，请来了像凤凰卫视的何亮亮、《中国青年报》的曹林、央视的王青雷等评论名家来担当新闻评论员。非常有幸，我也受邀忝列其中，开始了自己比较正式的新闻评论经历。

我前后在这档节目里做了两年多评论员，每个星期出镜1～2分钟。当我在地面频率频道做主持人的时候，感觉很轻松，几个钟头的大直播也没有压力，但当空间被压缩到一个上星的卫视平台的强势节目的一分钟里的时候，感受就完全不一样了，这一分钟非常值钱，这是一场非常激烈的竞争。

这是一个典型的关于发声技巧的用声场景，也是一个典型的关于心理压力的表达场景。

声音是表达的工具。

我们这一章的主题，就是选择一些日常生活中有代表性的、高频的声音应用场景，来谈一谈和发声沟通紧密相关的心理因素，以及我们在拥有了"动听"的物理属性之后，如何在心理层面更好地用声。

说回我的"新闻评论员"经历。

应该说，两年多的评论员生涯，对我的表达有非常非常大的帮助。

先说一个数字，每次为了准备这一分钟，我大概会花6个小时的时间。

这6个小时包括浏览当时的新闻，确定大概的选题。为了保证新闻的时效性，很多时候，是没有办法提前太长时间确定新闻选题的，也就是说，要经常面对临时换题，所以评论员要提前多做功课，了解当天发生的新闻，并且要有一个自己的判断，分析预估各种选题被选中的可能性，同时要做好相应的准备。

选择好了选题之后，还有更深入的考验，那就是作为新闻评论员，观众对你的期待是希望你能够拿出不一样的观点，或者是他不知道的但应该知道的观点，或者是他已经知道，但你思考得比他更加深入、更有价值、角度更独特的观点，等等。

为了这一分钟能够简练、紧凑、满信息量表达，同时又要适应电视媒体的传播特点，易听懂、形象生动、有趣味，这里面确实需要一些方法。

我的机缘在于被这个巨大的压力驱使着，进行了长达两年强度非常高的思维训练和抗压训练，这种训练让我之后再去主持一些省级地面频率、频道的节目，又或者担任其他新闻节目的评论员时，就相当游刃有余。后来的高效，跟这两年的高强度训练是有因果关系的。

本章的第一节，我想就自己的亲身经历来跟你分享一下，发声表达的"心理建设"技巧之一 —— "即兴表达的心理框架"。

●即兴表达的基本原则：简练集中

如何做好一段即兴表达？

即兴口语表达一般分三类，叫复述、描述和评述，我这里专指的是阐述自己观点的评述类表达。

那么，帮助我度过难度极高的卫视评论员生涯的，到底是什么样的方法呢？

我真的琢磨过，还编了一个顺口溜：

引述简准闪，立论开见山；
论点要集中，切忌漫天谈；
明确说白话，段句尽量删；
核心显精华，词语是关键；
推进有层次，不要来回缠；
论证少煽情，理性才客观；
结尾点金句，升华价值观。

这个顺口溜的前三句，是讲我们即兴表达的基本原则和形式；后四句，是讲即兴表达的内容结构。按我的经验来看，一段即兴评述，如果按照这个顺口溜的要求来准备，基本上不会出现太大的问题。

下面我们来具体分析。

"引述简准闪"，意思是在发表自己的观点的时候，一般上来会有一个由头，也就是为什么要讲这段话。这就是"引述"，它可能是一个故事、一些数据、一则新闻报道或者一个提问、一个比方，总而言之，这个引述应该简洁、准确，而且非常闪亮。

简洁，很好理解，说了半天啰里啰唆的，观众很快失去兴趣了。

准确，不仅是说事实准确，还包括我们引述所采用的内容，必须要跟后面的核心观点非常精准地对应上，否则，论据不能说明论点，甚至出现逻辑脱节，那就搬起石头砸自己的脚了。

所谓的"闪"，就是引述要"亮"，要吸引人。

如果你经常看美剧，一定对美剧每集正片开始前的故事回顾有印象，它通常是一段非常精彩的、悬念十足的闪回，这之后，才是常规的片头、字幕、音乐等。道理是一样的，每个表达的人，都希望在最短的时间内可以抓住观众的注意力，像闪烁的星星那样，让观众难以分神，这就是"引述简准闪"的含义。

"立论开见山"，意思是最好上来就把观点亮明，让人能够清楚了解你到底是要说什么。有了预期，观众就会不那么焦躁，他们就会比较有耐心，给你构建观点和逻辑体系的时间。

"论点要集中，切忌漫天谈"，我们在表达的时候，要遵循大脑接收信息的规律，如果扯起来净是枝枝蔓蔓，说了很多，但是东扯西拉毫无关联，就可能导致信息量太大而内容散乱。大脑是特别耗能量的器官，出现了这种情况，它就会下意识地进行自我保护，把大量冗余的信息关在外面，那效果就是"白费唇舌"。

所以，我们在同一时间只论述一件事，说清了、谈透了，就已经很了不起了。

这地方我要多说一句，我们发表议论、做表达跟写散文有点类似，散文讲究形散神不散，看起来是东说一件西说一件，其实情绪和气韵是连着的。而在表达中，我们也可能会组织很多信息进来，但它内在的逻辑关系是严密完整的，这就是集中。

"明确说白话，段句尽量删"，这句话和观众相关，大多数情况下，我们是在面向观众表达，需要把话说得通俗易懂，如果夹杂过多的术语名词，采用了过于复杂的形式，那观众就容易走神。

古文的阅读门槛是很高的，而古代人的平均文化水平又很低，唐代大诗人白居易写诗，是以老妇人都能听懂作为标准的。我们也要有说白话的能力，你看《毛泽东选集》，里面论述的都是非常大的话题，经过深思熟虑的深刻观点，但是，毛泽东的遣词造句，可以让绝大部分国人读通、读懂，知识水平不高甚至不识字的文盲，听了里面的文章，都可以理解，真是了不起。

我们所谓的"段句尽量删"，就是不要出现巨大的段落，不要有太长、结构太复杂的句子，这一点跟现在的微信公众号写作有点像。你肯定已经发现了，现在的微信公众号，往往两三句话就成一段，句子都不会很长，这样可以最大程度上降低阅读障碍，让观点容易被他人吸收。

● **即兴表达的潜在结构：逻辑理性**

前面我们讲述了即兴表达中简练集中的重要性，接下来，我们就借着这个顺口溜的后四句来聊聊，如何组织想要表达的内容。

"核心显精华，词语是关键。"

这句是说，在我们的论述过程中，必定有一个核心焦点，它应该经过了反复推敲，站得稳立得住，我们所有的技巧和词语，都将附着在对它的分析和表达上。

《毛泽东选集》第一卷的第一篇文章，是著名的《中国社会各阶级的分析》。这篇文章的第一句话就是："谁是我们的敌人？谁是我们的朋友？"

让我们把这句话和《中国社会各阶级的分析》结合起来看，你马上就明白了这篇文章的核心主题："分清敌我"。

说实话，这篇文章让当时的我悚然一惊，想想自己做这个评论员，拿到一个选题，是不是急不可耐地冲到题目里，到处查资料、组织观点、甄别信息，然后大量行文、反复练习，等等。等意识到自己把99%的精力都放在了具体的事务性工作上，才发现自己并没有真正深入去思考问题，也没有针对评论面对的人群，进行表达上的优化。

不去思索问题的核心，再下功夫，都可能交出有苦劳没功劳的作业来。

这个问题不仅对我有意义，对今天互联网形势下的媒体从业者甚至所有网民，都有特别的意义。

过去，如果你在一个非常强势的卫视平台工作，评论员都是专家式的、言论领袖的形象，你的功底扎实，节目做得好，得到专业肯定，别人自然就听你的、看你的，你埋头把你的专家当好就可以了。

但是今天，我们面对的是互联网上的用户，他们拥有无穷无尽的选择，如果你不去真正地了解他们喜欢什么、讨厌什么、需要什么、不需要什么，怎么能创造出受他们欢迎的内容产品呢？

《中国社会各阶级的分析》这篇文章，用一个标题加开头的一句话，构成它全文的核心，实在高级。

"推进有层次，不要来回缠。"

我们经常遇到这样的情况，在亮明观点之后，就开始从某个方面进行论证，这一部分讲完了，讲到下一个点了，又突然想起来，刚才没讲清楚，于是就"我再补充两句"，整个论述又回去了。这样的现象，我叫它"来回纠缠"。

来回纠缠，暴露的是思维上的混乱，这种夹缠不清的表达会直接导致观众在接收层面上出现混乱，会极大地增加信息传播成本，降低效率。

针对这个问题，我们要牢牢把握住论述的层次，是并列关系，还是递进关系？关键信息是什么？把关键信息讲清楚了，就绝不回头。

"论证少煽情，理性才客观。"

刚才我们以微信公众号的写作为例，说段落不要太大，句子不要太长，但在我们做评论时，跟当下某些热门微信公众号的写作还是有本质上的不同的。做评论，要强调理性、依靠逻辑，而现在有些所谓爆文，靠的是操纵情绪。

人类的左右脑的决策机制是不一样的，一旦付诸理性，就比较难以被带动。比如说某个公众号写手希望你转发文章或者下单购买，他是不会跟你付诸理性的，因为人一旦进入理性模式，所有的行为都会谨慎，只有不停地去煽动情绪，才容易让人在头脑发热的时刻做出决策。

有足够的事实和证据来证明观点的人往往不会刻意煽情，而那些上来就煽的人，往往藏着见不得人的目的。

就像看综艺节目一样，我们提倡有话好好说，要唱歌就好好唱，犯不着上来就热泪盈眶。

"结尾点金句，升华价值观。"

顺口溜的最后一句很重要，我们在做完整个论述之后，可能几分钟时间已经过去了，观众很可能已经忘记我们前面都讲了些什么，所以在结尾的时候，需要有一句令人印象深刻的话来做总结，帮助观众回忆并记住我们想要传达的核心信息。

这句话还有另一个层面的意义。

我们花费了大量时间摆事实、讲道理，在即将结束的时刻，我们还需要从具体的论述中抽离出来，把蕴含在观点之内的、有关价值的思考和判断进一步表达出来。

好，总结一下，我们碰到任何一件需要做出判断、评价的事，要做的第一件事是审题立论，核心观点要尽量简洁精粹；第二件事是确定提纲、内容结构，每个点用一个词来概括就可以了；第三件事，强行记忆，边想边说。在叙述的时候，语言要尽量形象生动，多举例子、多打比方。

其实，哪怕我们准备得再好，也没有办法逐字逐句完全记得，也没有必要，但我们可以强行记住所设定好的提纲的关键字，这些关键字就像灯塔一样，会帮我们标出一个逻辑路径，指引我们表达。

最后我特别想说的是，每个人都希望成为自己的主人，能够主宰自己的生活，而网络却无时无刻不在希望主宰我们，甚至控制我们。

依靠逻辑工具，我们能更好地观察、比较、分析、评价，让我们离自己想要的生活更近。

6-2. 说服力

▶• 孙悟空的语言艺术

首先，是说服力。

生活也好，职场也罢，大多数时候，我们沟通的核心目的，是获取资源。而沟通的过程如果缺乏"影响力"，就容易碰壁。所谓影响力，就是"把自己的目标转化为对方的目标"的能力，其实也就是"说服力"。

我们的表达，如果想让对方听得进去，在自己这一方面，就要做充分而细致的准备，这项工作的具体措施分三步：确定自己的目标、了解对方的需求、架设沟通的桥梁。

第一步，确定自己的目标。

很多时候我们总是滔滔不绝，以为自己在目标明确地努力沟通，其实不然。比如《西游记》中的唐僧，面对妖魔鬼怪的阻拦，他的说服语总是以"贫僧自东土大唐而来，去往西天取经"开始。看起来目的够清楚吧？其实正好相反。

如果他明白自己取经路上的目标是要少生枝节、顺利过关，就不一定会把自己的来龙去脉交代得这么清楚。不该说的话，多一句都会招灾惹祸，妨碍目标达成。

第二步，了解对方的需求。

唐僧说服的对象主要是妖魔鬼怪。表面上看，妖魔鬼怪的需求是要吃唐僧肉，长生不老，这是强烈的自我提升、自我发展的需求，好像毫无沟通余地。但再想一层，妖魔鬼怪其实还有一个"高高兴兴上班去，平平安安回家来"的生存安全需求。

针对这个需求，唐僧最应该做的，是秀自己的高配安保团队——以孙悟空为首的"四个二带两个王"，如果对方不买账，还可以展示一下从太上老君到观音菩萨的"同花顺"。

毕竟，妖怪想吃唐僧肉，是为了享受美好生活的，不是一心奔着作死来的。

所以我们应该了解自己，了解对方。在了解的基础上再做取舍和组织，在沟通中把同样的一手牌，打出不同的格局。

第三步，架设沟通的桥梁。

明确了自己的目标并了解了对方的需求之后，如何转化实施呢？在《西游记》的第七十回，孙悟空奉献了全书最精彩的一段说服。

当时，他化身小妖怪去见朱紫国被劫走的娘娘，需要迅速说服对方跟他走。然而，一个弱女子身陷险地，终日惊惶不安，想三言两语就说动她跟陌生人走，简直是一个不可能完成的任务。

那孙悟空是怎么做的呢？

原文中写道："行者掩上宫门，把脸一抹，现了本相，对娘娘道：'你休怕我，我是东土大唐差往大西天天竺国雷音寺见佛求经的和尚。'"

你看这词："差往"。请注意，"差往"，表示他是受强大政府委派，前来执行重要外事活动的，这是政治合法性。为什么强调政治合法性？因为他的说服对象是一个王后，跟王后当然要讲政治，她听得懂，而且她在意。

接着悟空又说："我师父是唐王御弟唐三藏，我是他大徒弟孙悟空。"

你看，"唐王御弟"。这仍然是在强化自己的权威感和合法性。一个王后、一个御弟，大家都是贵族，同处一个阶层，这是在满足王后的价值归属需求，逐层构建信任。

这个开头实在太讲究了，如果孙悟空没能用短短52个字迅速建立信任，王后娘娘就会大叫一声：哪里来的野猴子！那这段故事，就又是另一个结局了。

继续往下看："因过你国倒换关文，见你君臣出榜招医，是我大施三折之肱，把他相思之病治好了。排宴谢我，饮酒之间，说出你被妖摄来。"

孙悟空的这段话，是在解释背景，在争取到了片刻的说话机会之后，及时补充介绍了此行的来龙去脉。取得初步信任之后，孙悟空总不能上前拉住王后的手说我是国王派来救你的，没时间解释了，快上车！

哪怕可以，也很唐突，王后整个人都是蒙的。她会想，万一是妖怪派来诈她的呢？万一妖怪也看了《权力的游戏》呢？贸然就跑，很可能跑不了几步还会被抓回来，又得挨顿打。所以孙悟空的这段话给出了很多细节，细节会填满怀疑的缝隙。

随后悟空又毫不保留地展示了自己的能力："我会降龙伏虎，特请我来捉怪，救你回国。那战败先锋是我，打死小妖也是我。我见他门外凶狂，是我变作有来有去模样，舍身到此，与你通信。"

一番话下来，可信赖、可依靠的形象已经构建完成，王后其实已经心动了，但这时候的她还沉吟不语，犹豫不决。整个劝服还需要一个决定性的作用力。

行者取出宝串，双手奉上道："你若不信，看此物何来？"

果然，王后一见，眼泪就哗地下来了，顿时扑通一声跪下说："长老，你果是救得我回朝，没齿不忘大恩！"

到这里，悟空的说服圆满完成。回顾来看，悟空最先用强大的背书吸引了王后的注意力，随后立即讲明来龙去脉，建立了信任。紧接着，他又用例子证明了自己的实力，并在最后动之以情，完成了闪电般的进攻。他的说服语，连标点一共182个字，语速稍快一点，半分钟就能完成。

你看，大师兄可不是光会好勇斗狠。

▶• 生活中的"影响力进攻"

刚才我们分享了产生"说服力"的三个步骤，你可能会有疑问，用《西游记》作为例子，是不是太古老了啊！现实生活中的例子，我也有。

来说一个章燎原的故事，说起这个名字，你可能并不熟悉，但要是提起"三只松鼠"，你可能就知道了，章燎原就是三只松鼠的创始人兼CEO，我和他吃过几次饭。

今天，三只松鼠是一天卖一个亿的互联网创业明星企业，名气很大，但我们吃饭那会儿还是好几年前，我仔细回忆了一下，那时还没有三只松鼠这个品牌，还叫壳壳果。饭桌上，他自我介绍没走常规套路，而是说："我是壳壳老爹章燎原，90后。"

章总的长相，恕我直言，一看就是70后嘛，于是他接着解释：

"因为我们的产品是做给90后的，所以我就变成了一个90后。"还配了一个脸皮非常厚的笑容。

作为一名资深营销总监，他在大庭广众之下这么调侃自己，给大家留下了印象。他也非常清楚这句自我介绍说出来之后，会有什么样的连锁反应。

至少，让我到今天都记忆犹新，还在拿他举例。

这一切的起点，就是说服的第一步，确定自己的目标。

第二步，是找准对方的需求。

营销学上那个被讲了一万遍的例子，如何把梳子卖给和尚？推销员对大师说，梳子是善男信女的必备之物，如果大师能为梳子开光，成为他们的护身符，积善保平安，香客还能为自己的亲朋好友请上一把，弘扬佛法，扬我寺院之名，岂不是天大善事？！大师双手合十，买了一万把，取名"积善梳""平安梳"，香客们纷纷慕名而来。

在沟通当中，只有先满足对方的需求，才有可能达到自己的目的。

一旦找到对方的需求，看似不可能的事，瞬间就变得很容易了。

回到章燎原那个例子，他面对的是媒体记者，记者的职业注定他们时刻都在寻找新闻点，这种强行冒充90后的说法，把记者写稿子的角度都想好了，这就是满足需求。

那么，既确定了自己的目标，又找准了对方的需求，要怎样做才能把自己的目标转化为对方的目标呢？这就要靠第三步，架设沟通的桥梁了。

假如你是一个刚开始打拼的创业者，一缺人脉二缺资金，今天晚上你要去参加一个媒体圈的饭局，那该怎么做，才能快速说服在座的记者们，把注意力"投资"给你呢？

大部分人的举动都是：寒暄、握手、递名片、发邀请。大概遵循着"我是谁、做什么业务的、欢迎有空来我们公司看看"这么一个流程。

其实，这是一个很大的误区。你想啊，既然大家都这么做，还能引起别人的注意吗？说实话，换谁都记不住。

而蜜芽的CEO刘楠，用一条短信，就赢得了徐小平的帮助。

她是这么说的，第一句："我是北大毕业的学生。"

这句话瞄准的是情感和归属感需求，因为徐小平老师曾经在北大任教，对北大有着持续的关注。

第二句："我现在在开淘宝店。"

北大毕业生怎么开淘宝店了？谁听了心里都得咯噔一下。

第三句："我现在淘宝店的销售已经3000万了。"

居然做出了这样的成绩，这唤醒的是尊重。

话说到这儿，一个极其能干又极具个性魅力的小学妹的形象是不是已经呼之欲出了？

这小学妹找我干吗呢？短信的最后一句再次来了一个转折："但是我陷入了迷茫，您是一个心灵导师，能不能开导开导我？"[1]

这一句指向的是"自我实现"，徐小平老师看到这条短信之后，3分钟就把电话打了过去。两人立马就见了面。谈了三个小时之后，徐老师给了她800万元的A轮融资。

刘楠成功地找到了徐小平老师的需求，并用一条短信，架起了桥梁。根据马斯洛需求层次理论，任何人都有生理、安全、社交、尊重、自我实现这五种需求。徐小平老师早就财务自由了，千八百万的钱对他来说恐怕没什么诱惑力，但帮助一个优秀的年轻人，对他来说就是自我实现。

总结一下，我们沟通中产生"说服力"的三个步骤：1.确定自己的目标；2.了解对方的需求；3.架设沟通的桥梁。

我们每天生活与工作中的表达与沟通，其实都是大大小小的"影响力进攻"。只有掌握了其中的秘诀，才能实现自己的根本目的。

让自己的表达更"动听"，产生说服力的三个必要条件，你记住了吗？

▶• 问答："说服力"在具体情境中的应用

关于说服力法则，很多学员和我有过交流，我把其中一些有代表性的、场景感比较强的问题放在这里，也说说自己的看法，不一定对，也欢迎大家在公众号留言，谈谈自己的经验。

夜阑人清：老师，如何跟不熟的人交流，有哪些方法或者话题能让大家熟络起来？

二狗：老师，请问在谈话中如何抓住对方的兴趣点，怎么在电话里或者在交谈中让对方更信任你？

答：其实我也不擅长跟陌生人打交道，非工作场合，甚至情愿自己待着，但就这么将心比心去想，自己在什么样的情况下容易敞开心扉呢？

我觉得还是聊一些对方感兴趣的话题比较好，比如履历、兴趣爱好，也可以从言谈举止、衣着用品上的一些独特之处开始，还可以从你们产生交集的事物开始。比如，你怎么会想到这个方案的？你这个项目可不容易管理啊？你是怎么做的？等等。听别人说话，并给予适度的回应。可能会让我们熟悉起来。

如果你只是在某一次任务中，要去与不熟悉的同事、客户、第三方等进行交流，之后不太会再有接触，那只要记得保持礼貌，做好你的专业本分就可以了。

至于在电话中沟通，我有一个语音方面的建议：想好再说，语速放慢，语调沉稳，多用实声，注意提颧肌，我们的友善，别人听得见。

余美美：我在工作中，沟通方面太过简单粗暴，以至会让别人误会帮忙是理所当然的，尤其是在部门沟通方面。

答：意识到问题所在，就已经很棒了，我相信这些状况一定会得到好转。

至于具体沟通，我倒觉得"工夫在诗外"，如果平时多些联系，多主动关心帮助别人，偶尔带份小礼物啦，吃顿饭啦，到一起协作的时候可能会更融洽。

至于一些常见的礼节什么的就不多说了，这里我们只分享一点：

在网上沟通的时候，对方看不见你的表情、听不出你的语气，信息非常容易被误读，所以多用表情，会是一个增加确定性的好做法。

当然，现在发表情也成了军备竞赛，一个笑脸不够，一般要连发两个笑脸才算，在更年轻的人群中，颜文字也加入了进来，真是叫人心累（手动抚额）。

穆易兴：我平时要和民营企业主、地方政府官员打交道，为他们牵线搭桥，请问有什么需要注意的吗？谢谢！

答：这个问题的开口特别大，我尽量从自己的角度谈谈看法。

前阵子和朋友聚会，大家在交流一个话题：如果只能用一句话形容一个人情商高，你觉得哪句最合适？

最后大家一致公认的是：大家都喜欢把他介绍给自己的朋友圈。

这话概括得真好，如果仅仅是把他引荐进自己的朋友圈，可能还是一些外在，比如事务、资源上的原因。如果大家都喜欢，那就说明这个人不但有实力，而且还很讨喜。

回到问题上，作为一个在政商之间牵线搭桥的人，你做的是信息，是关系，更是信誉，我认为你最重要的价值是"大家都觉得你值得信任"。虽然小张不认识老李，但既然是你引荐的，那他就愿意见一见甚至深入沟通，这就是你的价值。

在建立这种价值的时候，说话的诚恳、朴实、沉稳，自然会为你加分。

瑾瑾大智若愚："头脑风暴"的时候，自我表达还行，但是如果有同事和我持不同观点，我就紧张到无法回应，这该怎么办呢？

答：这个问题相对简单一些，其实，你一定要知道，这是职场行为，同事否定的是你的观点，不是你这个人。所以一定要把注意力集中到事情上，告诉自己，这是工作，咱们就事论事，不必在意。在行为上，还可以参考如下步骤：

1.先肯定对方的发言，"你说的也有道理"。

2.接下来对对方的质疑给予解释，用"可能是我没有说明白"开个头。

3.寻找你们之间的共同点，加以确认，缓和气氛，"现在我们都同意这一部分"。

4.分析观点相悖的根本，"我们出现分歧的根源出于以下原因，所以接下来我们可以针对这几点一起讨论"。

5.不要你一言我一语地"辩论"，避免搞得不愉快，适当停顿思考，能让双方更客观。

总之就是明确工作中"对事不对人"，在阐述自己观点的同时，尊重对方的想法，给别人参与的空间。

荆轲刺秦王：老师快看过来，我说话的时候有点话痨，我总觉得说得太简单对方理解不了我的意思，这是沟通上的缺点吗？

答：有些人会觉得这是一个缺点，但也许另一些人会觉得你很贴心，因为你解释得很详细。为了提高沟通效率，你可以试试一二三的做法，也就是简明扼要地依次说明第一、第二、第三。

这跟之前我们聊过的即兴评论有点类似,重点是千万不要车轱辘话来回说,那就会显得啰唆。

说完记得问对方:我有哪里说得不清楚吗?获得对方的确认之后,再把谈话往前推进。

文武:怎么和客户有良好的沟通?

答:这样的问题很常见,往往大家的注意力会径直奔着后半句去,"良好的沟通",看起来需要一些方法和套路。但我的想法有点不同,我觉得先要把前半句搞清楚,也就是说,双方的定位是什么?

你是谁?客户又是谁?

举个例子,在做音视频节目的时候,我们的常规身份往往是主持人、制作人,对应的自然是观众、听众;在开发课程的时候,我们的常规身份是老师、专家,对应的是学员;在写书的过程中,我们的常规身份是作者,对应的是读者。

这种传统的身份定位不能说有错,但你有没有觉得有点不够好呢?比如在距离、姿态和实质上,还有很多需求没有被满足。

我们要冷傲地无视之、拒绝之吗?或者如果我们调整一下,把自己定位成一个"内容产品和服务的提供者",把大家定位成"用户"呢?

当我们相隔不再远,成为工匠和用户之后,不同的定位,就会衍生出不同的行为模式,所有的生长就有了脉络,所有的行为就有了基础。

说回到问题中来,怎么和客户有良好的沟通?我的答案是沉静下去体会,思考,找准定位,再去倾听、理解、感受,用相应措施来满足需求,这个过程就已经是最好的沟通了。

222:如何让人信服你?

答:无论是主持人、评论员,还是广告中心策划部主任,我的工作都需要令人信服。

要怎么做呢？我的体会有三层，第一层是问问自己服不服。

如果自己都不信不服，就不能指望别人信服。

我们可以在短时间里欺骗大部分人，也可以长时间欺骗小部分人，但我们不可能长时间欺骗大部分人。

自己信服，这是第一层心法。

第二层叫换位思考。

有时候咱们的东西真的很好，我们自己信服，但别人就是不买账，真是太让人生气了。

这就要冷静下来想一想了，沟通的价值规则是不是没达成共识？

打个比方，我用的是小米MIX2手机，在我们钢铁直男看来，这手机在当年堪称完美，设计理念之新锐，配置之高，简直无人能及，价格也非常厚道，当然是买买买了，我跟办公室另一个直男一人买了一个。

但当我们兴致勃勃地把这款手机安利给异性同事和异性朋友的时候，全都碰了壁。

原因真的很简单，这个手机是单摄，而且前置摄像头在右下角，自拍要把手机倒过来。

这些弱点在我们直男看来不值一提，我们根本就不自拍啊！拍什么拍，我们从来都拥有永远帅下去的谜之自信。

但没办法，这话你说服不了女生，人家直接一票否决了。

所以光自己信服没用，甭管价格，甭管配置，甭管设计，就是有一些直男看不上的牌子卖得如火如荼，不服也只能忍着，所以，所谓令人信服，得要换位思考。令人信服，是别人，咱们觉得再好，不符合别人的价值判断，那也是一场空。

第三层叫保有尊严。

就是在事情无可挽回、濒临绝望的时候，不垂死挣扎，不跌破底线，而是体面认输。

这话好像很鸡汤，说直白点吧，一个轻易跌破底线的人，一定会出现山体滑坡，这其实并不是他想要的，而是一场失控，失控跟令人信服当然就没什么关系了。

以上就是我的三层小体会，抛砖引玉，与你分享，也欢迎你说说和信服有关的故事。

Hmc：如何面对亲人之间的互相套路？

答：我没明白"互相套路"具体指什么，就个人的理解说一下：

1.一种"套路"可能是亲友们的善意，比如催恋爱催结婚催生娃，一方面是盼你好，但表达的方式你不一定喜欢；一方面也可能是想找个话题闲聊几句，省得尴尬，你也别当真了，顺着话题应承几句"我知道啦，让你们操心了，一定提上日程"等，让这个话题自然过去就行了。

2.第二种"套路"可能就是不太好的暗地里互相攀比了，那你也可以把自己的某一项要素发展到亲戚圈里无人能敌，这样好歹能抗衡一下不会全面挨揍。但也可以夸张地认尿，表达由衷的钦佩，快速满足他的虚荣心，然后赶紧躲开。如果还不依不饶……我有一计保证管用：找他借钱！

魂oblige：在没有掌握事件的全貌时，需要提出自己的观点，结果和高层的战略方向相左怎么办呢？

答：1.你要确保这件事你真的仔细想过，给出的是一个负责任的答案；

2.陈述观点时，尽量客观，千万别把话说满，而且，正反面都要考虑到，这不但是让自己的思维更加全面缜密，也能给自己留点余地；

3.在发现问题之后，不要反应过激、急于辩驳，而要认真倾听、学习，并反省自己的问题到底出在哪里，让你从错误里吸收营养，取得进步。

王新雨：职场新人，个人感觉沟通能力蛮强，和朋友老师父母沟通得蛮好的，但是在职场中感觉没多少机会和领导老同事们沟通，他们都不了解我，感觉我们之间存在着无形的屏障，这个问题怎么解决？还有领导和老同事们希望新员工进行怎样的沟通，才不会被认为是高调、拉关系？

答：1.少说话，多观察，先搞清状况，包括工作环境氛围和每个人的特点；

2.就观察到的情况，与父母师长交流，听他们的意见；

3.做个有心人，眼里有活，手脚勤快，对他人保持正反馈，被指点一次，就长进一点，迅速建立起好学、可靠、聪明能干的形象。

最后再强调一下，沟通不是都靠嘴，做什么可能比说什么更重要。

呼噜噜：进了新公司，各种融入不进去，当着大家面说话紧张，刚来的几天我还是很开朗的，现在两周了，一天比一天内向，领导交给我一个不能完成的任务，不知怎么办才好。

答：无法融入公司，有两种可能。一是你和公司的人存在很大差距。如果大家都比自己优秀，那当然是要谦逊好学，尽快追上大家。二是你的到来，影响了其他人，从而被孤立，那就要想明白领导为什么把你放到这里，再决定怎么做。

交办的任务无法完成，需要评估工作难度，如果在你能掌控的范畴内仍然无法完成，可以先跟领导沟通，再向同事取经，听取他们的建议，换种思路尝试解决。如果不在你的能力范围之内，仍然要做盘点分析，再向领导求助。

死胖熊猫：对中层来说，和下属沟通，抗性大的时候从哪个方面沟通？和平级沟通的时候，意见不同如何入手？

答：很好的问题，"说服力"讨论的就是这个点。

无论是下属抗性大，还是平级意见不统一，必定都是大家的目标不一致，这时需要放下身段，一是侧面调查，二是直接沟通，找到问题的症结，在理清双方的共同利益之后，有的放矢、予以协调。

如果最终意见依然无法统一，也不能失态，作为管理人员，控制不了情绪是很减分的，不如保持风度、积极运作，请能拍板的人定夺。

6-3. 讲故事

▶• 苹果如何讲出一个炸翻美国的故事

在工作中，我们总会遇到一些特别艰难的任务。比如，向客户做推介，向领导提方案，等等。这类任务的共同特点是时间短、任务重，偏偏项目又比较复杂，一两句话说不清。听众是更强势的那一方，总是露出一副冷漠而不耐烦的样子。

面对这样的情况，我们有一条高效率的沟通之路：讲故事。

下面，我们一起来学习三个讲故事的简单要领，就是情境、冲突和收获。

首先说情境，1984年，苹果计算机曾经制作过一个进入广告史的经典作品，那一年是计算机发展史上的一个重要里程碑，苹果电脑发布了全新的Mac图形用户界面系统。面对巨无霸IBM对市场的绝对控制，苹果决心奋力一搏。[2]如果你是苹果的广告策划人，你会抓住哪个点来宣传呢？是苹果绝对创新的技术优势吗？

请看下面这句话：

1984年1月24日，苹果发布了世界上第一台采用图形用户界面的个人电脑，与当时采用DOS命令行纯文本用户界面的IBM PC形成了鲜明的对比。

再看这句——情景化的情感召唤：

当以IBM为代表的大公司打算垄断先进技术时，是苹果勇敢地站出来反抗，让电子产品更加平民化，服务普通人的生活，而不是助纣为虐，变成控制人的工具。

苹果广告的策划人采取了后一种方式，根据英国作家乔治·奥威尔的小说《1984》进行再度创作，把IBM比作无所不在的控制人类的老大哥，而将自己设定为一个冲破既有格局的反抗者。

苹果公司的广告获得了空前的成功。

确实，表达重心不同，效果也完全不同。第一句话表达准确，也很精练，体现了苹果的技术创举，但人们就是很难记住。而策划人换了一个说法，将技术革新赋予了情感意义之后，就取得了意想不到的效果。

这两种表述之间最重要的差别，就是有没有情境。

情是情感，让你感同身受，而不是冷冰冰地叙述。

2010年，我主持过一场活动，给商务智能数码设备招募地区代理商。

当时，智能数码设备还是挺贵的，不算特别普及，我就讲了一个丢手机的故事。

大部分人都丢过手机，如何恢复上面的通讯录？大多数情况下，除了准备一个小本本把号码都先抄下来，也没什么好办法。我问大家，如果现在有一个功能，只要按一下，丢掉的通讯录就能自动恢复回来，你愿意给多少钱？商务人士的联络方式比较重要，所以大家纷纷报出了挺高的价钱。

我再告诉大家，类似这样强大而方便的功能，这个设备还有上百个，而且，不要钱！

那天的活动很成功，据主办方说，签约的数量超过了他们最好预期的35%。

地区经销商其实并不是很新锐，说大话、报参数很容易让人无感，但每个人都能感受到丢手机的麻烦和郁闷，这个话题就有了唤起情感的作用，再去沟通，就比罗列一堆功能容易多了。

这就是情。再来看境。

境就是环境，就是背景设定，就是我们学写记叙文的时候，强调的时间、地点、人物、事件。

我们刚刚提到苹果的《1984》广告，它的情境来自乔治·奥威尔的小说《1984》，主人公温斯顿，在虚幻中的1984年生活在大洋国，他的世界到处都是"老大哥"，"老大哥"什么都管，你想什么、做什么，都在他的控制之下。温斯顿因为和自由派的姑娘茱莉亚谈恋爱，惹恼了"老大哥"，两个人都被抓了起来，送去劳改。在遭受了打骂折磨等各种"批评教育"之后，温斯顿终于向大佬低头，背叛爱情，说"我爱老大哥"。

整个故事，就放置在这样一个荒谬而真实，充满压抑的环境里。

而苹果那条广告就叫1984，1984年，刚刚开发出里程碑式技术的苹果，正被IBM反复碾压。

当年负责制作这个广告的创意导演李·克劳将"让人民而非政府或大公司掌握操纵技术，让计算机变得普通人可及而非控制人的生活"[3]和苹果电脑的技术革新相结合，结果虽然这个60秒长的广告仅在美国超级杯橄榄球大赛的电视转播中播出了一次，却炸翻了整个美国。

所以，讲故事的第一个简单要领是：不要机械、抽象、冷冰冰，一定要设定有温度和色彩的情境。

讲故事的第二个要领：冲突。

在我们的表述中，如果背景情境是一个稳定的基础平台，那么冲突就是让这个平台大放异彩的助燃剂，谁都不想听平淡无奇的故事。

说回苹果的广告，广告里，整个画面都是沉闷的蓝灰色调，人们着装统一，面容冷漠，行动一致，大屏幕上正在播放"老大哥"的讲话。这是一个令人窒息的稳定环境。然而，一个性感的姑娘站出来打破了这一切，她穿着红色短裤、白背心，活力四射，后面是一群追捕她的卫兵。广告的镜头反复在鲜亮的奔跑者和恐怖的追捕者之间切换，营造了越来越紧张的气氛。终于，她赶在被抓捕之前，奋力跑到了会场中心，砸碎了那块象征着专制和权力的屏幕。

这就是冲突、矛盾，就是戏剧张力。正是这种张力推动着故事向前，让你有机会完整而尽兴地表达。

那么，如何设置冲突呢？你可以用一句话来提示自己：主人公是怎样达成目标的？

这句话里包括了一个完整的故事流程：主人公的目标是什么？碰到了什么障碍？为了突破障碍，他付出了什么努力？得到了什么结果？发生了什么意外？出现了什么转折？最后是怎样的结局？

无数的冲突，会在这七个环节里产生、变化、消解，然后又重新开始。

讲故事的第二个简单要领：不要平铺直叙，要设定冲突、矛盾，赋予你的故事以张力。

第三个要领：收获。

能否让你的听众有所收获，是决定故事是否精彩的重要元素之一。

为什么《西游记》里，取经的主角是唐僧而不是孙悟空呢？为什么要让他们历经九九八十一难，而不是让孙悟空一个筋斗云搞定呢？

为什么在《权力的游戏》里，冰原狼史塔克家族一定要家破人亡，就算幸存者重逢，也都物是人非呢？

因为我们喜欢这样的故事，英雄越平凡，遭遇的困难越大，我们从中获得的鼓舞就越多。命运的考验越多，战斗的时间越长，我们从中收获的力量就越大。

听完你讲的故事，你的听众心里会留下什么？这是你在一开始就要想明白的事。

尤其在职场，需要讲清楚你的故事，才能赢得信任，不然，听起来会很可疑，像是为了获得利益而编造出来的东西。

尤其需要强调的是，最好的故事是真实的故事。说真话，人的眼神都会更加坚定，感染力都会大大提升。

最后是本段的总结，我们分享了三个人人都能做到的，讲故事的简单要领，那就是情境、冲突和收获。

有感情的环境设定，充满戏剧张力的冲突和矛盾，以及听众能从故事里收获到的东西。

为什么很多故事会令听众不耐烦？

1.没有满足对方的预期。

对方问什么就答什么，不要否定，不要解释，不要铺垫，要先给答案，这叫结论前置。

2.逻辑不清、没有主线、话题枯燥、言语无味。

3.过于专业或者过于不专业（要用别人听得懂的话语来解释专业）。

▶• 问答：怎样讲好一个故事

姜为：老师，请问我每次在脑海中打草稿感觉还行，一开始说就总是不知道该说什么了，或者总是有遗漏，该如何改进？谢谢！

嗯哼：说话思路不清楚，表达没办法充分。

李心汶：讲话条理不清晰，自己听自己说话都着急。

西西：自己思路清晰，表达时着急就胡言乱语了。

大块牛肉：讲话讲不到重点上怎么破？

Xu Fred：张老师，肚子里有货，但一开口就乱了套，怎么破？

寻找小糖人：请问老师，脑子里有想法，但是表达出来的很差，老感觉词穷，怎么办？

答：这几个问题基本属于同一类，就是思路不清或思路清楚但表达不好。

我们先聊聊思路不清这个问题，它又分为"有时间筹备"和"必须即时反应"两种。

在有一定时间筹备的情况下的思路不清应该如何应对呢？

1.既然知道自己思路不清，那就注意先安排时间把思路捋清，适用于时间充足可以准备的场合，比如工作汇报、开会征求意见等。

2.时间较长，可以考虑写个稿。有时候我们觉得自己都记得，但到真说的时候根本记不住。推荐大家画思维导图来帮助自己，就是一张白纸一支铅笔，从中心往外延展，像一棵树一样，层层分枝、理清思路。

3.当场表达，但仍有一定思考时间，如开会发表意见，这就要快速厘清思路，首先提炼自己最重要的观点，然后找到为此观点提供支持的三个左右的理由。一句话亮明立场，然后分别论述，最后一句总结。

接下来是必须要即时反应的思路不清晰，比如被提问到时，应该如何应对：

1.先说两句套话给个引子，这在行内叫"垫场"，放慢语速，给大脑足够的时间组织接下来的回答。

2.对所有较长的问题使用"首先其次再次""第一第二第三"来回答，这是为了强行帮自己理清思路。而且注意话别多，多了容易乱。

3.如不是重要内容，不要补充，一补充就容易颠三倒四，扰乱听众的思维。

最后提示大家，方法虽好但只能用来救急！如果面临提问场合，还是要稍做准备比较好。祝大家每次都有精彩表现。

下面说思路清楚但表达不好的应对方法：

1.首先明确一点，有时候这个清楚真的只是一种幻觉，你可以试试能否很流畅地写下来，如果做不到，那还是按照前面的方法先理清思路吧。

2.真正思路清楚表达不好的根本原因是面对别人时的紧张或突然灵光

一闪的激动，导致语言混乱、突然停顿、表述含混等问题。

3.这里产生了一个衍生问题，如何缓解紧张情绪，在本章的第六节，我们还会深入聊聊。其实说到底，只要足够熟练，紧张问题总会解决，不过如果早点解决，就可以早点升职加薪了！

小小白菜1110：老师，经常乱说话，不过脑子，怎么办？

答：1.每天给自己定一个小任务：在开口之前先想一想，这话有没有问题？只要做到每天三次，就算自己达标；

2.为什么是三次呢？因为一下子改掉是不可能的，只定三次，其实是一个心理暗示，帮助自己养成这个习惯；

3.一旦你真的能做到一天三次，这种自我控制的能力就会越来越强，你担心的乱说话的现象，一定会大大减少；

4.顺便说一下，这种现象或许也说明你思维异常敏捷，是个优点。

匿名用户：老师，说话容易激动怎么办？

晓风残月：老师，说话超级容易激动导致说不清楚咋办？

答：说话容易激动，有可能是因为：

1.预设别人的立场跟自己是对立的；

2.代入感过强，把自己代入到了所谈及的场景中，就是所谓的"关心则乱"。

所以在平时的谈话中，我们可以刻意训练自己：

1.努力去找你与谈话对象的共同点，在这个基础上展开表达；

2.提醒自己，就事论事，养成从情绪中抽离出来的习惯；

3.给自己定一个小任务：每天控制住一次情绪就算合格，养成自制的习惯；

4.你还可以做一做语速练习，标准的语速是每分钟244~300个字，你可以找一段材料，比如《四声歌》，按照这个语速每天念一遍，这样就能找到稳定的感觉，话就容易说清楚了。

东郭虾饺：老师，我经常由于想得太多而啰唆半天，怎么改变呢？

答：1.事先打个腹稿，列个提纲，试讲一遍并录下来听听；

2.讲的时候只记住三个关键字，只准自己用总—分—总的结构表达；

3.如果是重要事务，事后给对方发一封邮件，文字会比较简洁清晰，这样做也更能体现你的职业素养。

6-4. 自信心

▶ 让"能量"贯穿全场

有很多朋友跟我聊过有关"自信"的问题，在沟通表达中，怎样有效调整自己的心态，让自己具备打动听众的信心，对我们的目标达成至关重要。

我们大概都有类似的经历，在面对气场相合的人的时候，我们的语言表达会变得非常流畅到位，但当对方明显比自己强势（自信）时，自己的心态就会很尴尬，表达也开始颠三倒四。

曾经有知乎网友专门给我发私信，说："完全被压制，不能自信说出自己的想法，声音越来越小啊！都要崩溃了。"

缺乏自信，再好的声音技巧都会难以发挥，我想从实践出发，和你分享三个稳定情绪的方法，分别是：唤醒成功记忆、重新评估消极和建立仪式惯例。

第一个方法是唤醒成功记忆。

当对方气场强势、地位优势明显的时候，要想迅速摆脱"自愧不如"的想法，建立自信，最最紧要的就是唤醒自己的成功记忆，给自己止损。

没错，回忆自己曾成功处理过的同类事件，有助于稳定情绪。

你可能会想，我就是因为没赢过才会紧张啊！我知道，但总有一些时刻，你曾面对巨大的压力，而且你挺住了。这样的经历你肯定有！而且还不止一次，这就是你的成功记忆。在受到压迫的时候，你要唤醒它，告诉自己，我容许自己输，但我绝不会让自己一路崩溃下去，当你退到一个点的时候，就会坚实地把自己撑住。

比如，心理学家们会让运动员在赛前听一些关于获胜记录的音频，用以提高比赛成绩。[4]

里约奥运会，女排半决赛生死战，中国队3比1击败荷兰队，打赢之后，龚翔宇抱着郎平郎指导号啕大哭，郎指导一直在对她说话，说的是什么呢？赛后，郎指导说："我告诉她，要记住这一刻。"

对，记住赢的这一刻。我总是认为失败不是成功之母，成功才是成功之母。一个经常赢的人，除了积累了大量赢的经验，还会建立起强大的信心，当这种信心越来越牢固，人的抗击打能力也就会越来越强，发挥也就会更加稳定。

每一次成功的记忆，都是你力量的源泉，碰到困难，就唤醒它，就像《哈利·波特》故事里的"呼神护卫"，这既不是哄小孩的童话，也不是骗自己的鬼话，是心理科学。

说完唤醒成功记忆，我们就要谈到第二个方法：重新评估消极。

拿刚才的私信做例子：不能自信说出自己的想法，声音越来越小。

这时可以试试这样：

1.告诉自己，我不自信，也是因为我务实而谨慎，这是优点。

2.仔细考虑一件你能想明白的小事，并清楚地表达出来。

3.不去隐瞒自己的不足，而是诚恳地表示希望获得指导。

谁都喜欢这样的人，你肯定能赢得大家的信任。

哈佛大学曾做过一项实验，安排大家在唱歌前，一部分人反复说"我好紧张"，另一部分人反复说"我很兴奋"。结果，那些说兴奋的人唱得更好，把不自信这种消极情绪评估为积极的特质，这就是重新评估的力量。

第三个唤醒自信心的方法叫建立仪式惯例。

我们经常会看到，剧组在开机之前一般有一套仪式，拜一拜祈求好运，也不是迷信，只是一个惯例。这种现象在各行各业都很普遍，歌德在创作开始前一定要有"称心如意"的笔，巴尔扎克写作时必须有咖啡。你可以说这样的举动没什么科学依据，但研究人员对运动员做过调查，发现赛前有一套仪式的人会表现得更好。

就说我自己吧，每次健身前，我会戴上一条小哑铃项链，这是我在能做一百个俯卧撑时给自己的奖品；再比如，开始录节目之前，我一定要讲个笑话；还有，在家录小说之前一定要洗脸，还要擦桌子；等等。

只要把这些仪式做一遍，状态就会好一些。

这是为什么呢？因为建立自己的仪式和惯例，是对自己可以取得成绩的心理暗示，它能够有效调整人的心理状态，让你逐步进入角色。

如果你还没有自己的习惯，这里有一个最简单的方法：你可以在办公桌上摆放一张你最喜欢的照片，可以是家人、朋友或者偶像，也可以自行赋予它一些意义。

这有点像鲁迅先生将老师藤野先生的照片挂在书桌对面的墙上，作用是："每当夜间疲倦，正想偷懒时，仰面在灯光中瞥见他黑瘦的面貌，似乎正要说出抑扬顿挫的话来，便使我忽又良心发现，而且增加勇气了……"[5]

好了，让我们总结一下刚刚分享的三个策略。

建立自信，一要唤醒成功记忆，用过去积累的能量驱动现在的自己；二要重新评估消极，找到消极情绪中包含的优秀因素为我所用；三要建立仪式惯例，用一系列的仪式和惯例来稳定情绪，让自己顺利进入角色。

问答：自信心不是虚无缥缈的东西

匿名用户：社交恐惧症，感觉现在已经严重影响职场形象了，该怎么办？

答：1.要弄清具体是什么情况，我们的各种"病"，都有着明确的对应"症状"，如果怀疑自己真的患了心理疾病，就一定要接受专业的治疗，不能马虎。

2.如果你的"社交恐惧"只是内向、缺乏自信，或者容易害羞，那我建议首先从多参与集体活动开始，渐渐增加跟同事的接触，即使是一起吃一顿饭也行。共同的体验和经历，是交流破冰的开始。

3.有一个小技巧，训练自己说话时提颧肌，这是最容易传达出友好的方法。情绪就像乒乓球一样，都是相互传递的，自己先给一个微笑，就容易得到微笑的回报。

小猪5106：想请问老师，我不喜欢和领导层有直接沟通，感觉容易说错话。另外如何在与其他单位的高层领导沟通时短时间将气氛变得融洽起来？

答：1.和领导的沟通，大多数情况下是预料之中的，可以提前准备，列个提纲，设想一下问题和回答，尽量考虑得充分一些，这样会大大降低说错话的概率。

2.准备充分，你的表现就好，信心就强，这会形成良性循环。

3.临时谈话，以听为主，碰到领导征求你的意见，不必马上回应，思考之后再回答，既礼貌也稳妥，还能体现你的专业。

4.职场交往讲究对等，与外单位高层领导的融洽相处，一般是你领导的职责，如果单独接触，礼貌、热情、周全即可，太过活跃不一定合适。

King：张老师，请问如何克服说话腼腆、没逻辑，在和陌生人或者老师交谈时底气不足的问题？

答：我这里有个小练习，你可以试试看：

精心准备一个小话题，练熟了之后，去跟别人讲。

因为精心准备了，所以逻辑肯定严密，因为反复练习了，所以不会那么腼腆，把准备好的小话题流畅自如地表达出来，为自己积累一点能量，找到这种不一样的感觉，之后记住它。

另外，独处时，可以做一些扩大自己存在感的肢体练习，例如把双臂打开伸向身体两边，感觉自己的呼吸，也可以双手叉腰。目的就是让自己的肢体占据尽量多的空间，增强自信。

如果你可以顺利表达这个小话题了，那么再深思熟虑一个公共话题，和大家交流试试看。

小葱：我想在与人沟通的时候，能够自然地显示出强大的气场。我不缺自信，但与人沟通方面有"惰怠症"，这是我发明的词，就是不积极主动。

答：有自信，但懒得跟人交流，这其实也可以理解为一个非常好的潜质。狮子老虎都是懒洋洋的，强大的动物从来不会一天到晚都跑来跑去。

所以，如果你既懒得交流，又希望能自然显示出强大气场，就要像狮子老虎一样，在力量上超出别人几个等级，这样流露出来的震慑力无须言语。

随身没带充电宝：怎么降低神经质人格和情绪化对工作状态稳定性的影响？

答：感觉得到你的心情很不好，我先给一个简单的建议吧。

当情绪低落的时候，多做简单的、不用动脑的工作。当大脑被简单的重复性工作占据时，就不太能想起坏情绪这回事了。但长远看，还需要在做事过程中多增加理性思考，多考虑自己的中长期目标，意识到情绪化对自己的伤害，慢慢学着去控制它。

6-5. 互动性

▶•训练 "对象感"

表达好不好，这里有一个小小的测试：你能把稿子念得像正常对话吗？

请注意，是没有念稿的痕迹，就像在跟人聊天一样的那种感觉。

如果你想做到这一点，那就用得上下面这个技巧了。

一位网友问道：竞聘职位的PPT，需要怎么讲？是先完全背熟文稿再加上些许临场发挥吗？有没有什么这类场合的演讲技巧？

我的建议是，写好了念一遍看上不上口，念的时候请录音，最好是录像，自己看看顺不顺，做完这两件事，你自然就知道哪里还可以改进了。

至于要不要完全背熟，我的意见是不要。因为就算你在家背得滚瓜烂熟，等到了竞聘的场合，整个环境、气氛、心态都会发生变化，在这种情况下，万一背不出来了呢？把稿子完整背出来当作一个目标，很容易陷在某个句子或者段落里，一旦卡住，满脸尴尬拼命回忆的样子，一定会给你大大减分，不必冒这个险。

更稳当的做法是，靠反复练习牢牢记住提纲，然后根据提纲和关键字，一遍遍脱稿去讲，讲到你能说出来而不是背出来为止。那PPT做什么用呢？用来提示自己，在某些脑子一时打结的段落和句子之间，看上一眼就行。

念稿有什么问题吗？

问题很大，因为决定你气场强弱的，首先就是你目光笼罩之下的空间大小，一旦眼睛离不开稿，气场就会收缩到稿件这么小的一块，而且，观众能感觉到你们之间的联系断了，于是，他们就会开始玩手机。

所以，该怎么做才能不让观众玩手机呢？答案是请他们吃小龙虾，或者保持你们之间的联结，这在专业上有一个专用的名词，叫作对象感。

对象感是一种能感觉到受众存在，并及时反应应对的能力，意思是你能意识到观众的情绪，并由此来调整自己，从而完成更好的表达。

下面是三个从易到难的练习方法，你只要试着去实践，肯定就能够得到提升。

首先说现场，比如刚刚的案例中说到的竞聘场合，上台之后，你首先要在面对现场观众的时候，礼貌地环视全场，一方面是有个目光的接触，等于是打招呼；另一方面，是为了找到能给你友好回应的人，对着他去表达，你的感觉就比较容易找到。

其次，有时候我们面对的是镜头，用力盯着镜头吧，眼神会直愣愣的，不好看。如果不用力看，眼神又容易显得很飘忽，所以，如果有采访者，你就看着采访者，如果没有，你就把自己的眼神想象成一个物品，轻轻地放在镜头的下方。

看完这一段，请拿出自己的手机进行录像，放到正前方对着它说话，拍下你的样子。

在过程中，你可以尝试不同的表达方式，再像我说的那样，把自己的眼神想象成一个物品，轻轻地放在镜头的下方，请注意，是轻轻地，不要恶狠狠地去盯着，当你这样去看的时候，对象感产生了，你和观众就联结上了。

好，接下来说最难的，就是你眼前只有一份准备好的讲稿，怎样才能把稿子念得像正常说话呢？

有一些常规方法，比如要记提纲不要记字句，要在段落开始的时候强记内容，然后抬头看着观众，对着观众讲。这些很容易理解和实践，我们就不多说了，要讲的是一个特殊的训练方法。

人们对什么样的人说话状态最好呢？

肯定是相互尊重、相互认同和喜欢的人，是那些对你的表达高度专注、实时给你积极回应的人。

所以，在做重要沟通前的练习时，我们要以这样的对象为假想目标，你对着这样的人讲个两三遍，记住这种感觉，就够了。

听到这儿你肯定会想，虽然确实是有这么个人，可没法随叫随到给我当陪练哪。

好了，我们可是生活在一个科技高度发达的摩登时代，没法请来真人，他也可以存在。

找到这个人，跟他说明来意，然后掏出手机，把他听你说话的样子拍下来。

练习的时候，你把这段影像放到电脑上循环播放，对着这个影像去说，记住这种感觉。

比如此刻，我的电脑桌面是一张龙猫的插画，龙猫是我女儿最喜欢的卡通形象，每次看到龙猫，我的心就会顿时变得温和、耐心且平静起来。

龙猫就是我的电子陪练，这个小窍门，我经常分享给我的服务对象，大家的反响都很好，所以，它一定会帮助到你！

另外，特别需要提醒的是，重要讲话前的最后练习，一定不要找会批评你的人。

你在重要的讲话前一般都会找个信任的人，"我来讲几遍你帮我看看，提提意见，好不好？"

受委托的亲友当然也非常尽责，讲完之后，通常都会给你提出一二三四五条毛病，让你改改。

这样的做法大错特错，已经是最后关头了，什么毛病也来不及改了，到这个节骨眼上还挑，除了增加你的心理负担之外，没有任何意义。

这个技能其实不太常用，因为我们普通人也不怎么经常登大台，但这种场合，往往是人生的高光时刻，值得花时间来练习。

正确的对象，会成为你力量的源泉，从此刻起，我们一起来建立对象观念吧。

6-6. 紧张感

▶• "念、录、想"化解陌生感

刚刚我们聊到，人生中总有一些高光时刻具有很高的价值。比如，面对重要客户的提案、面对领导同事的公开汇报、新产品介绍和大型活动里的致辞讲话、婚礼上的发言等。这些时刻，难免会有一点紧张。

当声音私教这几年来，有很多学员跟我交流过这种情境下的问题。

有的问，每次在脑海中打草稿感觉还行，一张嘴就不知道该说什么。

有的问，自我表达还行，但如果有同事持不同观点，就紧张到没办法回应。

还有的问，每次面对许多人的时候，都会紧张，手抖，声音也抖！

所以，究竟怎样才能实现良好的情绪控制，让自己不紧张呢？

我们需要处理好三种关系：与环境的关系、与内容的关系和与自己的关系。这就是本章《发声的心理建设》的最后一节，让我们来分享能让你稳住情绪不紧张的三个方法。

首先，处理好跟环境的关系。

谈到环境，最考验人的环境是聚光灯下。比如舞台，站到台上，被灯一照，很多人就不由自主地开始紧张，或许你还会因为这个觉得自己没用。其实，这不是你的错，当我们意识到有许多眼睛在注视着自己的时候，大脑中的杏仁体会警告你，你被当成猎物了，快逃命吧！

这种时刻，你会呼吸急促，这是为了快速补充氧气；手心出汗，是为了让自己不容易被抓住；血开始朝胳膊大腿回流，你的大脑一片空白，这是为了方便逃跑或者战斗，这是我们的生存本能在自我防护。

了解了这个原理之后，我的第一个建议是熟悉场地。

我们知道，在大型演出前，演员都要走台，哪怕只走一遍，出错的概率都会大大降低。因为熟悉可以带来安全感。你可能会问，如果我没条件反复走台怎么办？又或者，我不想在人前走台，有没有什么见效特别快的办法？还真有，那就是打灯。你一定见过影视剧里面，如果要体现一个人特别紧张的心理状态，常常是在空旷空间里，一束强光打在镜头前，造成一片白亮的眩晕效果，什么也看不清，同时，还有一些回声在反复回荡。

没错，强光照射特别容易让人紧张，影视剧这样表现，就是希望观众感同身受，进入情景。同样的道理，咱们没有强光束，但是你可以用手电筒照着自己，创造一个基因里埋下的高度危险的环境暗示，这时候，讲讲你准备好的稿子，就相当于接受了一次魔鬼训练。

不瞒你说，有了这种经历之后，再上台看到观众，简直就像看见了亲人一样。

还有一个小诀窍，就是可以利用你良好的人际关系，打一个埋伏。我们要确保在现场的观众当中，有至少一个对你满怀善意的人，如果你实在来不及提前邀约这个人，也可以在讲话前，用一两秒钟的时间带着微笑，扫视全场，记住那些会给你笑容回馈的人，在你紧张的时候看看他，他的友善就是你的镇静剂。

总结一下，如何让自己不紧张呢？首先处理好与环境的关系，熟悉你要表达的环境，走走台，消除陌生感，没有条件的话，就进行一两次强光照射练习。同时，我们还可以找一个充满善意的倾听者。

接下来要说说如何处理好跟内容的关系。

有学员问："老师，我单独书写的时候能写出非常多内容，条理还可以，比同龄人强，但到即兴表达的时候就很不成熟。"还有人问："我与人进行沟通时有很强的滞后性。如果是像写作一样润色很长时间的演讲，有可能会比较成功，但与人进行即时性的沟通，大脑的反应很慢。"

我理解这种感受。

换句话说，就是我们有文本语言的生产能力，但有声语言能力稍弱，这就需要处理好跟内容的关系了。

具体来说，我们要把握住三个要领：念、录、想。也就是念课文的念，录音机的录，琢磨事的那个想。

我强烈建议，你一定要大声念出来。哪怕只念一遍，你也会发现，书面语和口语完全是两回事。请注意，是大声念，而不是用眼睛默读。一次需要口语表达的任务，如果用文本语言的行文风格去准备稿件，就很容易让自己别扭。什么样的稿件适合口语化表达呢？念出来顺口的。

光念还不够，还要录下来。

在前面的章节中，我们已经了解到，人听自己的声音是通过骨传导，听别人的声音是通过空气传导。骨传导对声音的美化作用，相当于给它做了个PS，我们要充分调动调控系统，把自己的声音录下来，放给自己听，就是要得到真实的反馈。我们是表达者，要站在听众的角度去分析琢磨，才能更加有效地改善我们的表达，因为这才是别人听到的你真实的声音。

一开始，你可能会有点不习惯，甚至听不下去，但没关系，录音会为你提供一个真实而准确的坐标系，方便调整。好听难听其实没关系，就怕给蒙在鼓里，不知情。

念和录做完，还要想，想一想，如果脱稿表达，记住哪几个关键字对自己帮助最大。我当然建议你背稿子，并反复演练到可以脱稿讲述的程度，但实际上，绝大部分人没有足够的时间精力来准备这些，那我们就采取记提纲的方法。比如，如何不紧张，就记三个关键词：环境、内容、自我。

内容这个部分，也只记三个字：念、录、想。

这样循环个两三遍，你就会惊喜地发现，内容不再是你的敌人了！

▶ 放平心态，学会"主动尴尬"

现在我们来到了化解"紧张感"的第三步，也是最重要的一步，就是处理好跟自己的关系。

我们想象中的自己，常常像乔布斯那样满怀激情、充满感染力，但实际上，我们上台很有可能紧张得手都不知道往哪儿放，拿起话筒准备说话，又觉得嗓子不够清亮，不由自主就"嗯"地清了一下嗓子。在一种"天哪，我怎么会做这种不得体的事情"的自责中手忙脚乱，一不小心还多按了一张PPT，只好又狼狈不堪地倒回来重说。

上面的情景，是我针对搜集到的大量学员用声场景的一个模拟，为什么会出现这些问题呢？主要是我们给自己设定了一个过于完美的人物形象，定了一个过高的预期。

所以，有什么好的办法可以解决这种尴尬吗？

有的，首先，面对我们自己，可以像前面说的那样，通过录音录像，可以让我们了解到真实的自己，这样，就会对我们自己的表现有一个预判，一个正确的评价，不会再有过高期待。其次，对外，面对受众，我们可以设计一个桥段，降低别人对我们的期许。

降低他人的预期，最简单的做法就是"自嘲"，这里隐藏着一个心理学原理，叫"仰巴脚效应"（Pratfall Effect）。它的意思是，太过完美的人，人们会觉得高高在上难以接近，或者会使自己相形见绌，从而保持距离，而适当犯错的、具有缺点的人，更容易赢得别人的好感。

一句话，主动露怯、打破完美的人往往更讨喜。

让我们来看几个例子：

新文化运动的倡导者胡适先生在大学演讲，引用孔子、孟子、孙中山先生的话时，在黑板上分别写上："孔说""孟说""孙说"，而发表自己的意见时，则写上两个大字："胡说"。[6]

创作了风靡全球的"哈利·波特"系列小说的J.K.罗琳女士，在2008年的哈佛毕业礼演讲中开场就说："毕业礼演讲是一个伟大的任务，我不禁回想起我的毕业礼上的演讲嘉宾哲学家Mary Warnock，她的演讲对我起草今天的演讲稿提供了巨大的帮助，因为她演讲中所说的，我现在一个字也想不起来了。"[7]

张泉灵在2017年北大深研院毕业典礼上的演讲，是这么开场的："各位老师，师弟师妹们，恭喜大家，差不多把能上的学都上了，看到每个人都比我学历高，让我很有压力。让我更有压力的是，毕业典礼的演讲，大家听过那么多回，口味刁钻，鸡精不够用了。"[8]

在综艺节目《开讲啦》中，主持人撒贝宁在做中国女排节目的那一期，是这么调侃自己的："我昨天晚上回去翻我的鞋柜，翻了一晚上，看哪一双能够在今天帮上我一点，结果发现都起不到什么作用。"[9]

镜头一摇，中国女排队员在台上从高到矮站了一排，撒贝宁在最边上，站得像个满格的手机信号，台下观众笑成一片。

你看，这些著名的公众人物，调侃自己在胡说八道，提醒观众自己的演讲将会被快速遗忘，标识自己学历不高压力很大是来给你们灌鸡汤的，自嘲自己的身高不够高，等等。这里的抢先自嘲，让所有观察的观众不好下手，而以强势的身份主动示弱，可以迅速赢得别人的好感和善意，打破隔阂、建立亲切感。毕竟，我们都更喜欢和有缺点、有血有肉的人相处。

再说说我自己吧，2018年，我接受贵州卫视采访，其中有个快问快答的环节，不知道主持人会问什么，也不给时间准备，主持人田佳佳老师善意提醒我："不要紧张哦！"我说："没事我不紧张。"她说："那行我开机了。"就开始问："你是怎么应对焦虑的？"我说："我不焦虑啊。"她很好奇，说："为什么啊？"我说："因为我知道自己无能啊……"她扑哧一下乐了。

气氛顿时轻松了起来，我才不紧张呢。

再说个例子。2017年我上了江苏卫视的《一站到底》节目，这是一档特别棒的节目，同样也是抢答，彩排试答时，我答得挺好，编导王迪雅老师就给我提了一个建议，她说："张老师你非常棒，但这档节目整体的节奏是紧张快速的，你能不能表现得稍微紧张一点？"

这个建议非常合理，你一个人慢悠悠，会影响整档节目的感觉，镜头给到你这儿就跟踩了脚刹车一样，不流畅，观众看了会难受。

于是，我在正式拍摄时就很努力地去表现紧张和好斗，比如面部表情狰狞啦，双手握拳攥紧啦，等等，这种不自然的状态严重影响了发挥，结果答错了一道我明明会的题，我到现在都记得，听歌猜电影，明明是《马路天使》，我说是《天涯歌女》，只能是掉进坑里，首轮就惨遭淘汰。

这个教训特别有价值，你看，我们只是普通人，其实并不会有天塌下来的缺点，但如果有意扮演一个不真实的形象，反而会破绽百出，不如主动黑一黑自己，让大家哈哈一笑，你也能放松下来。

总结一下，怎样让自己不紧张，我们可以处理好三种关系，分别是环境、内容和自己。

搞定环境，要靠走台适应场合，或者靠光照强化训练，找到会对你微笑的人。

搞定内容，记住三个字：念、录、想。

搞定自己，靠自我审视，降低自我期待，靠"主动尴尬"降低他人期待。

稳住情绪不紧张的方法就说到这儿，恭喜你，又掌握了一个听得懂、记得住、做得到的实用方法。

注释及参考文献

注释:

[1]雯悦，肉肉.霸气女创始人：我挖了迪士尼高管，2年把公司干到100亿！.创日报，2017 – 02 – 24.https://news.pedaily.cn/201702/20170224409278.shtml.

[2]若雨.回顾苹果电脑佳话：重温1984年经典广告.新浪科技，2004 – 09 – 23.https://tech. sina.com.cn/pc/2004-09-23/1523430743.shtml.

[3]陆坚.再读1984传奇：写在苹果Macintosh诞生30周年.新浪专栏　创事记，2014 – 01 – 20.https://tech.sina.com.cn/zl/post/detail/it/2014-01-20/pid_8441222.htm.

[4]倪银霞.如何克服歌唱中的紧张情绪.课程教育研究，2012(35)：213-214.

[5]鲁迅.鲁迅全集：第二卷.人民文学出版社，2005：313-320 .

[6]胡适轶事.重庆商报，20070707.

[7]J.K.罗琳2008年在哈佛大学毕业典礼上的演讲：失败的好处和想象力的重要性.

[8]张泉灵.张泉灵2017年北大深研院毕业典礼演讲：如何追寻有趣的人生.泉灵记着微信公众号，2017 – 07 – 01.

[9]开讲啦：中国女排，CCTV-1，2016 – 10 – 04.

参考文献:

祁芃. 把握播音对象感的自我感觉.现代传播：中国传媒大学学报，1991（3）：106-110.

陈冰凌.听说之间——广播节目对象感浅析.传媒，2014（7）：75-77.

吴新.也谈节目主持人的播音.现代传播:中国传媒大学学报，1985（3）：50-53.

毛泽东.毛泽东选集：第一卷.人民出版社，2008.

杰瑞米·多诺万.TED演讲的秘密：18分钟改变世界.冯颙，安超，译.中国人民大学出版社，2014.

斯蒂文·E.卢卡斯.演讲的艺术.顾秋蓓，译.外语教学与研究出版社， 2014.

彼得·迈尔斯，尚恩·尼克斯.高效演讲：斯坦福备受欢迎的沟通课.马林梅，译. 江苏人民出版社，2015.

SOUNDING

7

"动听"
那些事儿

声音的魅力

7-1. 普通人可能将播音主持当成职业吗？

▶ 到底该不该报考播音主持专业？

2017年，我主持了配音艺术家孙渝烽老师的新书签售会，现场来了很多有声语言艺术的爱好者，也有一些家长带着孩子来接受熏陶。

在座谈结束后的现场互动单元，一位家长就问我："我的孩子现在正在上中学，说话好听，表达能力特别强，我觉得他有播音主持的天赋，是不是应该培养他来走这条路呢？"

这是我经常会遇到的一个问题，除了父母为孩子前途考虑，很多有志于从事播音主持事业的青年朋友，也会问，该不该报考播音主持专业？

这个问题其实在问，普通人有可能将播音主持当成职业吗？

因为牵涉到时间成本、机会成本以及大量精力财力的投入，所以这的确是一个非常严肃的问题。今天，我想借着写这本书的机会，完整地和你分享我对这个问题的观察。

到底该不该报考播音主持专业？我有两个答案。

第一个答案是，当然该考。

以中国传媒大学、浙江传媒学院等为代表的开设播音主持专业的院校，在艺术上的标准是全国一流的，对考生的形象气质、身材身高也有极高的要求，最关键的是，他们要求的文化课分数，往往高过重点线。

图7-1 | 2017年中国传媒大学北京地区本科录取分数线

可以说，这样的院校，培养出来的播音主持类人才，不管是在文化素质、专业水平还是外在形象气质等各个方面，都是万里挑一的好苗子。

能够进入到这样的环境学习，能够在这样的集体里结识一流的老师和同学，能把这样的平台作为自己的人生起点，当然是一个上佳的选择。只要你有志于从事播音主持事业，当然应该考。

第二个答案是，当然不该考。

近些年来，播音主持专业的就业率持续走低：2012年上海市对包括播音与主持艺术专业在内的18个低就业率本科专业发出"预警"；[1]2014年7月，在教育部公布的2014年最难就业的专业榜单当中，播音主持专业名列前茅。[2]地方高校播音主持专业的对口就业率基本在10%～20%之间，大量的学生学了四年播音，却无缘走上主播台，不想失业就只有转行。[3]

为什么会出现这样的情况呢？

一个原因是，"大学开设主持专业，可能是一个美丽的错误"。

1995年就参与筹建上海戏剧学院电视艺术系主持专业，并曾担任电视艺术系主任的孙祖平教授说："上戏培养出的明星、主持人们，成才主要得益于表演专业教学和口才方面的教育，而非所谓的'主持'教育培养。而现行的主持教育，缺乏的恰恰是为主持人定性的专业教育。"

在中国，近300所高校开设主持人专业，在校学生已达数万，有关主持人的理论著作和教材超过100种，有关主持人的理论文章多达几千万字；而在美国，这个数字竟然为零。

同样的疑惑，也困扰着主持人杨澜。在哥伦比亚大学这所藏书不可谓不丰的大学里，杨澜却没有查找出一本有关主持人理论方面的书籍。她甚至发现，美国并不存在定义严格的主持人这一职业，几乎所有的电视节目主持人都来自电视之外的职业背景。[4]

的确，即便在传统的电视主持人培养中，新闻、娱乐、教育、财经等不同节目主持人，在专业的区分度上也已经非常明显，很难用一套专业的教学方法，来完成统一培养。

孙教授这样的看法，当然是因为爱之深，故言之切。但只要我们稍加回想，马东、蔡康永、高晓松、罗振宇、张泉灵、白岩松、崔永元、柴静、董卿、孟非、何炅、谢娜，窦文涛等，这些深受广大观众欢迎的主持人，的确没有一个是播音主持专业出身的。

▶• "动听"新职业正在成长中

近些年来，播音主持岗位的需求量其实很少。截至2003年底，全国在岗的播音员主持人是22600人左右。[5]而到了2013年，全国2568家广播电视播出机构中，共有在岗播音员、主持人的人数是29683名。[6]

在中国社会飞速发展的这十年，从业人数仅仅增长了7000多人。

这真的是一道"窄门"。

但是从另一个角度看,刚才我们的例子中,很多今天功成名就的艺术家、明星主持人的成长经历,都会增强我们从事这个职业的信心。

随着时代的迅速发展,传统的"播音主持"行业已经开始向新兴的综合性"口语传播"行业转化,越来越多综合素质优异或学有专长的人,通过基本声音技能的培训,已经顺利加入社会化大分工下新的有声语言艺术工作中来。

配音师、游戏主播、有声图书演播员、知识付费讲师、微信公众号声优、亲子陪伴员等,好声音的使用场景爆炸性地增长。人们对有声语言艺术的价值理解也在改变。

以往,从事播音主持事业,需要很高的行业准入门槛,要通过专业的录取途径,主要是艺术生选拔。今天,互联网带来的终身学习理念和方便高效的信息传播方式,使得有志于从事声音艺术创作的普通人,已经可以选择琳琅满目的培训产品,不经过这道窄门,同样可以通过努力学习,获得"动听"的好声音,为自己、为社会创造新的价值。

其实,很多朋友问我"要不要去专门培养孩子"这个问题,是因为长久以来,在大众视野中,对播音主持专业的特点一直认识不足。很多人以为,不就是说话吗?根本不必投入很多时间和精力来学习,你就是学这个的,那这种岗位不找你找谁呢?

不知道看过这本书之后,你的认识会不会有某种程度上的改变呢?

对有声语言艺术工作者来说,如果你只看到明星、主持人丰厚的报酬和巨大的影响力,从而抱着试试看的心理,想要挤进这个行业,那么哪怕你已经接受了正规播音主持教育,对你来说,这可能也是一个最坏的时代;但如果你真心热爱有声语言艺术,并且认识到这门专业技能也需要通过勤学苦练才能达到良好效果,相信"动听"的声音真的可以创造无限的价值,那么哪怕你没通过正规教育体系中的播音主持培养,这个时代也会给你无穷无尽的可能性,这也可能是一个最好的时代。

是的,无论通过哪种方式,我都希望你可以遵从自己的内心,通过不懈努力,实现自己的愿望。

7-2. 影视配音和日常生活表达有什么不同？

▶• 你有"成为他人"的能力吗？

　　2017年，综艺领域有一个特殊的现象，就是以前不温不火的文化类节目，突然发力，火遍全国。其中有一档配音类的节目叫《声临其境》，节目中演员老师们深厚的配音功底让人大开眼界、深深折服，"吃瓜"群众随之对配音这件事兴趣大增，这一节，我们就来聊一聊配音里面的小故事。

　　配音其实分很多种，包括新闻配音、纪录片配音、广告配音等，《声临其境》里展示的，绝大部分是影视配音。有一期节目，赵立新老师露面之前，大家都在猜测这个人到底是谁。一个姑娘说："是张涵予吧？"赵立新老师一听，打趣说："这是对我的侮辱。"[7]这一段播出后，在网上也引起了不小的争议，很多人说："哟，你谁呀你，怎么这么傲慢，就算有点才华，也不应该这么说话。"

　　其实这话有个背景，赵立新跟张涵予的关系是很好的，他俩都热爱配音，早年经常在一起学习交流，是特别好的朋友，这句玩笑话，和相声演员之间的"砸挂"有点类似，那是关系好不见外，大家千万别误会。

　　看荧屏上演员们迅速进入角色，配音声情并茂，也让我们的情绪起伏不已。那么，影视配音的用声，和日常生活中的用声有什么区别吗？

用一句话概括，影视角色的配音，属于表演范畴，它的本质是演。

我们日常说话时，是以自己本来的身份在说话，这时候，你的表达方式要和你这个人的姿态仪表、生活习惯相统一。这种表达，首先重要的，是一个"真"字。只要身份不变，不管在什么场合，我们的表达和我们的自我是统一的。孟非也好，蔡康永也好，马东也好，他们即便在主持节目，"自我真实表达"这个设定都不会变。

而影视配音表达的主体是角色，如果还一成不变地保持我们日常说话的状态，那配什么角色都会变成一个样子，你说起来别扭，听众听起来也别扭，就像一个打了半辈子仗的普通士兵，说话的感觉一定和书斋里的学者教授有所区别，如果分寸感没有掌握好，我们就会"出戏"。

因为这种底层不同，两种表达在用声特点上就会有非常大的差别。

从有声语言艺术的角度来说，我们的日常说话，也包括以自己的身份主持节目等，它的难度在于思维、语言的组织、内容的深度、信息量、深度、角度、力度等，这时候比的主要是脑子。

而影视配音，更多比的是你的理解和表演能力，配音演员的表演常常会变换角色，今天配过一个性格刚毅的角色，明天可能就要配一个犹豫懦弱的。不管角色反差有多大，配音演员都必须要丝丝入扣、栩栩如生地贴上去，这就特别考验人的理解和表演功力了。

一句话概括，在影视配音的过程中，你要努力地成为特定情境中的"他人"。

▶• 影视配音是"魂的再塑"

2018年，我有幸见到了为译制电影配音的著名艺术家乔榛老师，乔榛老师在现场做了示范，并点评了我们的配音、朗诵作品，还就这些年他一直在致力传播的"魂的再塑"的理念，给我们上了一堂课。

我们通常都觉得，配音当然是用声音去塑造角色。但乔榛老师谈到译制片配音时，特别强调，配音演员们是在银幕上用语言、声音、心灵塑造人物形象。必须在还原原片的前提下，体现出人物的情感意愿、动向、语气、声调、音色、节奏等特性，但又要是个说中国话的人。[8]

下面，我想结合在现场听到的乔榛老师的讲解，和大家谈一谈自己的体会。

从字面上来看，什么叫"魂的再塑"？

先说再塑，为什么不是重塑？为什么不是塑造？

这就要说到配音创作的特点，行内经常说，配音要贴脸，口型也要能对上，不能够让别人看出这是配的，你得让人觉察不出再创作的存在才行。所以，配音创作是建立在演员表演基础上的再度创作，必须是以作品为主，配音演员是配合者。这就是再塑而非重塑、直接塑造的根本含义所在了。配音演员要摆正自己的位置，不能反客为主。

但也正因为这个特点，加上大多配音艺术家的谦和低调，在当下，反而出现了一种怪象，配音演员们非但在收入上远不如出镜演员，有时甚至在片尾字幕里连个名字都没有，茶水司机各个工种都有，偏偏不让配音演员留名，因为有的出品方不希望观众知道这个角色是别人配音的，怕会减损大咖演员的魅力、影响形象，干脆就把配音演员给有意忽略掉了。

我不从事配音行业，但接受不了这样不公平的做法，借此机会，也呼吁广大的观众，尤其是有声语言艺术的爱好者，多关心和支持我们的配音艺术家，让他们得到应有的尊重。

当然，随着社会文明的进步，以及配音界齐心协力地对外发声、呼吁和努力奔走，现在大众对影视配音艺术已经越来越了解，台词功底，也越来越成为一个好演员的必要基本功。

再来看"魂"这个字，什么是配音创作的魂魄？乔榛老师的这个论断恰好点出了真正的关键。

我们绝不仅仅是用声音去塑造角色，现在的很多新人或者非从业者，最容易犯的一个错误就是急着开口。拿起一个剧本、一段素材，就赶紧念。

这就会带来几个后果：第一，因为不理解角色，而造成表达基调的偏差；第二，反复念，却因为始终停留在低水平重复的程度上，让自己失去了新鲜感；第三，前面的两个原因，导致自己的表达不到位、不够好，就会转而追求所谓的技巧。

比如我们现在听一些创作，就感觉到这些创作者在炫耀自己声音的华丽，当我再听这样的一些作品时，仿佛满眼都是一张张得意的脸：听我的声音多好啊，多华丽呀，多有魅力呀！

至于角色是谁？有什么特点？情节是怎样？这个故事的环境情绪氛围是怎样？完全记不得。

说到这里，我就想到了赵立新为《魂断蓝桥》配的音，这是罗依向玛拉求婚的片段。在原版译制电影当中，这一段是乔榛老师配的，乔榛老师介绍过这一段创作背后的考量，角色的情绪其实是很复杂的：一方面，罗依出身于贵族家庭；另一方面，他又不受这种传统观念的束缚，大胆而热情。这种大胆而热情，不是冒昧轻浮、不是随便，而是饱含深情的真诚。所以，这一段表达中，融汇了果断、坚定、赤诚、深情等多种情感，令人心醉。

这就是创作的魂魄，用心灵去创作，而不是用技巧和经验去创作。

要去用心体会，去深入地理解故事、人物，让之后的表达建立在"灵魂附体"的基础上，而不是流于表面、耽于技巧。

如果能够做到这一点，那就接近了艺术境界里的"真"，返璞归真的"真"是一个至高境界。

那天，乔榛老师也指导了我的朗诵习作，并给予了鼓励：

"安徽高人多啊！很好，你非常朴实、自然！咱们就要说心里话。拿到作品，不要去琢磨怎么处理、安排，如何跌宕，应该去寻找内心真实的声音——如果是说话要怎么说？不要有朗诵的概念，这样就会有非常质朴和自然的语言进入你的作品。很好，继续努力！"

这当然是老师对后辈的勉励，我的水平还远没有到这样的程度。

但这也告诉我们，高水平的配音，演员们大多处在忘我的状态下，处理作品不能有"烟火气"，不要为了展现自我而刻意去秀、去强调形式。要放弃美化声音的念头，用真挚、质朴、流畅自然的声音完成作品。

我们这本书的大多数读者，包括我自己在内，也许对配音感兴趣，但恐怕不会以此为业，但我们从影视配音这门艺术中，还是能够学到很多东西，尤其是这一点：艺术创作乃至人生的美，必须来自真挚、自然和朴实。

人工智能：科学向艺术的致敬

影视剧人物配音当然也有一些具体的技巧，除了我们刚才说的心灵的贴近和认同、进入规定情境，还要把握角色的语言节奏，贴合人物的口型、行动和身体状态等。

2018年1月，央视推出了一部纪录片，叫《创新中国》。

这部片子的记录对象，是当下中国的伟大创新实践——前沿的科学突破和最新潮的科技热点、信息技术、新型能源、中国制造、生命科学、航空航天与海洋探索等。除了内容选择精当，追踪前沿的科学信息，以讲故事的手法，生动地解读创新精神之外，这部片子还使用了人工智能技术为纪录片配音，这是一次意义深远的尝试。[9]

《创新中国》使用人工智能模拟的是已逝的著名配音艺术家李易老师的声音。

2011年，中央电视台纪录频道开播，作为纪录片国声的李易老师义不容辞地为频道"献声"。此后，在CCTV-9播出的大量纪录片，都是李易老师的艺术杰作。

比如原创纪录片《滔滔小河》《再说长江》《魅力肯尼亚》《大明宫》；引进纪录片《生命》《地球脉动》《人类星球》《鸟瞰地球》；合拍

纪录片《美丽中国》等，都是由李易老师配音。李易老师的声音成为纪录频道成立初期的标志性声音。直至2013年7月23日，李易老师罹患急性白血病去世前一个月，还在为CCTV-9原创纪录片《发现肯尼亚》录制解说，而这也成为他生前最后一部大型纪录片解说作品。

在《创新中国》的发布会上，当模拟李易老师声音的人工智能配音响起，李瑞英、朱军、沙桐、邹悦等央视资深主持人都感到非常吃惊。

在2018年5月召开的Google I/O开发者大会上，Google CEO桑达尔·皮查伊（Sundar Pichai）展示了一段向理发店或是餐厅预约时间的对话片段。[10]但和我们日常的对话不同，它发生在谷歌AI语音助手和商家之间。如果不是在发布会上标示出了对应角色，相信人们很难分辨哪个才是真正的人类表达。

谷歌AI语音助手的表达中有停顿，有变调，有语气，速度得当，反应及时，甚至在对方表达稍显含混的时刻也能清晰识别并做出得体反应。

如果有兴趣的话，你可以上网找到《创新中国》或者谷歌AI语音助手的表达片段，请先闭上眼睛听一下，如果事先不告诉你，这是人工智能合成的配音，你恐怕不一定听得出来，科技发展真是一日千里。

在未来，影视也好，纪录片也好，新闻也好，大量的应用和交互场景可能都会由人工智能来配音，但是我相信，AI科技离"魂的再塑"还有漫长的距离，模仿和简单场景应用，依然远远无法和人类心灵的广度与复杂程度相提并论，那些饱含情感与温度的顶尖艺术作品，仍然只能由顶尖的艺术大师来创造。

AI科技听起来已经不那么冰冷，它们在用自己的方式传递着温暖和情怀，人工智能配音正是科学向艺术的致敬。

7-3. 说话和唱歌的发声方式一样吗？

▶ 唱歌是建立在说话基础上的艺术

在和学员的交流过程中，有一个问题出现的频率特别高。

很多学员问："老师，我学习这个课程，做这方面的声音训练对我唱歌有帮助吗？能不能让我唱歌变得更好听？"

都是声音，都是传情达意，我们当然希望能一举两得，但这毕竟是有声语言艺术当中的两个重要分支，必定既有联系，又有区别。下面我们就来对这个问题做一个比较完整和科学的解答。

首先我来说一个结论：

无论是作为口语发声的说话，还是作为声乐用声的唱歌，都是有声语言艺术，在医学上都归在艺术嗓音这个大类下。

歌唱专家马腊费奥迪在《卡鲁索的发声方法》一书中，曾这样说道："说话和唱歌的功能是相同的，是产生于同一个生理机能，因此，它们是同一发声现象。说话的声音是歌唱声音的重要因素，并构成后者的真正支柱。歌唱的真正本质，只不过是有音乐节奏地说话，因此，没有正确的说话发声，就没有正确的歌唱。"

也就是说，这两门艺术是有先后关系的，唱歌是建立在说话基础上的艺术。

所以我们就能够推导出一个结论，无论是口语用声，还是声乐用声，都要经过我们前述的五大系统：呼吸动力系统、喉和声带组成的振动系统、各腔体组成的共鸣系统、唇舌齿腭等组成的成音系统和调控系统。

下面我们就对照发声的这几大系统，来谈一谈这两门艺术之间的异同。

首先，从呼吸器官看，无论是说话还是唱歌，都采用胸腹联合式呼吸。很多声乐训练的方法，要求歌唱者在唱歌之前先把歌词朗诵几遍，这样可以使歌唱者比较容易理解歌曲想要表达的情感和思想，另一方面，朗诵歌词也有助于歌唱者找到正确的气息状态。

不过说话时的气息是比较容易掌握的，我们稍微练练慢吸慢呼、快吸慢呼、数葫芦等项目就够用了。但是在唱歌的时候，呼气的时间比吸气的时间要长得多，很有可能一句话就要唱十几秒甚至几十秒，这对呼吸肌控制能力的要求，就要大大提高。而且你看，歌唱时的声音，经常要随着旋律起伏和情感表达的需要时大时小、时断时续，这就需要非常精准灵活的呼吸控制。

第二个部分，振动系统，也就是喉咙和声带。

我们说话，讲究的是自然的中低音，使用的是我们的自如声区，振动声带的具体位置生活化、幅度小。

你肯定还记得，我们说声音有三大要素：音高、音强、音色。

说话和唱歌，对三要素的要求是不一样的。

说话，音高比较窄，不需要特别高也不需要特别低，主要是在我们的自如声区中。

唱歌，显然就不一样，高要高得上去，低要低得下来，大部分歌曲的演绎，是突破了我们生活用声的自如区域的。说话的时候，一般一个半八度就够用了，但在唱歌时，要求至少要两个八度才够，高音部可能要超过三个八度。

再来看音强，咱们可以把它理解为嗓门大小。我们日常说话，音强适中，声音不大不小。而唱歌时，对我们控制音强的能力则有着更高的要求。一般来说，音响60分贝对我们日常交流是足够的，如果音响太大、扯着嗓子喊，那种细腻的变化和质感就不容易表现出来。但是在唱歌过程中，特别是没有现代扩音设备的情况下，常常需要更大的音量，否则，人家听不清。

再说音色，说话是以实声为主、虚实结合，而唱歌的时候，对音色的变化要求就太多了，为了表达作品的豪迈壮阔，可能都是实声；为了表达作品的如泣如诉，可能都是虚声。在一些讲究技巧的音乐作品当中，真假声、虚实声的转换比比皆是，这在我们日常说话表达里几乎是不存在的。

另外，在唱歌的时候，很多艺术表达特别讲究要有金属音，就是那种非常响亮、穿透力很强的音色，但是我们说话的声音就明显要柔和一些。

而且，唱歌比说话还要多一个要素，叫音长。

"音长"我们之前压根儿都没提过，为什么呀？因为说话的时候，我们通常不需要把声音拉得很长，不需要有意控制声音的长短。而我们在唱歌的时候，可能一个字就要唱几秒钟，甚至拉长到十几秒钟。在这十几秒钟当中，要求你的声音稳定，不能跑不能抖，对我们声音的整个控制能力提出了更高的要求。

接下来要说到共鸣系统。

我们说话，动用的共鸣腔比较少，基本上是以口腔为主，鼻腔胸腔作为辅助，如果说得极端一点，只要有一个良好的口腔共鸣就基本够用了。

但唱歌就没这么简单，唱歌对共鸣的要求高、强度大，几乎要使用到身体的所有腔体，比如我们在说话的时候几乎从不会用到的头腔。

而且在唱歌的时候，因为歌曲的风格不同，我们需要灵活地使用各个共鸣位置，并及时做出大量调整，唱歌的共鸣是在说话的基础上，加大力度、扩展位置，形成了更深、更强、更高的共鸣声道，这个要求又比说话高多了。

▶• 周董吐字不清，为什么歌曲还那么受欢迎？

　　在成音系统上，说话和唱歌又有什么不同呢？无论是说话还是唱歌，都讲究咬字清晰，准确地发出字头字腹字尾。这两种表达方式虽然都是为了传情达意，但还是有所侧重的。说话侧重的是达意，重点是内容，讲究语音、调值等，所以我们非常讲究咬字的清晰度，会让大家练绕口令、口部操来强化口腔的力量和灵活程度，以达到字头字腹字尾语音规范准确等。

　　而唱歌的重点是传情，传情的主要手段是旋律。我们在说话的时候，讲究字腹要拉开立起，发音的时候，响亮漂亮的声音都在字腹，但唱歌的时候，音节的重点就不一定都在字腹上。

　　举一个广为人知的例子，我们说周董周杰伦，唱起歌来有点口齿不清、声音含混，这样的表达方式用来说话不见得好，但这种发音特点用来唱歌还挺合适的，正因为他似乎有点吐字不清，声音都是混在一起的，反而让他的声音在唱歌的时候呈现出像流水一样的连续感、旋律感，也就是音乐感特别强。

　　我们可以仔细回想一下，你在听歌的时候，真的是在听歌词的意思吗？大概不是，小语种的歌曲，甚至是没有歌词的音乐，我们是怎么接受的？这样的作品我们同样会感受到其中蕴含的情感，能够投入，感同身受，这就是旋律的魔力，因此我们在唱歌发声的时候，重在传情。

　　这个地方还要补充一句，歌唱表达的情感常常是非常强烈的，是跟着旋律走的，而我们说话的时候的情感幅度显然要小很多，大部分时候是讲究自然平实，在非特殊情况下，没有那么充沛饱足。

　　再来说一下调控系统，刚刚说的这些区别，我们都能够明确地感觉到，唱歌要求比说话更高、更专业，但这也带来一个小的问题。

　　我们说话的好习惯，一旦形成之后，日常就会自动地修炼、强化，我们以前举过骑自行车的例子。用声习惯一旦形成是忘不掉的，会不自觉地保持下来，但是唱歌的能力不是这样，它需要勤加练习，如果说说话有点像骑自行车，那唱歌就有点像健身。当我们通过健身练出了一身非常优美的线条之后，你还需要刻意控制饮食、保持生活习惯和运动量，才能够把线条给维持住，只要一放松，马上就会变形或者反弹。

唱歌的能力是随着时间的推移不断下降的，越不唱就越下降。我在20岁时的唱歌能力比30岁时强太多了。前面唱得还不错，是因为天赋还好；后面唱得不行，就是因为自然规律。如果要想保持唱歌的水平，请一定进行长期的、连续的、专业的训练。

针对大家开始最关心的问题，练习说话的发声对唱歌有没有帮助？显然，肯定有帮助。

那么唱歌对说话有没有帮助呢？有的！

我推荐大家多唱唱歌，一方面是对我们发声能力的一种检验和练习，另外一方面，唱歌对情感运用的要求比较高，也能够帮助大家在说话的时候，更加准确地表达情感，避免表达平淡、呆板。

当我们的发声技巧达到一个相当的水准之后，你会发现，因为说话和唱歌的用声位置不同、具体的用声技巧不同，这两种表达方式还真的不是一回事。

7-4. 最适合当DJ的动物是什么？章鱼！

▶• 解决一个小问题：如何保持节目同期音量一致

很多人觉得电台DJ（音乐唱片节目主持人）这个职业很诱惑又很神秘，今天，我就通过一个小问题，来讲讲一个DJ的工作状态究竟是什么样的。

我是电台DJ出身，每天要处理无数的专业问题，比如，一个经常遇到的技术问题是，如何使节目同期的音量保持一致。我曾经的工作内容之一是听节目，我可以证实，这个问题在各种节目，尤其是传统电台的直播节目中普遍、长期存在。

所谓"把音量控制在同一个高度"看起来不难，其实并不容易。为了形象说明这个问题，让我们先把声音文件拖进音频处理软件，这时候，我们的眼睛就看到了声音波形振幅的客观图形。

有人问，要解决"节目同期音量不一致"的问题，是不是"把音量控制在同一个高度"就可以了呢？

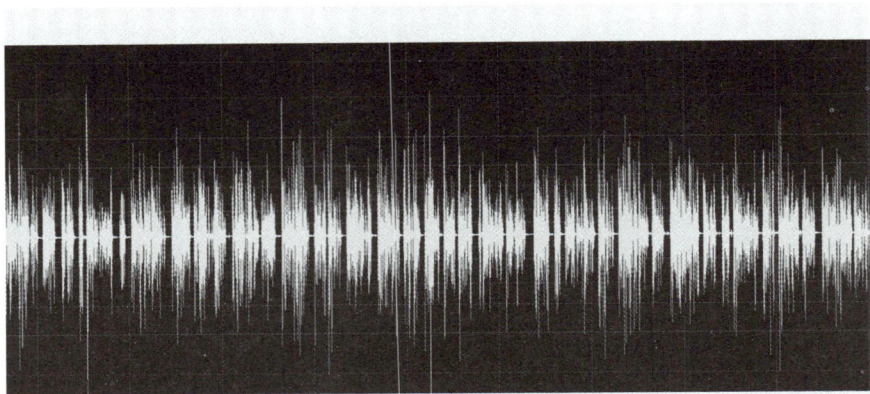

图7-2｜声波图

还真的不是这样。

要衡量人耳在主观上感受到的声音强弱，必须使用一个综合性的度量标准——响度。

振幅一样大，并不代表听起来一样大，响度一致，听觉感受才会比较一致。

响度是感觉判断的声音强弱，即声音响亮的程度，响度的大小取决于音强、音高、音色、音长等条件。

响度有一些基本规律，在其他条件相同的情况下，元音听起来比辅音响。元音中，开口度大的低元音听起来比开口度小的高元音响；辅音中，浊音比清音响，送气音比不送气音响。

回到我们要解决的问题。

我们听到的电台直播节目，一般由如下内容组成：主持人的语言、背景音乐、广告片、宣传片，根据节目类型的不同，往往还有歌曲、听众热线、记者连线、录音报道和购买的交流节目等。

这些内容，是由多个部门生产采集的，因为设备、能力、观念和目的不同，出来的响度完全不一样。

比如主持人的语言，主持人自己会盯着一个叫电平表的东西，用推子把

275

自己的音量控制在合适位置。

这是一个演出用的现场控台，你可以看见，在推子旁边都有电平表，而传统电台一般只有一两个单独的电平表。

图7-3 | 演播室现场控制台

背景音乐，尤其是一些比较动感的节目中的背景音乐，有的主持人习惯猛烈地推拉推子，自己听着比较带感，但如果从收音机里听，就可能会造成坐过山车的感觉，我不太赞同这种做法。

广告片，广告音频一般由广告部门制作或由客户提供，这个部分往往是最容易被过度处理的，为了追求"高端""大气""洋气"等感觉，大家会往上堆很多效果，结果就是"看起来还好，听起来很吵"。

宣传片，一般是宣传策划部门制作，或者就是主持人自己做的，也很吵，但吵得跟广告片又不太一样。

电话连线，这也是个吵闹大户，在电话音频当中，高、低频都是被切掉的，只留下并强化了人耳最敏感的中频，而且电话声音经常由于线路原因模糊不清，或者打电话者周围的环境很嘈杂，如果主持人再把这个部分推到正常人声的电平大小……就相当于两个拳手号称要公平竞技，规则是双方都用100%的力量，但一个是91公斤级以上的重量级，一个是48公斤级的迷你轻量级，如果发生这种现象，用吵已经不能形容了，是炸。

歌曲，这是成熟的商业作品，发行前都经过了专业的精细设置，但是由于风格不同，抒情小调和电音舞曲，听起来的音量又是完全不一样的。

炒菜时我们会丁炒丁、片炒片，不一样大却一起炒，就容易夹生、烧糊。这样一解释你就明白了，这些声音素材也相当于酸甜不同方圆各异的一堆食材，但又必须要放在一起炒。

那么，主持人就不能现场协调好吗？

能，但对主持人来说，"控制响度"这件事的优先级其实很靠后。

▶• 直播节目主持人的工作状态

为什么呢？我想先介绍一下直播节目主持人的工作状态。

图7-4 | 电台直播室

一间电台直播室中，包含部分常用机柜和仪表。

在直播中，主持人的眼、耳、口、手是分开用的。

眼：直播时主持人的眼睛至少要看三个灯——热线灯、导播灯、延时器；看三个表——时间表、相位表、电平表；看四台电脑：工作站1、工作站2、外网1、外网2；还要控制六个推子——工作站1、工作站2、话筒1、嘉宾1-2、热线1-2、预听1。一些特殊情况，比如报时、转播信号或更复杂的其他情况不在此列。

耳：直播主持人的耳朵往往要同时听几种声音，自己的声音、播放的电脑声音、控制的外来声音，然后是值班编辑们的声音，当编辑们打开对讲直接冲你说话的时候，情况肯定很紧急，这些话是必须要听清楚的。

口：是的，前面那些，比起"说"来讲，还是辅助性的。要做节目，说话这个部分才是工作主体，要分配更多精力，用到最多的应变能力。

眼睛看着A，耳朵听着B，手上控制C，嘴里说的是D。主持人的大脑已经没有多少精力顾得上响度这个元素了。

还好，这些情况并非一直同时存在。而且，在这些五花八门的声音出去之前，会经过技术部门设置的统一压缩，大多数时候，听众们听到的声音，可以叫"不完美"，如果未经压缩，那就叫"不能听"。

所以怎么办呢？这毕竟仍然是个问题。

对传统电台的从业者来说，这个时候，可以考虑建立产品意识，对问题进行分拆，逐个认识、分析，并在每个环节尝试建立详细的质量标准和流程建议。

我的大致方法是：

1.初步学习并理解"振幅""响度"和"声压"等概念。

2.针对每个产品元素，制定质量标准、操作规范和参数范围，考虑不同收听环境对听觉的影响，形成可操作的详细方案。

3.把方案执行情况列入影响绩效考核的奖金系数当中，按规矩听、评、打分、修正。

4.以上都不是最难的，最难也最基础的，是自上而下重视到这个问题的必要性和复杂性。操作这一条的难度，视不同机构的风格特点而有所不同，就不多说了。

对现在很多在网上制播节目的同行来说，这个问题就简单多了。因为录播给了我们后期的空间，竞争和可期许的收益也给了制作方制作精良节目的动力。

好了，通过DJ日常面临的小问题的解决，也许你对这个职业有了一个初步的认识，所以最适合当DJ的动物是什么？八爪鱼！

7-5. 为什么直播比较容易进入状态

▶• 对象感会带来良好的交流感和反馈

我们都知道有一种运动员叫作"比赛型选手"，在平时训练中虽然也表现不错，但在重大的比赛中往往能超常发挥，面对更大的压力和更强大的竞争对手，却能发挥得异常稳定出色。

其实，播音工作也和运动竞技一样，有训练型选手，也有比赛型选手，前者在录播时发挥稳定，后者在直播时则更容易进入状态，大放异彩。

我的工作之一就是评价节目，在反复收听了无数录播、直播作品之后，我发现了一个普遍的现象，优秀的主持人、播音员，直播比录播更容易进入状态。

这到底是为什么呢？

"控制状态"对主持人来说是非常重要的一个能力。我入行时，老师就提出要求，要训练自己迅速进入（调动）和离开（恢复）状态的能力，当我积累了一些经验以后，也会这样建议新人。

这可能已经是个普遍真理了。它不仅存在于广电行业当中，实际上它对所有与创作相关的职业都产生影响。人们常说的"不疯魔不成活"，指的就是"调动状态"的重要性，在电影《霸王别姬》中，青衣演员程蝶衣靠着这一点，成了梨园名角，但他最后悲剧性的结局，也是来自"疯魔"，也就是无法"离开状态"。关于这个角色的生活悲剧，他到底是出不去还是不想出去，这里暂时不讨论，让我们来关注一下这种在艺术创作中普遍存在的状态究竟是怎么回事。

所谓进入状态，我的理解是"进入指定位置、做好相应准备"。也就是进入节目和个人特色兼备的角色当中。在直播时，明确的谈话对象会带来良好的交流感和反馈，演播者特别容易被这一点所鼓励。

比如我们回答某个专业问题，"在知乎写答案"这个情境，比起专门写文章更容易帮我们找到状态，因为它定位清晰，而"定位"，就是你对预期客户要做的事。

如果我们正在制作一档节目，最基础的情况下，大概就会包括以下几个方面：

对谁说？
说什么？
怎么说？

在我职业生涯犯过的错误当中，有一个印象特别深。

十多年前，我正在做一档颇受欢迎的节目，占有率比同时段的所有竞品还要多。但是我却要停了这档，去办一档新节目，我想做新闻评论，因为我觉得自己擅长，还因为我觉得这"更有价值"。

于是我精心策划、全力投入，带着认真制作的样带，来到了评审会。

样带获得了空前的认可，尤其是我们的广告代理公司也说好！真好！太好了！！

广告公司的判断力是用真金白银训练出来的，应该说是可以算数的。

于是开始播出了。

最后的市调数据却惨得不能直视。

这件事给了我一个很大的教训，那就是，决定世界运行的规律有很多，个人的努力只是其中一个。

▶• 直播，约等于在做倾心之谈

我制作过陈海贤（网名：动机在杭州）、李松蔚和张春老师的网络电台节目《心理学你妹》，从听众、从业者和节目合作者的综合角度，我觉得他们说话的方式很有意思。但他们仨都不是做这行的，全是野路子，所以怎么说呢？槽点相当多。

做音频剪辑的时候最恨什么？

一句话说不过来。

比如大家分头录下的音频质量奇差无比，常态中最可恨的要数海贤老师经常吸溜口水，这给我带来的麻烦是：如果要统一三位老师的录音音量，做一些振幅上的调整，就会把海贤老师吸溜口水的声音也放大到……震耳欲聋的程度。

处理人声时，如果既要保留换气（吸溜）的声音又不让它在后期中变得太炸，我所知道的专业做法，是把换气声全部剪出来，位置对好放进另外一个轨道里另行处理。如果这么做，我就要对动机老师几百次吸溜中的每一次做放大视图、精确选中、分割、拖放到另一个轨道，缩小回正常视图，然后重复这个过程，也就是随随便便就要几千次操作。

松蔚老师不发出任何噪声，一听就很高端，但是，他不但高端，还很高冷！！节目开始，大家都在轻松愉快地打招呼，而松蔚老师的声音通常都会慢半拍才出来，带着迟疑和冷淡："……我是……李松蔚……"

真是让我的心都漏跳了一拍。

张春老师唱歌唱得非常好，所以气息、发声方法什么的都很棒，但是该老师完全不顾听众感受，像在普通情境下聊天那样，经常放声大笑，惊天动地之余，还带有部分倒过气去的声音。

但是，这档节目出乎意料，效果很不错。在荔枝平台播出后，12期节目达到了百万点播。

网上高人多，这个数字也不算什么。但我确实知道他们是做着玩的——随时准备散伙，不宣传，平时也不琢磨。群里聊天最常见的就是"我算老几""听众们走南闯北什么傻×没见过""反正是个烂节目""不做了吧"。

这确实还挺少见，因为不管他们做的程度如何，也仍然是在和大量精心制作的优质节目竞争。他们的槽点这么多，那亮点在哪儿？

海贤的吸溜、松蔚的高冷、阿春的爆笑，虽然都不符合播音主持规范，但是"吸溜"很好地刻画出了海贤的温良好脾性，一听到这个声音，我眼前就浮现出他人畜无害的样子，他是我们亲厚的朋友，有着一颗柔软而善良的心；松蔚高冷归高冷，但再听一会儿就会发现他只是内敛和慢热，哦，我会想，他能在这里说这么多，真是很难得呢；阿春爱笑就笑吧，我听着听着也经常在电脑前爆笑起来，看反馈，大部分人也还挺喜欢她的笑声。

所以我不但没有掩饰这些传统节目制作中应该回避的瑕疵，反而进行了最大程度的提炼、还原、放大，用一种我认为更接近本质的方式去处理这些在语言、情绪、结构上不符合传统规范的东西。

他们的表达虽然不符合播音主持规范，但可能符合了一个更高级的规范，那就是人们内心深处的真诚、善意、独特。与其琢磨表达技巧，不如就像这样，求本色、随初心。

直播，约等于在做倾心之谈；录播，约等于独自创作。

直播，相当于结伴上路；而录播，相当于单身远行。这是社交和独处这两种情境下，不同的创作方式。

所以，如果你善于倾听、乐于交流，只要不害怕不畏惧，直播次数多了之后，一定更容易找到状态、动力。当需要时，直播的素材又可以回炉，在"录播"的情境下修改、剪辑、制作。

我想，比赛型的运动员们也是这样，竞争和交流能够激发他们的潜力，让他们更稳定、更兴奋，他们喜欢在人与人的关系中重新定位和认识自我。

7-6. 我是如何进入这一行的

▶️ 我的运气，来自科学用声的"武功秘籍"

曾经，播音主持是一个比较吃香的热门职业，经常会有人问我"哎呀，你是怎么当上主持人的呀？你是学这个的吗？"诸如此类的问题。从业久了，确实有些话想说，就借这个机会介绍一下我入行的故事。

我不是播音主持科班出身，是学建筑的。毕业时有两个去向，第一个，是服从分配，回老家当一名公务员，但是我对这事不感兴趣，这个选项从一开始就不在我的考虑中。

第二个是做建筑师。在毕业前，老家有一位经营酒店的阿姨，在筹建新酒店时，邀约我去给她做一份设计图。应该说，这是给予了我巨大的信任，但我那时是一个大学还没毕业的学生，要去做一个高层酒店的建筑设计，真是难以想象。

我那时初生牛犊不怕虎，真的做了一套设计图出来，自己感觉还相当好。

哪承想酒店落成的时候，我做的所有的设计，只被保留了一个小小的标志，那些自我感觉良好的建筑设计、家具设计、装饰设计通通没被采用。

这可把我气坏了，少年心气也好，无知肤浅也罢，一怒之下，我决定再不干这一行了。就在这时，我婶婶拿了一张印着电视台招聘启事的报纸来，说："你在学校不是广播站的吗？"

对，那我去试试。

一试再试，我穿着一套晃晃荡荡一点都不合身的西装，通过了最终面试。

我就是这么稀里糊涂入行的，现在回想十几年前的那次命运转折，我入行最重要的原因应该是运气。

如果从挣钱的角度来说，我运气真的不太好，那些年，正好赶上了中国房地产行业的黄金十年，我是建筑大学毕业的，时势比人强，我的大部分同学投身本专业，跟着时代大潮前进，大都发了大财，而我却改行了。

但从个人的爱好上来说，我运气真的很好，我遇到了一个不拘一格的老师，她愿意忽略我语音的不标准、基础的薄弱，欣赏我的真诚表达，并坚持把我招进台里，这不就是好运吗？

同时，能通过一轮轮的考试，也不完全是凭运气。在学生时代，我曾积累下了一些播音实践的经验，比如，担任大学广播站的站长。其实我考校广播站的时候根本就没考上，面试不到5分钟他们就把我拒了，连初试都没通过，是后来我主持院系的迎新晚会，被校团委书记唐劲松老师看到，觉得这个小伙子还可以，被直接招到广播站来的。

进了广播站，和广播站的学长学姐们成了好朋友，我后来问他们，当时为什么不让我过，他们说："你这人啊，一脸不讨人喜欢的样子，我们就一致同意不要你了。"

正式考没考上，莫名其妙又进来了，你说这是不是运气？

再往前追溯，我为什么会去主持晚会呢？因为我从小就有过很多登台的经验，这源于我父亲爱好文艺，而我又有一个响亮的声音。

声音响亮一般是遗传，一般是从小就采用胸腹联合式呼吸，请回忆我前面讲过的那个故事，大侠展若尘的内功秘籍，我真的坚持修炼了很多年，养成了正确的呼吸方式，你说，这是不是又是运气？

人生中有很多的偶然，但总是发生这样的偶然，其中也就蕴含着必然，那就是"科学用声"真正地帮助了我，让我走上了今天的职业之路。

那之后，我换了很多岗位，主持过各种各样的节目，但始终没有离开这个行业。

所以平常别人问我说要怎么入行，我说靠运气，这话真有些说不出口，因为我担心这么说，别人会觉得我是故意傲慢，但今天我终于可以解释这种运气了，我为它找到了一个科学上说得通的道理。

▶ 长得美、声音甜、有关系才是职业通行证？

刚才的讲述有些调侃的意味，一定有朋友问："我没有你那么好的运气怎么办呢？"

其实，说起来轻松，我也只不过是把运气比较好的机缘都拎出来，连在一起，这样看起来好像一直一帆风顺，但还有大量运气不好的时刻，只是没有讲而已。

比如，入行没几年，巨大的工作压力让我们三个小伙子掉头发。如果三个20岁刚出头、身体健康、活力四射的棒小伙，整把整把地掉头发，工作中能碰上这种不正常的现象，其实运气也不是那么好。

所以你要问我运气没有那么好怎么办？我的答案很简单，就是得多试几次。不要一次运气不好你就放弃了，千万不要。这次运气不好，你就再去碰，再去试，再去努力，总有一次运气好对吧？人生是有概率的，不可能天天倒霉，把运气不好的时候扛过去，就否极泰来了，好运气会等着你。

可以被击倒，不能被击败，如果轻易被击败，可能就等不到运气好的那个时候，死在黎明之前，是最糟糕的运气。

再来说一说大家常见的误会。

大家对传统播音主持行业的第一大误会就是，进你们这行得靠关系吧？

我当然不能替我们整个行业背书，说不！这行业绝对不靠关系，绝对没有黑幕。但我可以非常确定地告诉你，据我观察，大部分人没什么特殊关系。我也可以确定，有很多业务精湛，令人敬佩的同行，或许在进入这个行业时有关系，但他们之后取得的成绩，靠的不是关系，而是个人的才华和努力。

我觉得吧，这个世界没有纯粹的黑和白，也没有绝对意义的公平，我们都是普通人，只能尽量做好自己该做和能做的事，接受无法改变的现实，不怨天尤人，不浪费无谓的精力，这样的人生可能会更充实。

说到主持人行业，第二大误会就是，得长得好看吧？

的确，当主持人，尤其是当电视节目主持人，确实有对身材相貌的考察，我的身高还可以，形象也勉强算过得去，但绝对谈不上帅。这一点，我觉得也跟声音一样，不能太差，但是也不用好看到让人腿软得走不动路。你看，就我这长相不也进来了吗？你可能会说，你是广播主持人吧？不用露脸！

不，我入行就在电视台，这些年来也做过大量的电视节目，节目主持人，嘉宾主持人，卫视的新闻评论员、观察员，婚恋节目的情感观察员，等等。

所以大家千万不要把形象看得太重，长得好不好看没那么重要，甚至你丑得有特色，可能还是一个加分项呢。

第三大误会，干你们这行一定得声音好听吧？

的确，这一行对形象有要求，对声音也有要求，正因为大家都喜欢耳旁萦绕"好声音"，才有这本"动听"技能的普及书呀。

在书的最开头，我提到过我联系了招我入行的潘红老师，确认她入行时的故事。她不建议我写她，反而特别叮嘱我，千万不要误导读者，不要让大家觉得只要勤奋就能成为一名好主持人。

我明白老师的担心，所以在书的开头和结尾两次把这段话特地呈现出来，但我也想请老师不要太过担心。因为这本书，是写给想要声音变得更"动听"的普通人的，它不是培养播音员、主持人的专业教材，它是一本让生活变得更美好的小册子。

▶• "动听"也要多读书

从我的角度看，对播音员、主持人来说，声音好听固然是一个优点，但也真的没有那么重要。说实在的，比如马东、蔡康永、高晓松、罗振宇，这些大家特别熟悉的主持人、公众人物，他们的声音都不是我们教科书上界定的标准"好声音"，但谁也不能否认他们的表达都是特别"动听"、特别有魅力的。

再想想那些特别受欢迎的主持人，新闻评论的最高标准白岩松、《实话实说》风靡全国的崔永元、《新闻调查》和《看见》的柴静、做民生新闻和综艺节目的孟非，还有汪涵、何炅、谢娜等，还有大家很喜欢的凤凰卫视的诸位主播，他们都是家喻户晓的"大明星"，但似乎也不是我们教科书上界定的"好声音"。

与他们的睿智、渊博、幽默、犀利相比，他们的声音真的没有那么闪亮。

我自己入行，肯定是跟声音有关系了，这一点已经得到了老师的确认，但让老师坚持给我机会的，还有一段即兴命题表达，描述对"春天"的感觉，这也得到了老师的确认。

据我所知，优秀的主持人，全都热爱学习、善于学习。

我无数次在录制节目的现场，遇到名气已经非常大的主持人，他们大多会随身带一本书，真的一有空就看个不停。我自己在比赛、招聘中当评委时也有体会，碰到光有漂亮脸蛋、傲人身材和华丽声音，但头脑不行的，大家不会给高分。

再看目前的演艺娱乐圈，有很多漂亮的小哥哥、小姐姐，粉丝不少圈，钱也不少挣，但他们没有作品，也不太受主流社会尊敬，遇到那些深刻复杂的角色，大家还是习惯性地想起那些"老戏骨"来。

这是没办法的事，腹有诗书气自华，只靠表面的人登不了顶。

最后我还想就主持人这个职业特别需要的能力——"控制力"聊几句。

控制不是强硬、粗暴、野蛮和不友善的行为。

我们此前提到过，"控制力"是你与万事万物得当相处的能力。

这本书聊到了五大控制，而正确的控制是要在一瞬间同时实现的，10个手指能摁住15个葫芦吗？这个专业要求你摁得住，眼脑口手你能各顾一头吗？必须能，你得成为直播间里的八爪鱼。

有声语言创作这个职业，有一种内在的力量，就是对这个世界的真诚、友善。这种力量让你相信自己对这个世界有价值，并且能够帮助到他人，它会用美的方式来表达你自己。

世间的万事万物，都是这种力量延伸的介质。

你的气息、声带、共鸣腔，你面前的话筒、头上的灯光、脚下的舞台、背后的大屏，你的妆容、眼神、动作、手势，你面对的摄像机和摄像机背后的制片人、导演、导播、编导，包括卫星传输信号，等等，这些都是你力量延伸的介质，你必须拥有跟万物得当相处的能力，然后通过这些介质，把愿景和力量传递出去，服务他人。

这就是这个职业的核心价值和最大魅力。

愿力与你同在。

注释及参考文献

注释：

[1]彭飙.危机与应对：播音主持专业出路在何方.东南传播，2017（12）：149-151.

[2]张斯童.从独立学院播音主持专业就业现状探讨职业规划路径.艺术科技，2015，28（9）：298.

[3]钟妍.从"播音主持"到"口语传播"：台湾口语传播教育经验的反思.新闻知识，2014（11）：3-5.

[4]大学设置主持人专业是一个美丽的错误？.国际在线，2009-07-31.http://news.cri.cn/gb/29564/2009/07/31/4266s2578688.htm.

[5]朱晓彧.对播音主持专业招生报名的困惑与反思.今传媒，2005（4）：42-43.

[6]赵玉明.中国广播电视年鉴编辑部2013年全国广播电视播出机构情况.中国广播电视年鉴，2014.

[7]声临其境.湖南卫视，2018-01-06.

[8]陈孟云.魂的再塑：乔榛有声语言艺术审美文化现象透视.学术探索，2012（10）：125-129.

[9]张喆，廉秀宇.央视纪录片《创新中国》3月5日播出，全程AI配音.澎湃新闻，2018-03-05.

[10]2018谷歌I/O：AI踏上科技与人文的十字路口. 新浪科技，2018-05-09.https://tech.sina.com.cn/i/2018-05-09/doc-ihaichqy6013630.shtml.

参考文献：

曹雷.语言艺术在表演中的功能.戏剧艺术，1995（4）：108-112.

刘鑫禹.影视配音中的技巧运用.西部广播电视，2014（15）：102.

吕燕飞.中国现代网络配音研究.西安建筑科技大学，2013.

熊艳.影视配音的声音塑造.今传媒，2013，21（6）：120-121.

P.M.马腊费奥迪.卡鲁索的发声方法.郎毓秀，译.人民音乐出版社.2003.

SOUNDING

附 录

▶•如何科学用嗓
——2018年第五届知乎"盐Club"上的演讲

　　大家好，我叫张皓翔，是一名节目主持人、制作人，也是一名知识服务的提供者、知乎Live（直播）和私家课的讲者。

　　今天我的演讲题目是《如何科学用嗓》，也就是分享五个用嗓时不累、说话时好听的小经验。

　　其实，"科学用嗓"这四个字给了我很大压力，因为我接触这个学科，是从武侠小说开始的。

　　初中时我看了一本武侠小说，男主角展若尘不光武功盖世，还是一个淡淡的美男子，有一次，他被敌人火攻，浓烟滚滚，刚猛彪悍的伙伴们都被呛得鼻涕一把眼泪一把，只有他仍然保持脸色不变，淡淡一笑。

　　大家都羡慕死了，说："你怎么不怕呛呢？"

　　他淡淡一笑说："因为我会一门神功，修炼起来还特别容易，只要尽可能慢地吸气，再尽可能慢地呼气。"

　　坦白说那本小说现在看来水平相当不高，但当时我的眼睛都亮了。朋友们，我上学特别早，身材矮小一直坐第一排。吃饭睡觉打豆豆，初三之前我就是豆豆，我是多么希望自己也能成为这样一个淡淡的英雄啊。于是，我牢

图1 | 皓翔老师在第五届知乎"盐Club"发表演讲

牢地记住了这个要领，并持续练习，还记得吗？

尽可能慢地吸气，尽可能慢地呼气，对，就是这样。

大学毕业后，我进了电视台，台里专门请了专家，配了教材，教我们正规的播音发声学，在书的第一章，你猜我发现了什么？我发现了一个呼吸方法，而这个呼吸方法的第一个训练动作，就是——尽可能慢地吸气，再尽可能慢地呼气。

这个方法有个专用名字叫胸腹联合式呼吸，这个动作有个专用名字叫慢吸慢呼，你能相信吗？我练了快10年的武林秘籍，竟然是科学。

读书改变命运啊朋友们！

一、动力系统

科学用嗓，最容易忽略的是呼吸。

你可能会感到奇怪，不会呼吸，我怎么活到现在的？这还用学吗？

没错，现代人的呼吸方式，大多是胸式呼吸，气只吸到锁骨附近，浅而僵硬。

那谁会拥有更专业的呼吸方式呢？是专家吗？

不，是婴儿，婴儿的呼吸方式叫腹式呼吸，深长而平稳。长大以后，应该会慢慢进化成胸腹联合式呼吸。

有观点认为，是现代生活方式惹的祸，我们每天弯腰曲背地坐着，又很少进行体力劳动，所以就慢慢失去了健康呼吸的能力。

其实，无论是瑜伽还是健身，各种运动都特别讲究呼吸，没错，释迦牟尼说："人生只在呼吸之间。"

呼吸是我们发声的动力，只靠嗓子眼里那一点点气，哪儿能把油门踩到底呢？

还好，还是有简单的方法让我们找回这个能力的。

闭上眼睛，想象你在清晨的树林中，清新的空气和花草的清香扑鼻而来，你深深地吸了一口气，再慢慢地呼一口气，这种把气吸到肺底的感觉，就是最适合说话用的"胸腹联合式呼吸"。

人每天要呼吸24440次左右，如果你习惯了正确呼吸，那你一天就得到了24440次收益，如果呼吸方式错了，那你一天就要遭受24440次损失。

注意，这可不再是武侠小说里的故事了。

二、振动系统

有了动力系统——气息，我们就要用它来冲击声带，这就是振动系统。

你可以把喉咙想象成一个由十几块骨头构成的小盒子，声带是这个小盒子中间的两扇门，就像两根扁扁的皮筋并排挨在一起。当气流冲击声带的时候，它会因为振动而发出微弱的声响，这就是喉部工作的原理。

如果把发声比作弹吉他，声带就是琴弦。

你可以想象两种发声状态。

一种是喉咙紧张，声带绷紧，用嗓子发声。

一种是喉部放松，用气息去推开门，拨动这两根琴弦。

显然是后者更好听、更轻松了。

这样做的好处是什么呢？举个例子：

今年年初，我点评学员的毕业创作，连续直播了六个半钟头，中间没有休息，嗓音也没有出现任何异常。

为了练出更放松的喉咙，我也总结了一套练习方法，叫"爱护喉咙123"。

一是气泡音，它能给声带做按摩，让它保持放松。

请靠在椅背上，全身放松，发"啊"并慢慢降调，它就会自然出现了，这就是气泡音！好，如果你暂时发不出来的话也不要紧，你可以在明天早上起床的时候，平躺着再做一次这个练习，也许会有惊喜。

"爱护喉咙123"的二，是两种判断。

如果嗓子不舒服，怎样才能快速判断出到底是什么问题呢？

如果早上起床时声音是好的，到晚上就哑了，这是疲劳，这就要学会科学用嗓。

如果你早上起床声音是哑的，说着说着声音就开了，那这是炎症，就要去耳鼻喉科就诊了。

"爱护喉咙123"的三，是一定要避免的三大雷区。

第一个雷区叫过度，时间过长嗓门过大，调子过高或者过低，都叫过度用嗓。而很多朋友的习惯性动作——清嗓子，则是过度中的过度，它在极其脆弱而敏感的声带组织上瞬间施加了极大的物理压力。

第二个雷区是缺水。

多喝水很重要，这是常识啦，声带上覆盖着一层黏液毯，就像《星际争霸》的虫族，没有那层黏液就盖不了建筑，而水合作用更要求我们要保持充足水分。但在这里我想提醒的是：因为大家形成了要多喝水的认知，导致有些朋友习惯带个杯子，在高强度长时间用声的过程中，讲几句喝一口，讲几句喝一口，这样的行为首先会影响气息，其次会冲淡黏液，再次会改变音色，对嗓子是有害的。

正确的做法是在用声前后的15分钟以外，把水喝足。

第三个雷区是刺激。

少吃辛辣刺激的食物，这也是常识，但其实吃点也没啥，宋祖英喜欢吃辣，嗓子也挺好。而大家往往忽略的是熬夜。熬夜会导致缺水、疲劳、内分泌紊乱，这是咱们更需要注意的地方。

嗓子这个脆弱的器官上雷区密集，但只要注意以上三点，就能避开危害最大的几个问题。

爱护喉咙123：学会一个气泡音；判断疲劳、炎症两种不适状态；避开过度、缺水、刺激三个雷区。

三、共鸣系统

发声的第三个系统是共鸣。

过去，戏班子唱戏只能靠嗓子，他们声音响亮当然是功底好，但你可能不知道的是，有些固定演出场所，戏台底下会埋上几口大缸。

这是干吗？再来看一个生活中的例子，如果我们在洗碗的时候听节目，自来水哗啦啦，根本听不清，这时候，如果把手机放进一个大碗，声音立刻响亮了——大缸大碗，起的作用就是共鸣。

人体发声的过程中，气流冲击声带，振动产生声响，带动共鸣腔体里的空气振动，放大并美化声音，这就是共鸣。

一些男士喜欢磁性浑厚的声音，一些女生喜欢娇媚甜嗲的声音。他们常常会问，胸腔共鸣或者鼻腔共鸣怎么练啊？

其实呀，说话时最基础、最常用也是最重要的共鸣，是口腔共鸣。

改善共鸣，有一个最简单也是性价比最高的技巧，叫提颧肌。

请微笑，然后跟我一起对微笑稍做调整。

把手指放在人中的位置上，将这里微微收紧，向里收。找不准位置？那就假装你被烫着了，好，这就是提颧肌。

它有三个好处：

让你的声音更积极、口腔共鸣更好，让你变得更好看。

你没听错，当你有意识去提颧肌的时候，你整个脸部的肌肉都会一起动作，都会呈现出积极、亲切、生机勃勃的状态，你变得更美了。

四、成音系统

共鸣让声音美化放大，接下来我们终于要说出清晰的语言了，这叫成音系统。

戏剧界说"嚼字如嚼虎"，意思是你咬字，要像一只大老虎叼着一只小老虎跳过山涧那样。你想想看啊，要是太用力，就把小老虎咬死了；要是太松弛，小老虎就会掉下来摔死。就得要那个巧劲，说的其实就是对唇舌力量的控制，太形象了。

其实大部分人的唇舌都是没力气的，这很正常啊，谁会专门去锻炼唇和舌的力量呢？不过也正因如此，唇舌力量很好练。

这里我给大家推荐两个绕口令，一个叫《八百标兵》，这是练双唇的；一个叫《打特盗》，这是练舌的。

每天抽点碎片时间，下意识练一练，除了能增强唇舌力量外，还能让双唇紧致，更有弹性和光泽，可以说是一言不合就变美了。

一点不意外，也经常有女生问我："老师，唇舌训练会把我练得面目狰狞吗？"朋友，这就类似于我每天晚上跑跑步，会不会不小心拿到北京马拉松冠军呢？

你放心练，只会变美，不会得奖。

五、调控系统

说到这儿，咱们把发声的过程捋一遍，呼吸提供动力、喉部产生振动、共鸣放大美化、唇舌咬字发声，听起来是该结束了，可还少了最重要的一环：调控。

你听过自己的微信语音吗？没有我们以为的那么好听对吧？有点怪怪的，这不是微信或者手机的问题，而是因为人听自己说话，声音是通过骨传导传播，这会美化我们的声音。

而别人听我们说话，或者我们听自己的微信语音，是通过空气传导，那才是真实的情况。

但我们一直不知道啊，这种坑人的反馈机制，就像美颜相机自带效果，有时候我们看着看着真就信了，还调控个啥啊。

难怪有声语言艺术也叫作"口耳之学"，正确地听和正确地练，其实同等重要。有空多听听自己的录音和一些好的音频作品，是个特别好的办法。

结语

动力、振动、共鸣、成音四大系统，再加上贯穿全程的调控系统，这就是科学用嗓。

如你所知，我从看武侠小说开始，误打误撞进入广播电视行业，现在回想起来，真是莫大的幸运。

但换一个角度看，声音虽然是最常用的沟通工具，原理和方法也并不高深，但这个领域还是存在着大量壁垒，给很多人造成了不必要的困扰。

好在我们拥有了互联网，原本离散的水洼连成了海洋。

2017年，我在知乎开设Live和私家课，按用户的要求重新组织知识和技能，让它更亲切、更易懂，把过去局限在专业领域的价值跃迁到互联网，我很高兴帮助了4万多位学员，使他们的声音变得更"动听"。

在我为了准备这次分享，回望过去一年的时候，我惊讶地发现，它恰好印证了此时此刻的主题：新知。

打破旧的观念，拆除旧的壁垒，用新知帮助更多人，发现更大的世界，到达我们从未到过的远方。

▶ 笨拙成功学
——在TEDˣBJTU2018年度大会上的演讲

大家好，我叫张皓翔，是一名节目主持人、制作人，也是一名知识服务的提供者。

很高兴有机会与各位交流，今天要分享的主题，叫"笨拙成功学"。

2017年，知识付费成为中国互联网最大的热点之一，我也挽起裤腿，试了一下水温。

我的知乎Live获得了2017年度知乎Live评分榜的最高分，取得了总榜、教育类和艺术类三个榜单的第一名，开设的私家课成为知乎CEO周源首度推荐的精品课程。

以上就是所谓成功的注解，但坦白说，这些东西没什么了不起。

大家身在北京，比这大万倍、十万倍的项目见多了。

图2 | 皓翔老师参加TEDˣBJTU 2018 年度演讲大会

但如果我告诉你，这一切来得完全是偶然、意外，你会不会也觉得挺有意思呢？

如果这些小小的成绩，真的是由一系列的错误，是由不加引号的错误得来，咱们能否从中琢磨出某种规律？

是的，我把它称为"笨拙成功学"。

我觉得并不是每一个人都有足够好的运气，或者拥有特别高的天分或起点，大部分人可能像我一样，是一个比较笨拙和普通的人，那我们这种人生，能否也拥有成功的机会呢？

接下来，我要跟你分享三个真实的故事。

一次源于赌气的进入

其实，我进入知识付费这个领域，最初的心态是赌气。

第一个故事发生在2012年，我到兄弟台交流，座谈会上，负责人开始介绍新媒体的运营情况。

会上就有人问，说："你们主持人在网上活动获得的收益，台里抽成吗？"他说："目前不收钱，但下一步准备出台管理细则。"人家就接着问："那要是主持人没有打着台里的旗号呢？"他果断回答说："主持人在外面挣钱，不可能不打台里旗号。"

虽说我那时已经不主持节目，但听到这句话的时候，玻璃心还是碎了一地，我们必须要依附在机构上，才有价值吗？

从那以后，我幼小的心灵就埋下了一个愿望：如果有朝一日我也上网，我偏不打台里的旗号。

转眼到了2016年年底，知识付费的热潮涌来，我准备下水试试，但当年的心愿也没忘，就取了个新名字，一个猛子扎了进去。

这显然是一个重大的错误。

网友没时间来了解你，你需要一个光鲜体面的自我介绍和翔实可靠的从业背景，突然出来一个名字在网上都查不到的人想要被欢迎，这违反了最基本的商业逻辑。

就在这样一种自讨苦吃的难度设定下，2017年2月，我开了第一场Live。

说来也怪，因为是自己选的这样一个开局，可以说自绝生路，你就得被迫想一些别的办法生存下去。

比如我为了提高满意度，就做了很多服务。

那时，绝大多数网络课程的讲者讲一次课就结束了工作。而我2月9日开始的Live，却提前20天开始答疑，当时我正在边境度假，冰天雪地，外面零下几十摄氏度，我反正也不出门，每天就是答疑，机场候机也在答疑，大年三十也在答疑，不光答疑，还把所有的问题整理出来分门别类地答疑，不光在站内答疑，因为很多人买得迟没有提问资格，我还开了个群，整天在群里答疑。

总而言之，丧心病狂了，这场Live光语音就有222分钟，结束之后，我还开了个QQ群，只要你愿意学，我就在群里继续布置作业、开直播辅导等，之后有新课程，我还免费放给群友听，挺好的吧，那这种服务持续了多久呢？

——到现在还在继续。

说实在的，学员都快崩溃了，一个劲儿地跟我说老师我不想学了我不想学了。

9块9啊朋友们，所以后来的事你肯定能想到了，卖了23000多份，评分四星半，被知乎评为2月最受欢迎的Live第一名。

说到这儿，你肯定也发现了一件意料之外、情理之中的事：

因为自寻了死路，所以走出了活路。

一个重大的错误

说实话，这个开局实在太棒了，我获得了平台和用户的认可，2万多的销量也给我带来了巨大的流量，那么，符合商业规律的正确做法是什么？接着开课！

播音主持是一个四年的本科专业，你不可能一次Live就把它讲完，应该接着开课，开一系列的课程，因为用户的确有需求，你也能趁热打铁把商业利益最大化。

但接下来我又犯了一个重大的错误，因为整天辅导答疑，我没精力开新课了。

而市场上，同类的课程此起彼伏，开得如火如荼，眼看我就要把一首《凉凉》送给自己。

但是，还好有但是，知乎的运营团队可能是发现了我这个人不懂互联网，反倒邀约我开课程，说："哎你怎么没动静了？要不这样吧，你也别再开Live了，直接开一组课程。"啊？我就这样意外地获得了开课程的机会，课程的门槛比Live高，显然，得到的资源扶持也会更多。

好运降临，那我从此过上幸福的生活了吗？并没有。

因为我又犯了一个大错！

这件事正确的做法应该是怎样？

——课程产品做好，再花同等力气做推广，产品和营销并重，在保证品质的前提下，争取多卖，对不对？

但我当时发现了知识付费的一个问题，就是学习这件事，无论是影响世界的布卢姆的教育目标分类理论，还是我们国家新课改的三维目标，正规的教育理念都在告诉我们，教育是一个复杂而庞大的体系，它绝不仅仅是我讲你听然后就结束，这学不到东西，它应该由非常多的模块和层次来构成，比如新课改的三维目标，第一维叫知识和技能、第二维叫过程和方法、第三维叫情感态度和价值观。

你得给学生这些东西，那才叫教育，把课卖出去，只是教育的开始。

所以当时我就给课程设置了非常多的教育服务模块，包括教材、打卡、作业、答疑、创作、班级等。实事求是地说，这个做法直接抬高了全网声音课的准入门槛，你现在去看，打卡已经成了声音课的标配，这个品类的竞争激烈程度超过了其他课程。

这挺好啊对不对，很负责任的一个老师，也懂教育，有什么问题吗？

有！而且问题很大！！

因为要做大量教学服务，这就导致你根本不敢招生。你相信吗？全天下还有这种卖东西的，主动跑去跟知乎说："不要宣传，不想大卖！！"

如果这不是我自己的事，说出来我都不会相信。

一个突如其来的霸榜者

还好，虽然经历了一轮超高强度的工作洗礼，又丧失了一次挣钱的机会，但我也得到了一些东西。

第三方机构抓取了所有知乎Live的评分数据，去掉评分人数少于100的样本之后一统计，发现我获得了2017年度知乎Live评分榜总榜、教育榜和艺术榜三个榜的第一。

对我来说，口碑比销售额更珍贵，这是一个特别大的荣誉，非常感谢我的学员，他们几乎全部给我打了满分。

就这样，当知乎准备推出新的战略级产品——私家课的时候，我又得到了机会，成为第一门私家课的讲者，并获得了知乎CEO周源的推荐，他在推荐语里特别说道："张皓翔开办过多场知乎 Live，好评度非常高。"

所以，说到这儿，你肯定已经听出来了，什么笨拙成功学、什么向死而生，其实半点都不新鲜，就是王阳明提倡的致良知，就是曾国藩奉行的诚拙二字，就是我们经常讲的"但行好事，莫问前程"，把该做的事情做好，其他东西不值得过问。

是会有让你开心和不开心的结果，但归根结底，你所得到的一切，跟你所创造的价值总量会对等。

说到这里，一股浓浓的鸡汤香味弥漫了开来，你可能在心里质疑：

得出这种结论，是因为你最后得到了补偿，如果做所谓正确的事却得不到回报，你还会这样想吗？你说的这一切，真的不是侥幸吗？

拒绝的自由

其实，几年前，我也曾在心里问过自己这样的问题。在这次演讲接近尾声的时候，我还有最后一个故事。

差不多10年前，我从省台被派到市台做节目总监，日子是很舒服的，干事创业带团队，外加年薪和提成，年纪轻轻的，还给你配辆车，在用人、财务和行政等方面都有相对独立的权力。

我干得也挺不错，节目收听率节节攀升，但一年多后，我再三申请辞去职务，回到了省台坐冷板凳。

因为我当时的工作搭档、管创收的运营总监，老是拉拢或排挤我，希望我能配合他一些不合法纪的行为，但这已经触碰到了我价值观的底线，在三番五次不愉快之后，我决定辞去这个职务。

回去之后的几年时间里，我内心都非常消沉。我无数次地回想起自己的选择，深深地怀疑自己，怎么就不能火中取栗呢？怎么就不能长袖善舞呢？怎么就不能学会适应环境呢？

连这样的机会都把握不住，我怀疑自己这辈子注定是一个失败者。

然而，人生又给我上了重大的一课，又过了几年，随着"反腐风暴"的掀起，我曾经的这位工作搭档因贪污罪锒铛入狱，被判处有期徒刑三年两个月。

就在调查组找我谈话的那一刻，我彻底确定，人真的要去做正确的事情，哪怕这件事情让你牺牲利益、付出代价，让你看起来不合群、不机灵。

不管是工作还是卖课，就算你不能准确地踏上每一个节拍，你仍然要去做正确的事，因为你是你自己的主人，这就是我们笨拙者的成功人生。

后记
我想为你做一件小事

在写这本书之前,我一直在问自己,这本书对读者到底有什么价值?它跟市面上同类的书有什么不一样呢?

我想起了自己少年时,从武侠小说里学习所谓呼吸的法门,想起了刚入行时,努力寻找长翅膀的感觉,想起了被自己翻烂了的教材,想到自己是怎样指导新人,又想到这几年开设网络课程,为非从事与声音相关行业的人提供服务。我确定,这本书是这几十年这几万人留下的脚印。

而我更加确定,我们正身处在一个伟大的时代,互联网科技正带着人类奔涌向前,世界出现了一次超越工业革命的进化。

进化的形式可能是"主动降维",比如这本书,没有大学教材那么精深,但它可能更适合普通人,因为它处在一个富饶的价值结合部——有很专业的部分,你肯定已经看到了来自各个学科的知识;也有速成的部分,书里总结了很多相对简单的方法;也有感性的部分,大量饱含情感的真实故事。

我为此而感到欣喜,因为我们可能会创造出新的价值;我也因此而感到惶恐,因为这里必定存在很多不成熟、疏漏甚至是错误的部分,谢谢你的宽容,也期待你的指正和批评。

对了,就在写这篇后记的时候,我刚续订了一份酸奶,我妈年纪大了,需要补充营养,但她乳糖不耐受,又不能喝牛奶。

幸好这世上还有酸奶这种东西,它像牛奶一样甘美,消化起来还更容易。

这也是我想为你做的事。

张皓翔

2018年10月18日

感谢

谢谢我见过的最优秀的学习群体——我所有的学员，你们进取、坚韧、乐于建设、善于学习，是你们的支持在指引我前行，这本书其实是由你们的智慧凝结而成的。

谢谢魏民、王茹等老师对我的悉心指导，是你们给了我安身立命的根本。

谢谢李松蔚和陈海贤，我们原本没有交集，却因网络成为亲厚友人，为此我时常感到幸运。

感念周源老师以知乎CEO的身份为我背书，此前你从未推荐过任何课程；感念松蔚写下了情真意切的远超过推荐语篇幅需要的长文；感念秋叶大叔，除了推荐，你的《我的网课创业》和"知识IP大本营"也让我受益匪浅；谢谢来自交大的史炎，期待着能在现场看你的喜剧。

感谢邵华杰、郭博文、邹瞳、陈凯杰、朱明月老师和你们带领的团队，谢谢知乎大学事业部的同人在幕后付出的努力。

感谢知乎市场部团队，你们组织的每一次活动都让我有"哇！好酷啊！"的感觉，每次参与都有惊喜。

感谢田悦老师，你高效的沟通协调能力让我钦佩，对细节的把控更是一次次为大家加分。

谢谢大鱼的研发团队，特别是大家票选出的杰出贡献者：周春花、张拯宁、索婧、莫穗阳、张鑫、方玮瑜、唐玲娜、冯焱然、佟舒妍、原聪搏，还有林梅、刘映彤、陈沙航、刘杨、米可欣、游伟、秦辕东等深度参与的数百位同人，你们热情、勤奋、善于协作和学习，和你们共事是我的荣幸。

最后，我还想谢谢我的女儿张小好，谢谢你每天跟我道晚安，我想把这本书献给你。

图书在版编目（CIP）数据

声音的魅力 / 张皓翔著. —长沙：湖南文艺出版
社，2019.4
ISBN 978-7-5404-9076-8

Ⅰ. ①声… Ⅱ. ①张… Ⅲ. ①播音—发声法②播音—
语言艺术 Ⅳ. ①G222.2

中国版本图书馆CIP数据核字（2019）第018178号

上架建议：口才演讲 · 说话技巧

SHENGYIN DE MEILI
声音的魅力

作　　者：张皓翔
出 版 人：曾赛丰
责任编辑：薛　健　刘诗哲
监　　制：毛闽峰　李　娜
策划编辑：李　颖　雷清清
文案编辑：邱培娟
营销编辑：吴　思　刘　珣
版权支持：刘　鑫
封面设计：利　锐
版式设计：李　洁
插图绘制：
出版发行：湖南文艺出版社
　　　　　（长沙市雨花区东二环一段508号　邮编：410014）
网　　址：www.hnwy.net
印　　刷：天津豪迈印刷有限公司
经　　销：新华书店
开　　本：700mm×995mm　1 / 16
字　　数：298千字
印　　张：20.5
版　　次：2019年4月第1版
印　　次：2019年4月第1次印刷
书　　号：ISBN 978-7-5404-9076-8
定　　价：54.80元

若有质量问题，请致电质量监督电话：010-59096394
团购电话：010-59320018